말하고
싶은
비밀 Vol.2

사쿠라 이이요 지음
김윤경 옮김
말하고
싶은
비밀 Vol.2
交換ウソ日記2

일러두기

- 이 책에서 등장인물을 부르는 표현은, 보통의 경우 성을 부르고 가까운 사이일 경우 이름을 부르거나 애칭을 쓰며 그 뒤에 '~짱'을 붙이는 일본의 호칭 문화를 반영하여 표기했습니다.
- 한국어로 바꿨을 때 어색한 표현은 외래어 표기법을 따르지 않고 예외를 두었습니다.
- 띄어쓰기 및 맞춤법은 국립국어원 표준국어대사전을 기준으로 통일하되, 더 많이 통용되는 표현이 있는 경우, 맞춤법을 예외로 두었습니다.
- 두 사람이 주고받은 쪽지의 경우, 서체를 다르게 써서 발신인을 구분했습니다.
- 본문 속 각주는 옮긴이 주입니다.

차례

1장

복숭앗빛, 사랑의 노래

DIARY

알쏭달쏭한 러브레터

\- 너는 나의 세계, 너는 나의 태양.

내게 장미(薔微) 같은 미소를 보여줘.

내 사랑 밀물(潮時)처럼 멀어지지 말아줘.

사랑스러운 사람. 예쁜 사람.

춥다. 추워도 너무 춥다.

손바닥만 한 노트를 펼쳐 안을 들여다보고 나도 모르게 몸을 부르르 떨었다. 이 싸늘한 기운은 지금이 1월 중순, 한겨울이라서가 아니다. 이 오글거리는, 사랑의 시 탓이다. 썰렁한 게 시베리아 벌판 저리 가라다. 장미를 뜻하는 한자도 틀렸다.* 게다가 '밀물'이란 말도 쓰임새가 맞지 않는다.

"뭐야, 이게."

노트 겉면에는 이름도 쓰여 있지 않았고 이 주위에는 아무도 없다.

수업은 오전 8시 40분에 시작하는데 아직 7시 50분이니 그럴 수밖에. 이렇게 일찍 등교하는 학생은 거의 없다. 그래서 건물 출입구 안쪽에 떨어진 이 노트를 내가 바로 발견한 거다.

주인이 누굴까 하고 노트를 펼쳐보았는데, 과연 잘한 일인지 괜히 열어본 건지 모르겠다. 분명 노트 주인은 아무에게도 보이고 싶지 않았을 테니까. 하지만 내가 발견한 덕에 여러 사람이 보게 되는 참사는 막은 셈이다.

다만 이 노트를 어떻게 주인에게 돌려주느냐가 문제다.

"으아, 추워라!"

가만히 서서 생각하려니 출입구 문이 닫혀 있는데도 틈새로 찬 바람이 밀려 들어왔다. 몸을 한껏 웅크리면서 일단 노트를 주머니에 집어넣고는 교실로 향했다. 이 자리에서 계속 고민하다가는 감기에 걸릴 게 뻔하다. 쇼트 보브로 짧게 친 머리여서 고스란히 드러난 목덜미를 목도리로 꽁꽁 감싸고 복도를 걸어갔다. 그래도 춥다.

아무도 없는 교실은 바깥이나 다름없이 냉기로 가득 차 있어 들어가자마자 문 옆 벽에 있는 난방 버튼을 눌렀다. 고등학생이

---

* 적을 미(微)가 아니라 장미 미(薇)를 쓰는 게 옳다는 의미.

되고 나서 여름에는 교실을 시원하게, 겨울에는 따뜻하게 하는 역할은 내 몫이 되었다.

우리 집은 논과 산밖에 없는 외진 곳이라 역에서 멀리 떨어져 있다. 집과 역을 오가는 버스가 한 시간에 한 대씩밖에 오지 않는다. 한 대를 놓쳤다가는 자칫 아슬아슬하게 지각할지도 몰라서 고등학교에 입학하고 나서는 누구보다도 일찍 등교한다. 이유는 그뿐이다.

입학 초기에는 졸려서 힘들었지만, 이제는 교실에서 혼자 있는 20여 분이 너무 좋다. 아무에게도 방해받지 않은 채 취미인 자수를 놓기도 하고 시험 전에는 공부에 집중할 수 있다.

…그런데, 오늘은 그럴 수가 없다.

이 노트를 어떻게 해야 할까.

노트 주인의 심정을 생각하면 한시라도 빨리 돌려주고 싶다. 몹시 애탈 게 분명하니까. 나 같으면 이런 부끄러운 글, 누가 볼까 싶어 미친 듯이 찾아다녔을 거다.

하지만 원래 떨어져 있던 장소에 가져다 둘 수는 없다. 사람들 눈에 잘 띄는 곳이라 다른 누군가가 주워 웃음거리로 만들지도 모른다. 교무실 옆에 자리한 분실물 박스에 넣어두는 방법도 생각해 봤지만, 그러면 물건을 찾아갈 때 선생님에게 허락을 받아야 해서 노트에 적은 내용을 눈앞에서 펼쳐 보일 수밖에 없다. 그 또한 그다지 좋은 방법은 아닌 듯싶다.

'큰일이네. 이렇다 할 아이디어가 전혀 떠오르질 않으니.'

고민하는 동안 8시가 넘었고, 반 아이들이 한두 명씩 들어오기 시작했다.

"안녕, 에리노!"

노조미가 교실로 들어오면서 인사를 건넸다.

"어, 안녕!"

추워서 코가 새빨개진 노조미는 바로 자기 자리에 가방을 두러 갔다. 높게 올려 묶은 똥머리가 대롱대롱 매달려 흔들리는 게 너무 귀엽다.

노조미가 왔으니 이제 곧 유코도 오겠지.

"노조미이이이!"

역시 예상대로 곧이어 유코가 긴 머리칼을 마구 흩날리면서 교실로 들어왔다. 늘 호들갑스럽지만, 오늘따라 유난히 기운이 넘쳐 보인다. 그렇다는 건….

"영어 독해 숙제, 까먹고 못 했어!"

유코가 아침부터 이렇게 우리 이름을 다급하게 불러댈 때는 항상 이런 경우다.

"또야?"

"아이참, 에리노는 금방 화를 낸다니까."

딱히 화를 내는 게 아니라 기가 막혀서 그런 건데.

유코가 뾰루퉁한 얼굴로 나를 보더니 내 앞자리에 앉은 노조미에게 금방이라도 울 것 같은 표정으로 애원했다.

"노조미, 나 좀 도와줘!"

"노조미, 보여주지 마! 유코, 넌 벌써 몇 번째니? 노조미는 집에서 다 해오잖아. 쉽게 베끼지 말고 네가 하라고."

나한테는 차마 보여달라고 못 하고 노조미에게 부탁하는 건, 내가 절대 보여주지 않을 거라는 걸 유코도 잘 아는 거다. 마찬가지로 노조미가 남의 부탁을 좀처럼 거절하지 못한다는 사실도 너무 잘 아는 거지.

"다 안다고. 그래도 영어를 못하는 걸 어떡해."

"어떡하냐니. 그렇게 자꾸 피하니까 점점 더 영어를 못하게 되는 거지."

"그렇게 대놓고 콕 집어서 공격하지 마. 다 알고 있으니까."

유코가 약이 오르는지 입술을 삐죽 내밀었다.

모르니까 똑같은 일을 계속 되풀이하는 거 아닌가.

노조미에게 한 번 더 "보여주면 안 돼!" 못을 박자 "넌 너무 깍쟁이야!"라며 유코가 되받아쳤다. 깍쟁이여서 하는 말이 아닌데, 그런 소리를 듣다니 열받는다.

"있잖아, 유코."

"자, 이제, 그만, 그만."

분위기가 아슬아슬하게 느껴졌는지 표정이 굳은 노조미가 우리 둘 사이에 끼어들어 내 말을 막아섰다.

"그럼 독해 숙제 지금 여기서 하는 건 어때? 모르는 게 있으면 내가 가르쳐줄 테니까."

"정말? 난 좋지! 고마워."

유코는 노조미의 제안에 마음이 놓였는지 "잠깐만 기다려. 교과서랑 노트 가져올게!" 하고는 자기 자리로 뛰어갔다. 유코는 코트와 목도리를 책상 위에 벗어 던지더니 부산스레 가방 안을 뒤졌다.

"노조미 넌 너무 물러. 가르쳐준다고 해봐야 결국 네가 해온 거 그대로 다 베낄 게 뻔하잖아."

휴우, 하고 한숨을 내쉬자, 노조미가 멋쩍은 듯 웃었다.

사람이 너무 좋다고 해야 하나. 가끔은 단호하게 거절해도 되는데. 유코를 위해서도 그게 좋을 테고.

"노조미는 무른 게 아니라 정이 많은 거라고. 에리노는 너무 빡빡해!"

곧바로 돌아온 유코가 마치 잘 아는 양 자신 있게 말했다.

"그래도 에리노는 유코 널 위해서 하는 말인걸."

"그건 알지만."

노조미의 말에 유코가 금세 꼬리를 내렸다. 이럴 때마다 노조미가 하는 말은 마치 마법 같다. 나는 노조미 같은 마법은 절대 못 부린다.

"노조미는 참 대단해."

유코에게 차근차근 가르쳐주는 노조미를 보면서 중얼거리자, 노조미가 쑥스러운지 얼굴을 붉히며 대답했다.

"에리노 뭐야, 뜬금없이. 너야말로 대단하지."

"맞아, 그건 정말 그래. 학생회 부회장을 하면서 성적도 좋고 운동도 다 잘하잖아. 게다가 예쁘기까지 한 네가 그렇게 말하면 그건 비꼬는 거라고."

"그렇게 말해주니 고마워. 그렇지만 유코가 아무리 날 치켜세워도 노트는 안 보여줄 거야."

그러고 나서 짐짓 빼기자 유코가 "아쉬워라. 아, 실망!" 하며 어깨를 움칫 들썩였다.

"요즘 남친이랑 한창 알콩달콩한 너희가 부러워 죽겠어."

"에리노 넌 뭐 금방 또 누군가한테 고백받고는 느닷없이 남친 생겼다고 자랑할 거면서!"

하긴, 그럴 가능성이 없다고는 할 수 없다.

내 입으로 말하긴 민망하지만, 확실히 나는 학교에서 나름대로 눈에 띄는 존재다. 부모님이 교사여서인지, 아니면 삼 남매 중 맏이여서인지는 몰라도 어느새 반에서도 친구들이 내게 의지한다. 초등학교에서는 거의 매년 학급 임원으로 뽑혔고 중학교에서도 학생회장을 지냈다. 중학교 시절 동아리 활동으로 했던 배구부에서는 한때 주장을 맡기도 했으며 고등학교에 와서도 작년에 반 친구들이 추천해서 학생회 선거에 나가 당선되었다. 2학년인 지금은 학생회 부회장이다.

늘 뭔가 감투를 쓰다 보니 맡은 직책에 부끄럽지 않도록 모두에게 모범이 되려고 공부도 운동도 열심히 했다. 무엇보다도 항상 정갈하고 올곧게 행동하려고 신경 썼다. 거짓말하지 않을 뿐더러 다른 사람을 험담하지도 않는다. 옳지 않은 일은 하지 않고 잘못되었다고 생각하면 지적하고, 싫은 건 싫다고 확실히 내 의견을 밝힌다. 사람으로서 당연한 일이라고 믿으니까.

그런 내게 주변 사람들은 항상 "대단해!", "시원시원하고 멋있어서 좋아.", "똑 부러져." 하며 치켜세운다. 하지만 그건 처음에나 하는 이야기다. 아니면 선생님들이나 나랑 별로 친하지 않은 사람들이 하는 말이다.

시간이 지나면 "대단해!"는 "무서워!"가 되고 "시원시원해."는 "빡빡해."로, "똑 부러져."는 "깐깐해."로 바뀌었다.

여자 친구들이나 고백받아 사귀었던 남자 친구들은 항상 내게 그렇게 말했다. 살짝 치켜 올라간 눈매가 그런 인상을 한층 더 강하게 하는 것 같다. 게다가 여자치고는 큰 키도 한몫하는 게 아닐까.

노조미는 그런 나와는 정반대다. 노조미와는 1학년 때 같은 반이 되면서 친해졌는데 늘 생글생글 웃고 다른 사람의 의견을 부정하거나 누군가를 나쁘게 말한 적이 없는 온순한 성격이다. 무슨 일이든 부탁을 받으면 웃으며 들어준다. 또 어떤 게 더 좋은지 물어보면 항상 "뭐든 상관없어." 아니면 "어느 쪽이든 다 좋아!" 하고 대답한다.

그런 노조미를 보고, 남들 기분만 맞춰주고 우유부단하다 싶어 처음에는 좀 마음에 들지 않았다. 하지만 그게 아니었다.

노조미는 단지 자상한 아이일 뿐이다. 불편하거나 싫은 일을 굳이 말로 하지 않는 까닭은 주변 사람을 지나치게 배려해서

다. 아까 유코에게 한 말처럼, 같은 말도 부드러운 표현으로 바꿀 수 있는 건 노조미가 자상한 마음으로 상대의 말을 받아들여서다.

유행을 따라 하길 좋아하고 좋고 싫은 감정을 고스란히 드러내는 유코와 내가 사이좋게 지낼 수 있는 까닭도 분명 노조미 덕분이다. 노조미가 없었다면 나는 진작에 유코에게 미움받지 않았을까. 유코뿐만이 아니라 다른 친구들한테도 미움을 샀을지 모른다.

가끔은 이렇게 좋은 애가 어째서 나 같은 애랑 친하게 지내는 걸까 의아할 정도로 나는 노조미를 정말 좋아하고 동경한다. 물론 이런 말을 하면 또 비꼬는 거냐고 할 게 뻔해서 직접 입 밖으로 낸 적은 없지만.

"에리노, 왜 그래? 어디 아파?"

유코가 몸을 앞으로 쑥 내밀더니 말똥말똥 내 안색을 살폈다. 그 모습에 풋, 그만 웃음이 터졌다.

"왜 웃고 그래. 갑자기 아무 말도 안 하길래 걱정했더니만."

"미안, 미안. 유코 참 귀여워서. 자, 어서 해, 수업 시작할라. 나도 보여줄 테니까."

"앗싸! 노조미랑 에리노 둘이서 도와주면 완벽하지."

순수하게 두 손을 치켜들고 좋아하는 유코를 보면 그냥 내버려둘 수가 없어 도와주게 된다.

가방에서 필통을 꺼내자 노조미가 바로 알아차렸다.

"그거 새로 산 거야?"

"아, 응. 마음에 들어서."

블루 캔버스 생지에 꽃무늬와 고양이 자수가 놓인 필통인데 오늘 처음 학교에 가지고 왔다. 유코도 필통을 보고는 "너무 예뻐!" 하며 집어 들었다.

"에리노는 이런 건 맨날 어디서 사는 거야? 지난번 것도 예쁘고 카드 지갑이랑 손수건도 예쁘던데. 같은 가게에서 산 거지?"

"후훗, 비밀이야."

속으로는 '그렇지? 너무 예쁘지?' 하고 생글생글 대답했다. 사실은 산 게 아니라 전부 내가 만들었다.

예전부터 바쁜 부모님을 대신해 여동생과 남동생의 물건에 이름을 써주는 게 내 일이었다. 사인펜으로 쓰면 너무 밋밋해서 자수를 놓기 시작했고 그러는 동안 자수에 흠뻑 빠져들었다. 자수를 놓고 싶어 독학으로 재봉까지 익혔고, 지금은 다양한 물건을 만들어 자수를 놓는 일이 큰 즐거움이다. 그리고 이 사실은 아무에게도 말하지 않고 혼자 비밀스럽게 즐기고 있다.

"사실은 전부 내가 만든 거야!" 하고 비밀을 밝히면 두 사람 다 깜짝 놀라겠지. 딱히 감추는 이유가 있는 건 아니다. 남모르는 취미를 혼자 즐기고 싶을 뿐. 게다가 그래야 칭찬받았을 때 "그치? 예쁘지?" 하고 당당하게 자랑할 수 있다.

유코는 수업이 곧 시작됨을 알리는 예비 종이 울릴 때까지 15분 만에 영어 과제를 80퍼센트나 해치웠다. 남은 숙제는 1교시와 2교시 사이 쉬는 시간에 끝낼 수 있을 거다.

"내가 했으니까 오늘은 질문을 받아도 자신 있게 대답할 수 있을 거야."

유코가 노트를 끌어안고서 말했다. 그러더니 "역시 에리노는 굉장해. 고마워! 나머지도 또 물어볼게!" 하고 가벼운 발걸음으로 자기 자리로 돌아갔다.

"다행이야."

자기 일처럼 안도하는 노조미에게, 어떻게 하면 그렇게 남한테 자상할 수 있는지 묻고 싶었다. 나도 모르게 손을 뻗어 노조미의 똥머리를 퐁퐁 두드렸다. 그러자 내 가슴이 점점 따듯해졌다.

"어, 뭐야. 왜 이래!"

"아니 그냥. 넌 참 좋은 애다 싶어서."

노조미라면 오늘 아침 주운 노트를 어떻게 할까. 나와는 다른 방식으로 접근해 좋은 방법을 알려줄지도 모른다.

"있잖아."

"니노미야! 뭐냐, 그 머리 꼴이!"

말을 꺼내려는 순간, 밖에서 큰소리가 들려왔다.

'니노미야'라는 이름에 '또야?' 하고 한숨이 나왔다. 쩌렁쩌렁한 목소리의 주인공은 보나 마나 3학년 학생 주임 구와노 선생님이겠지.

반 아이들이 무슨 일인가 싶어 웅성거리며 창문을 열고 모여

들었다. 따뜻했던 교실에 차가운 바깥 공기가 훅 밀려 들어와 피부를 파고들었다.

또 엉뚱한 짓을 했겠거니 하고 노조미와 함께 바깥을 쳐다봤다. 창문 아래쪽을 내려다보니 교실 건물과 운동장 사이에 있는 자갈길에 우유가 듬뿍 든 카페오레를 연상케 하는 연갈색 머리를 한 남학생과 빡빡머리에 덩치가 큰 구와노 선생님이 마주 보고 서 있었다.

'우와, 또 엄청 눈에 띄는 색으로 염색했어.'

남학생은 야단을 맞으면서도 싱글싱글 웃고 있었다. 그러다가 불쑥 얼굴을 들더니, 창문으로 얼굴을 내민 아이들에게 휘휘 손을 흔들었다.

"니노, 뭐 하는 거냐? 너무 심해!"

"대담하네!"

"네가 한 거야?"

우리가 있는 3층이 아니라 1층에서 낄낄대는 소리가 들렸다.

"대단하네… 얼마 전까지만 해도 까맸었잖아."

"우아…."

노조미가 놀라는 소리를 냈다.

"졸업이 코앞이라지만 너무 심하네."

"하지만 저 선배도 이제 못 본다고 생각하면 좀 섭섭한걸."

그럴까? 잠잠해지면 학교도 평화롭고 좋을 듯싶은데.

구와노 선생님에게 꾸지람을 듣는 사람, 니노미야 세이는 우리 학교 문제아다. 나보다 한 학년 위인 3학년인데 아마 저 선배와 직접 관련이 없어도 우리 학교 학생이라면 모르는 사람이 없을 거다. 게다가 우리 학생회 임원들에게는 엄청 민폐고.

니노미야 선배는 사람들이 호감을 느낄 만한 외모지만 누구나 다 인정할 정도로 잘생긴 건 아니다. 속쌍꺼풀이 있고 양쪽 눈 크기가 다르며 이목구비가 또렷하지도 않다. 하지만 키는 약간 큰 편이고 스타일도 좋긴 하다. 한마디로 말해 훈남이다.

예전에는 어깨에 닿을 정도로 긴 검은색 머리를 하고 다녀서 묘하게 섹시했다. 말없이 있으면 어른스럽고 침착해 보인다. 그렇지만 실제 모습은 정반대다. 어쨌든 밝고 누구에게나 스스럼없이 말을 건다. 반전이라고 할 만큼 확연한 그 차이마저도 니노미야 선배의 매력이다.

다만, 그런 모습만으로 민폐를 끼친다는 건 아니다. 어쨌거나 니노미야 선배는 끊임없이 말썽을 일으킨다.

학교 축제 때는 교문 앞에서 예고도 없이 깜짝 라이브 공연을 열어, 교내외에서 남녀를 불문하고 수많은 사람이 그 앞으로 모여드는 바람에 무척 혼란했다. 체육 대회 때는 미리 말도 없이 전 종목에 갑자기 튀어나와 출전하는 말도 안 되는 행동을 했으며 2층 창에서 뛰어내리기도 했다. 한번은 지각할까 봐 그랬다면서 오토바이를 타고 학교에 온 적도 있다. 출입이 금지된 옥상에 숨어들어 가 자기가 직접 만들었다는 현수막을 걸어놓기도 했다. 그럴 때마다 학생회가 얼마나 고역을 치렀던지 말도 못 할 지경이다.

그 자리를 수습하고 선생님들에게 상황을 설명해야 했으며 때로는 경위를 자료로 정리해 선생님에게 제출하고 머리를 조아렸다. 지금까지 선배가 저지른 일을 뒷수습했던 숱한 기억을 떠올리자니 허탈하고 우울해진다.

그런 니노미야 선배가 한 달 반 후에 있을 졸업식에서 또 무슨 일을 저지를지 생각하면 오싹하다. 대체 어떤 일을 벌일지 상상도 가지 않는다. 니노미야 선배의 경우, 특히 더 골치가 아픈 까닭은 사람들 눈에 띄고 싶다거나 나쁜 짓을 저지르려는 의도가 전혀 없다는 데 있다.

선배는 그저 하고 싶어서 하는 거라 예측할 수가 없다.

규칙도 상식도 통하지 않는 자유로운 영혼이다. 지금까지 몇 번 이야기를 나눈 적이 있는데, 그때마다 생각했다. 이 사람과 나는 다른 별에서 태어난 거라고.

3층에서 지상에 있는 니노미야 선배를 내려다보며 이번에는 무슨 일이 있어 저런 색깔로 염색했을지 생각해 보았다. 분명 내가 상상할 수도 없는 이유에서겠지.

1월이라 추운 날씨지만 구름 한 점 없이 맑고 푸른 하늘 아래 서 있는 선배에게 햇살이 내리쬐고 있었다. 카페오레 같은 연갈색 머리가 햇살을 받아 은빛으로 반짝였다.

그곳만이 마치 다른 세계 같다.

"…아름다워."

"응? 뭐라고?"

내 혼잣말을 놓치지 않은 노조미에게, 아무것도 아니라며 고개를 옆으로 저으면서 "애들아, 선생님 오신다!" 하고 창문을 닫았다. 그때 불현듯 하늘을 올려다보는 니노미야 선배와 눈이 마주친 듯했다.

…오늘 아침에 주운 노트, 어떻게 하지?

수업이 다 끝나도록 좋은 방법이 떠오르지 않았고 노트는 계속 내 주머니에 들어 있다. 남의 물건을 갖고 있다는 게 영 마음이 편하지 않다. 어떻게든 빨리 처리해야 할 텐데.

"뭘 그렇게 골똘히 생각해?"

"어? 아, 아냐."

깜짝 놀라 얼굴을 드니 학생회장 세키타니가 걱정스러운 듯 쳐다보고 있었다.

"피로가 쌓인 거 아냐?"

"그런가? 하지만 괜찮아."

3학기가 되면 학생회는 무척 바빠진다. 고교 입시, 합격 발표, 입학 설명회가 있고 졸업식에 이어 입학식, 이 많은 행사가 줄줄이 기다리고 있다. 학생회에서는 행사를 준비하는 선생님들을 돕고 학생들에게 협조를 구하거나 지시를 전한다. 체력을 요하는 일도 많을뿐더러 잡무를 비롯해 다양한 일을 도맡아 한다.

"오늘은 급히 처리해야 할 일도 없으니까 피곤하면 집에 가도 괜찮아."

"그래도."

"휴식도 중요해. 무엇보다 마쓰모토 네가 쓰러지기라도 하면 내가 곤란하다고."

세키타니가 하하 웃으며 말했다.

할 일이 아직 있긴 하지만, 확실히 오늘 꼭 해야 할 일은 거의 다 끝났다. 학생회실에 우리 말고 남은 임원이 없는 까닭도 그래서였다. 나머지 자잘한 일도 다 끝내놓아야 나중에 편하겠지만, 모처럼 세키타니가 배려해 주니 오늘은 이만 돌아가야겠다고 마음먹고 프린트를 정리했다.

게다가 사실은 단둘이 있기도 영 불편하다.

"그럼 먼저 갈게, 미안."

"잘 가."

짐을 챙기고 코트를 걸치며 인사한 다음 학생회실을 나섰다. 그리고 복도에서 후우, 하고 숨을 내쉬었다. 분명 세키타니는 아무렇지도 않을 텐데, 나 혼자만 세키타니를 의식한다는 사실이 좀 속상하다.

나와 세키타니는 작년에 잠깐 사귀었다. 첫 만남은 학생회에서였는데 세키타니도 나와 마찬가지로 작년 학생회 선거에 당선되어 회계를 담당했다. 초등학교 때부터 줄곧 우등생으로 자라왔다는 점과 독서, 특히 해외 미스터리물을 좋아한다는 공통점이 있었으며 서로 결이 잘 맞았다.

그래서 세키타니에게 작년에 좋아한다는 고백을 받았을 때, 한 치도 망설이지 않고 바로 사귀었다. 이 애와 만난다면 잘될지도 모르겠다고 기대했다.

그게 1학년 2학기였다. 그리고 한 달 후, 겨우 한 달 후다.

"애교가 없어.", "너무 깐깐해.", "날 좋아하기는 하니?" 하고 쓰리 콤보로 펀치를 얻어맞고 차였다. 늘 이런 식이다. 중학교 때 사귀던 애한테도, 고등학생이 되어 사귄 다른 애들한테도 똑같은 이유로 차였다.

그중에서 세키타니만 특별한 건, 지금도 친구로 지내기 때문이다. 세키타니 말고 다른 전 남친들과는 완전히 연락을 끊었다. 같은 학교이다 보니 스쳐 지나갈 때도 있지만 대개 아무 일도 없었던 듯 서로 못 본 척한다. 전 남친과 친구로 지내는 사람도 있지만 내 성격에는 맞지 않는다. 미련이 있어서가 아니라 이런저런 신경을 써야 하는 게 성가셔서다.

다만 같은 학생회 소속인 세키타니와는 그렇게 모른 척하고 다닐 수가 없다. 둘이 껄끄럽게 지내면 주변 사람들이 불편해진다. 그래서 친구로 돌아가자고 내가 제안했고 세키타니도 안심하는 표정으로 흔쾌히 받아들였다.

학생회가 끝날 때까지 그럴 생각이었다. 학생회 임기를 마치면 둘 사이의 관계도 끝날 테니까. 2학년 때는 학생회에서 나오겠다고 마음먹었다.

'마쓰모토, 부회장 맡아줄래?'

하지만 부회장 자리를 제의한 사람은 다름 아닌 세키타니였다. 이 애에게 나는 완전히 친구이자 학생회 동료로 되돌아간 모양이다. 그건 다행이지만 여간 신경 쓰이는 게 아니다. 나한테 전 남친이란 존재는 전 남친일 뿐, 친구가 아니다.

그래도 제의를 거절하지 못한 까닭은 그럴듯한 변명거리가 떠오르지 않아서였다. 거절하면 내가 아직도 세키타니를 의식한다고 여길 것 같아서 그게 싫기도 했다. 아직도 자길 좋아한다고 오해라도 하면 그야말로 최악이다.

"그래도 역시 신경 쓰여."

남들이 듣지 못할 정도로 조그맣게 중얼거리며 발걸음을 떼었다.

상대가 어떻게 생각하든 내가 불편하다. 게다가 가끔 주위에서 "회장이랑 다시 만나는 거야?" 묻기도 한다. 이럴 줄 알았으면 학원 다니느라 바쁘다거나 동아리 활동이 있어서라고 적당한 이유를 둘러대고 거절할 걸 그랬다. 실제로는 학원도 다니지 않고 동아리에도 들지 않았지만.

"…그만두자."

이제 와서 이러니저러니 고민해 봐야 아무 소용이 없다.

그보다도 지금은 중요한 일이 있으니까.

불현듯 떠오른 생각에 주머니에서 노트를 꺼냈다. 한시라도 빨리 이 노트를 어떻게 할지 결정해야 한다. 차분히 생각해 보려고 복도 끝에 있는 계단으로 향했다. 그곳이라면 방과 후에는 거의 아무도 다니지 않을 거다.

이제 곧 해가 질 시각이라 복도는 어둡고 추웠다. 찾아간 계단에 걸터앉자 엉덩이에 닿은 냉기가 온몸으로 퍼졌다. 코트를 입고 있는데도 등이 시리다. 나도 모르게 낮은 신음 소리를 내며 노트를 펼쳤다.

보기만 해도 부끄러운 시는 당연히 오늘 아침에 읽었던 그 시 그대로다. 다른 페이지에도 이런 시가 적혀 있을지 궁금했지만 아무래도 넘겨볼 수는 없다. 지금은 다른 시보다도 이 노트 주인이 누구냐가 문제다. 넘겨보고 싶은 유혹을 물리치고 첫 페이지를 가만히 바라보았다.

글을 봐서는 남자인 것 같다. 하지만 휘갈겨 쓴 글씨여서 남자라고 생각하는 것뿐일지도 모른다. 나(僕)*라는 남성을 지칭하는 일인칭으로 쓰여 있으나 그게 반드시 노트 주인이 남자라는 판단 근거가 되지는 않는다.

그건 그렇고 다시 읽어봐도 정말 대박이다.

"사랑스러운 사람, 이라."

대체 어떤 마음으로 이런 말을 쓴 걸까. 누군가를 간절히 그

---

* 일본어에는 '나'를 뜻하는 단어가 여러 가지 있으며 '보쿠(僕)'는 남성이 자신을 가리킬 때 사용하는 단어 중 하나이다.

리며 쓴 걸까, 아니면 상상이나 과거에 한 경험으로 쓴 걸까. 어느 쪽이든 진심으로 누군가를 좋아할 수 있는 사람인 건 틀림없어 보인다.

그런 생각이 들자 오글거리고 낯간지러운 시가, 간절한 마음이 깃든 무척 섬세하고 다정하며 특별한 시로 느껴졌다. 그렇다면 역시 이 잘못 쓴 단어가 아쉽다.

턱을 괴고 한참을 생각하다가 가방에서 비닐 파우치를 꺼냈다. 그 안에는 포스트잇과 수첩, 가위 같은 문구류가 들어 있다. 그 가운데서 작은 핑크빛 포스트잇을 '장미'와 '밀물'이라고 쓰인 부분에 붙이고 검정 펜으로 글씨를 써넣었다.

- 장미는 장미 미(薇)라는 한자를 쓰는 게 맞아요.
'밀물'은 바닷물이 육지 쪽으로 밀려 들어오는 겁니다.
여기에서는 '썰물'로 써야 할 것 같아요.

쓸데없는 참견일까. 불쾌해하지 않았으면 좋겠는데. 하지만 모처럼 마음을 담아 쓴 게 분명한 진솔한 글을 잘못 쓴 채로 내버려두기는 아깝다.

이제 어떻게든 이 노트를 주인에게 돌려주면 된다.

지금도 눈에 불을 켜고 찾을지도 모른다고 생각하다가 문득 깨달았다. 맞아, 찾아다니고 있을 게 틀림없다. 아침부터 수업이 끝난 지금도 노트를 찾느라 학교 안을 온통 헤집고 돌아다닐지도 모른다. 그렇다면 그렇게 뭔가를 찾아 헤매는 사람을 찾으면 되잖아.

노트 주인 같아 보이는 사람을 발견하면 살짝 돌려주는 거야. 나 말고는 아무도 보지 않았다는 걸 알려주면 분명 안심할 거다(내가 본 건 솔직히 말하고 사과하자).

그렇게 하자!

자리에서 일어나 계단을 내려가 1층에서 복도로 뛰어갔다.

"…우앗!"

"아, 미안!"

그러다가 느닷없이 나타난 사람과 딱 부딪혔다.

"죄송합니다, 제가 앞을 못 보고."

부딪힌 코를 움켜쥐고 고개를 들자 "어라?" 하는 밝은 목소리가 들렸다. 눈앞에서 카페오레를 닮은 연갈색 머리칼이 가로막고 서 있었다.

"에리노짱이잖아."

"…니노미야 선배."

스스럼없이 이름을 부르는 바람에 나도 모르게 인상이 찌푸려졌다. 그런 나를 보고 선배가 웃었다. 이 사람은 항상 즐거운 듯이 웃는다. 눈이 부실 정도로.

"왜 그런 표정이야? 예쁜 얼굴로."

"'짱'은 붙여서 부르지 말라고 몇 번이나 말했잖아요."

"에리노라는 이름이 예뻐서 딱인데. 아, 혹시 더 친근하게 이름만 불러주길 바라는 거야?"

"그냥 성으로 불러요, 마쓰모토라고."

또박또박 말했다. 선배는 그것마저도 유쾌한지 입을 크게 벌리고 웃었다. 뭐가 그리 즐거운지 도통 알 수가 없다.

"여전히 예의가 바르군."

칭찬인지 비꼬는 건지 판단이 잘 서질 않는다.

"그건 그렇고, 뭐하고 있어요? 이 시간까지."

3학년에게 3학기*는 대학 입시까지 마지막 스퍼트를 내려고 입시 학원에 다니거나, 추천으로 이미 합격이 결정돼 놀러 다니느라 바쁜 경우가 대부분이다. 선배는 어느 쪽인지 모르겠지만.

"더군다나 그렇게 얇게 입고서… 그러다 감기 걸려요."

지독히도 추운 날씨에 선배는 아무것도 걸치지 않고 달랑 와이셔츠 바람이다. 게다가 이마에는 살짝 땀이 배어나 있었고 약간 숨이 찬 듯하다. 복도를 달려온 걸까.

"잃어버린 물건이 있어서. 혹시 못 봤어?"

놀라서 엇, 하고 소리가 흘러나왔다.

서, 설마. 잃어버린 물건이라는 게.

손에 들고 있던 노트를 황급히 등 뒤로 숨겼다. 심장이 미친 듯이 뛰었다. 하지만 전혀 내색하지 않고 "뭘 찾고 있는데요?" 하고 물었다. 혹시나 내가 주운 노트라면 건네줘야 할까. 하지

* 4월에 신학기가 시작되는 일본에서는 1월부터 3월까지가 3학기다.

만 내가 아는 사람이 쓴 시라고 생각하자 이미 읽어봤다는 사실이 마음에 걸렸다. 더구나 니노미야 선배라니.

이럴 때는 어떻게 하는 게 정답일까, 마구 머리를 굴리는데 선배가 "손수건." 하고 대답했다. 그 순간 안도의 한숨이 새어 나왔다.

"왜 그래? 혹시 봤어?"

"아, 아니, 못 봤어요. 어떤 건데요?"

"나한테 소중한 거."

그게 뭐야. 특징을 말해야지.

"큰일이네… 중요한 건데. 어디다 흘렸을까?"

정말 난처한 듯 선배가 눈썹을 찡그렸다. 꽤나 중요한 건가 보다.

"어쩌면 누가 주워서 교무실에 갖다줬을지도 몰라요."

"아, 그럴지도. 땡큐! 역시 에리노짱은 똑똑하다니까."

선배는 탁, 하고 손뼉을 치더니 발길을 돌렸다. 그리고 "조심해서 가!" 하며 손을 흔들어 보이고는 교무실 쪽으로 갔다. 휙, 하니 바람처럼 달려 나간 뒷모습이 순식간에 사라졌다.

부산스럽달지, 어수선한 사람이네.

처음 봤을 때부터 선배는 조금도 달라진 데가 없다. 그때 나는 너무나도 비상식적인 선배의 행동에 놀라 그러지 말라고 단단히 일렀다. 그러자 니노미야 선배는 환히 웃으며 "넌 이름이 뭐야?" 하고 묻더니 그날부터 나를 '에리노짱'이라고 부르면서

볼 때마다 말을 걸었다.

항상 꾸밈이 없어 보이고 자유로운 데다 스스럼없이 군다. 그 절묘한 균형이야말로 선배가 사람들의 마음을 끄는 매력인가 보다.

그 행동이, 사고가, 옳지 않은데도.

그렇게 마음 가는 대로 행동하는 건 어떤 느낌일까. 선배는 나처럼 이건 안 되고 저건 저렇게 해야 한다는, 그런 식으로 생각하는 경우가 없는 걸까.

"…좋겠다."

이건 부러움이 아니라 질투다. 그렇다고 해서 딱히 선배처럼 되고 싶은 건 아니다.

그 후 신발장이 있는 곳으로 향했지만 가는 도중에 뭔가를 찾고 있는 사람은 보이지 않았다. 이 노트를 집까지 가져갈 수는 없는 노릇이다. 다른 사람 눈에 띄지 않도록 주인에게만 알려서 어떻게든 돌려줘야 할 텐데.

신경을 곤두세워 방법을 궁리하다가 얼마 전 읽은 책이 떠올라 모험을 걸었다. 최근 발매된 해외 미스터리 문고본인데 범인이 남긴 메시지를 풀어가는 이야기였다. 사소한 실마리에서 무언가 중요한 사실을 추적해 갔다.

나는 완전 초짜여서 치밀한 미스터리는 못 만들지만 노트 주인에게 제대로 메시지를 전달해야 하니까 간단한 건 괜찮겠지.

- 장미 같은 미소는 여기에.
  왼쪽의 오른쪽 위에서 기다릴게.

내 노트에 이렇게 적은 다음 그 페이지를 깨끗이 잘라 셀로판테이프로 학교 건물 현관문에 붙였다. 노트가 떨어져 있던 자리다.

왼쪽, 그러니까 메모를 붙인 이 자리에서 보면 제일 왼쪽 신발장의 오른쪽 위, 즉 우측 상단이다.

거기에 노트가 있다는 의미다.

왼쪽 맨 끝에 있는 신발장은 사용하는 학생이 없는 데다 벽에 붙어 있어서 그다지 눈에 띄지 않는다. 특별한 용무가 없는 한 이곳을 들여다볼 일은 없다.

…이런 어설픈 메시지로 뜻이 전해질까.

불안했지만 나로선 이게 최선이라고 스스로 위로했다. 만일을 대비해 내일은 학교에 오는 대로 신발장을 확인하고 만약 노트가 그대로 있다면 다른 방법을 생각해 보자.

마지막으로 커다란 포스트잇을 꺼내 노트 겉면에 붙였다.

- 사랑이 듬뿍 담긴 시네요.
  맘대로 봐서 미안해요.

첨삭을 해달라고?

- 찾아줘서 고마워!

휴, 살았다.

한자와 단어 의미도 알려줘서 고마워.

국어 잘하는 거지?

괜찮으면 다른 부분도 봐주지 않을래?

다른 부분이라니 뭘?

어제 학교 건물 현관에 메모를 남기고 나서 오늘도 여느 때처럼 아침 일찍 등교했다. 메모가 셀로판테이프째로 사라졌기에 혹시나 하고 신발장 안을 들여다보았다. 거기에는 어제 그 노트가 들어 있었다.

노트 주인이 찾아가지 않은 건가 싶어 실망하면서 노트를 집어 들었는데, 스프링 노트 조각이 겉면에 붙어 있었다. 노트가 주인 손에 무사히 돌아갔다는 데 안도했지만 새로 쓰인 내용을 보고 고개를 갸우뚱했다.

아마도 이 노트에 적힌 내용을 첨삭해달라는 의미겠지.

뭐지, 왜 내가? 할 수 있을 리도 없고 뭘 어떻게 해야 하는지도 모른다.

그렇다고 해서 못한다 딱 잘라 거절하기도 미안하다.

…그럼 봐도, 된다는 거네. 그런 거지?

아무도 없는 걸 알면서도 두리번두리번 주위를 둘러보고는 재빨리 노트를 주머니에 넣었다. 그러고 나서 잰걸음으로 교실로 향했다.

교실 안 난방 스위치를 켜고 코트와 목도리를 가지런히 옷걸이에 건 다음 내 자리로 와 자세를 바로 하고 앉았다. 노트를 책상 위에 올려놓고 심호흡을 한 다음 집어 들었다. 긴장되어서 가슴이 두근두근 울렸다.

"좋았어."

마음을 먹고 힘껏 노트를 펼쳤다. 첫 페이지는 어제 본 그 시로, 주인이 써넣었는지 내가 알려준 부분에 빨간색 펜으로 맞게 수정되어 있었다.

그리고 다음 페이지로 넘겼다.

- 네가 너무 좋아서 어떡해야 할지 모르겠어.

날 보고 웃어주면 좋겠다.

나를 봐, 네 눈동자에 내가 비치길.

하늘을 볼 때마다 생각나는 건

물빛으로 젖은 그녀의 옆얼굴.

처음 만난 날이 지금도 생생히 떠올라.

넌 내게 화를 냈고 난 네게 웃었지.

너와 얘기할 수 있어서 기뻤어.

너의 눈물을 닦아주는 건, 내게는 역부족(役不足)인 걸까?

"헉!"

몇 페이지를 읽다가 당황해서 노트를 탁 덮었다.

뭐야 이거. 부끄럽게.

마치 내게 하는 말처럼 느껴져 얼굴이 화끈거렸다.

그럴 리가 없는데. 알면서도 단도직입적인 사랑 고백이 의외로 내 가슴에 그대로 와 꽂히는 바람에 몸이 다 근질거렸다.

안 되겠다. 침착하자. 호흡을 조금 가다듬어야지.

가슴에 손을 얹고 깊이 심호흡을 했다. 이건 나한테 하는 말이 아니다. 누군가가 쓴 망상이다. 그저 글자일 뿐이다. 그렇게 스스로 다독이면서 다시 노트를 펼쳤다.

스스로 일러준 효과가 있었는지 아까보다 훨씬 차분하게 시를 읽을 수 있었다.

노트 절반 정도 분량에 이렇게 시 같은 글이 적혀 있었다. 스토리를 알 만한 글도 있고 떠오른 생각을 나열만 한 듯한 글도 있었다. 펜 색깔이 제각각인 이유도 그 때문이겠지.

그리고 마지막 페이지에는 복숭앗빛 펜으로 메시지가 적혀 있었다.

- 근데, 여학생이지?

여자의 시점에서 소감을 말해주면 도움이 될 것 같은데.

어때? 아, 여기다 적어도 좋아.

어떠냐니, 참 난감하네.

왜 누군지도 모르는, 얼굴도 이름도 모르는 상대에게 이런 부탁을 하는 거지? 아니, 모르기 때문에 할 수 있는 걸까? 하긴 아는 사람에게 보여주기는 부끄러울지도 모르겠다. 여자의 시점을 원하는 걸 보니 아마도 노트 주인은 남자인 모양이다.

그래도 그렇지.

첨삭이라면 못할 일도 아니다. 얼핏 보니 한 군데, '역부족'을 뜻하는 한자가 틀렸다. 이때는 '지카라부소쿠(力不足)'라고 써야 맞다.* 그 밖에도 걸리는 표현은 있었지만 별로 신경 쓰지 않아도 될 듯싶다. 꼭 문법이 맞아야 하는 건 아니니까. 포스트잇을 꺼내 일단 '역부족'에 대해 의견을 달았다.

소중한 노트를 내게 맡겼으니 혹시 몰라서 한 번 더 꼼꼼히 살펴봤지만 오탈자도 없고 더 이상 잘못 쓴 단어도 없었다.

이제 소감을 적어야지. 이거야말로 첨삭과는 비교가 되지 않을 정도로 어려운 과제다. 읽기만 했는데 얼굴이 빨개졌다고 솔직히 말할 수도 없고, 당연히 간지럽다거나 오글거린다고 쓸 수도 없는 노릇이다.

이 사람이 내게 쓴 편지는 가벼운 말투였지만 시는 진지하게 쓴 게 분명하다. 성실하게, 나의, 아니 누군가의 의견을 듣고 싶은 거다.

이렇게 하면 되려나?

- 소감 말인데, 단도직입적으로 표현한 글에서
  쓴 사람의 마음이 전해져
  순간 가슴이 두근거렸어.

고민하고 또 고민한 끝에 적은 메모를 몇 번이나 다시 읽으면서 고쳐 썼다. 하지만 별반 달라질 내용도 없다. 더 이상 고민

---

* 야쿠부소쿠(役不足)는 주어진 직무에 만족하지 못하거나 실력에 비해 맡은 역할이 하찮다는 의미다. 이 글에서는 힘이나 기량이 부족하다는 의미의 지카라부소쿠(力不足)가 더 적합하다. 뜻은 다르나 일본인들이 혼동해서 사용하는 단어 중 하나다.

해 봐야 시간만 허비할 뿐이라는 걸 깨닫고 점심시간에 신발장 쪽으로 발걸음을 옮겼다. 지금 넣어두면 방과 후에는 발견할지도 모른다. 늦어도 내일은 그 사람 손에 들어가겠지.

나쁜 짓을 하는 것도 아닌데 신발장 앞에 서서 꿀꺽 침을 삼켰다. 그러고 나서 보는 사람은 없는지 주위를 살펴보고는 재빨리 신발장 안에 집어넣었다.

이렇게 답장하는 건 두 번째인데도 최근에 이토록 심장이 빨리 뛴 적이 없었다. 학생회 임원 선거에서 연설할 때도, 작년 졸업식에서 송별사를 읽을 때도 평소와 다름없이 침착했는데.

게다가 이 답장으로 괜찮은 걸까. 조바심이 사라지질 않았다. 더 구체적으로 쓰는 게 좋았을지도 모르지만, 잘한 건지 못한 건지 나로선 판단이 서질 않았다.

이렇게 내가 쓴 글이 불안하기도, 상대가 어떻게 느낄지 걱정되기도 처음이었다.

참 별일이다.

왜 이런 기분이 드는 걸까.

분명 그 시 때문이다. 그 시는 허세를 부리거나 체면을 내세우지 않고 자신의 감정을 있는 그대로 드러내고 있었다.

벌거벗은… 완전 무방비 상태다. 그런 글이니 남들이 보면 안 된다고 경계하게 되는 건 어쩔 수 없다. 나와는 아무런 상관도 없는데 마치 내가 당사자가 된 기분이었다.

게다가 "가슴이 두근거렸어."라니, 대체 무슨 말을 쓴 건가.

나는 그런 말을 할 성격이 전혀 아닌데!

거기까지 생각이 미치자 부끄럽기 짝이 없다.

"…빨리 돌아가자…."

잊어야지. 끊임없이 고민을 되풀이하다니 이거야말로 나답지 않다. 기분을 바꾸려고 뺨을 탁탁 두드린 다음 감싸 쥐었다. 몸은 추운데 얼굴이 뜨겁다.

"참, 에리노. 좀 전에 회장이 찾던데."

교실로 들어서자 유코가 나를 보더니 복도 쪽을 가리키면서 알려주었다. 회장이라면 세키타니를 말하는 거겠지. 현관 앞 신발장으로 가느라 목에 둘렀던 목도리를 벗으면서 고개를 갸우뚱했다.

"아 뭐야, 아직 점심도 못 먹었는데…."

"급한 일 같았어. 교무실 구와노 선생님 자리로 오라던데?"

아, 구와노 선생님이 찾은 거였구나.

점심을 먹고 나서 가도 되지 않을까 싶었지만, 급히 찾았다고 하니 느긋하게 점심시간을 즐길 수는 없다.

"도와줄까?"

"아니, 됐어. 무슨 일인지도 모르고, 괜찮아."

노조미의 제안을 거절하고 일단 교무실로 갔다.

금방 올라왔던 계단을 내려가 구와노 선생님과 세키타니가 기다리는 교무실 문을 열었다.

"마쓰모토, 왔니?"

오른쪽 끝에 있는 작은 회의 공간에 있던 두 사람이 나를 보았다. 세키타니가 권하는 대로 옆자리에 앉았다.

"무슨 일이세요?"

"그게 말이다, 너희 둘에게 부탁하기도 좀 그렇긴 하다만."

구와노 선생님이 웬일로 머뭇거리더니 "니노미야 말인데…." 하고 이야기를 꺼냈다.

"3학년 니노미야 세이를, 당분간 학생회에서 예의 주시해 줬으면 하고."

…그걸 왜 우리에게 부탁하는 건지 그 의도를 전혀 모르겠다.

구와노 선생님의 심정을 모르는 바는 아니다. 니노미야 선배가 지금까지 벌인 일들에다가, 이번에 느닷없이 머리를 튀는 색으로 물들이고 왔다는 걸 떠올려보면 다음 주에는 금발이나 빡빡머리로 나타날 가능성도 있다.

"하지만 저희는 2학년인데, 니노미야 선배랑은 학년도 다르고, 그렇게 하긴 어렵죠."

"그건 알지만 그렇다고 입시를 앞둔 3학년한테 그런 일을 부탁할 순 없잖아."

"…저희가 주시한다고 해서 선배가 뭔가 달라질 것 같진 않은데요."

확실하게 내 생각을 밝히자 구와노 선생님은 난감한 듯이 머리를 긁적였다.

"애초에 저희가 어떻게든 할 수 있었다면 진작에 어떻게라도 됐을 거예요."

"그야, 그렇지."

구와노 선생님이 점점 더 어깨를 축 늘어뜨렸다.

"자아 자, 마쓰모토도 이쯤에서 그만하지?"

세키타니가 당황한 듯 웃어 보이며 중간에 끼어들었다.

"그렇지만 기대하시면 곤란하잖아. 우리도 할 일이 많은데."

"자아 자…." 하고 세키타니가 되풀이했다. 그러고는 영 마뜩잖아하는 나를 대신해 구와노 선생님에게 "할 수 있는 범위에서 해볼게요." 하고 애매한 대답을 했다.

선생님이 말하는 바는, 학생들끼리니까 터놓고 할 이야기도 있을 거고, 들어보면 이해되는 일도 있지 않겠느냐는 거다. 요컨대 선생님은 니노미야 선배가 졸업식에는 지금보다 요란한 모습으로 나타나지 않기를 바라는 게 분명하다.

"그래도 그렇지."

교무실을 나와 어깨를 움츠리며 투덜거렸다.

"선생님도 아마 교장이나 교감 선생님, 아니면 다른 선생님한테 뭐라 한 소리 들은 걸 거야."

"그건 선생님들 문제지."

우리가 할 수 있는 일은 이미 다 했다. 니노미야 선배에게 미리 주의를 주기도 하고 문제를 일으키면 우리가 대처하고 있다. 니노미야 선배에게 설교도 한다. 더 어쩌라는 건가.

"마쓰모토 말이 틀리지는 않지만, 원칙이나 바른말이 꼭 옳은 건 아니니까."

세키타니가 한 말이 마음에 걸렸다. 사귈 때부터 가끔 듣던 말이다.

"바른말이 꼭 옳은 건 아니야."

"네가 말하는 건 원칙에는 맞지만."

원칙이 옳지 않다면 뭐가 옳다는 건지, 나는 모르겠다. 과거에도 원칙이나 바른말을 내세웠지만 내 뜻대로 되지 않은 적이 있기에 세키타니가 하는 말이 전혀 이해되지 않는 건 아니지만 석연치가 않다. 그런 마음을 말로 잘 설명할 수 없어서 아무 대답도 하지 않았다.

"난 학생회실에 들렀다 갈게."

세키타니가 학생회실로 간다길래 계단에서 헤어져 연결 통로를 걸어갔다.

그때였다.

"시큰둥한 표정이네, 에리노짱!"

"으악!"

갑자기 누가 뒤쪽에서 튀어나오며 말을 걸어와 나도 모르게 갈라진 듯한 비명이 나왔다. 몸을 돌려서 보니 니노미야 선배가 바로 앞에 서 있었다.

"놀랐잖아요!"

"미간에 주름 잡혔어."

톡, 하고 손가락 끝을 갖다 대기에 살짝 뿌리쳤다. 이 선배는 사람과의 거리가 지나치게 가깝다.

"이게 다 선배 때문이라고요."

"어? 나 말야? 왜?"

"니노미야 선배가 자꾸 말도 안 되는 행동을 하니까 구와노 선생님이 선배를 감시하라고 지시하잖아요. 학생회장하고 저한테요."

니노미야 선배는 내 말을 듣더니 아하하, 하고 재밌다는 듯이 큰 소리로 웃음을 터뜨렸다. 해맑은 웃음소리에 선배 주변만 봄인 듯이 따스한 공기로 바뀌는 게 느껴졌다.

"너희들한테 그런 부탁해 봐야 아무 의미도 없는데 말야. 뭐, 그 정도로 구와노 선생님이 필사적이라는 뜻이군. 하지만 졸업 전에 스트레스로 선생님이 쓰러지거나 너희를 힘들게 하는 일도 미안하니까, 참아볼까?"

뜻밖의 대답에 나도 모르게 눈을 동그랗게 떴다.

"선배도 그렇게 다른 사람 생각을 하긴 하는군요?"

"난 항상 다른 사람을 생각해. 에리노짱이 모를 뿐이지. 앞으로 알아주면 좋겠지만."

무슨 소릴 하는 건지 모르겠네. 무심코 차가운 시선으로 쳐다봤다.

"참는다뇨? 애초에 뭘 할 생각이었는데요?"

"아, 알고 싶어? 후회하지 않겠어? 학교 건물 벽에…."

"됐어요. 말하지 마세요."

불길한 말에 당황해서 귀를 틀어막고는 걷기 시작했다.

"어? 안 들어? 재밌는데."

"선배가 재밌어하는 일은 다 민폐라서."

부리나케 걸어가는 나를, 선배가 뒤쫓아왔다.

"아, 에리노쨩은 너무 재미없어. 그러다가 꽉 막힌 사람이 되면 어쩌려고? 자꾸 화내 버릇하면 주름도 안 없어질 텐데."

"…이게 다 누구 때문인데요!"

짜증이 나서 돌아보자 선배가 또다시 내 미간에 손을 갖다 댔다.

"이거 보라고, 주름."

이히히, 선배가 놀리듯이 웃는 바람에 재빨리 손으로 이마를 가렸다. 그런 내 반응을 보고 선배는 흐뭇한지 다정하게 웃어 보였다.

선배가 의도한 대로 호락호락 행동한 것 같아서 약이 올랐다. 자꾸 주름이 어쩌니 하면 진짜 신경 쓰인다고요! 선배와 이야기를 하면 항상 이런 식으로 휘둘리고 만다. 선배의 손바닥 위에서 놀고 있는 듯, 그런 편치 않은 기분이다.

"에리노쨩은 웃을 때 더 보기 좋아."

"선배가 말 걸지 말고 문제만 일으키지 않으면요."

더는 눈을 치켜뜨지 않으려고 마음을 가라앉히면서 받아치자 선배는 "하긴 그러네." 하고 유쾌하게 동조했다.

"어쨌든 문제 일으키지 말아요."

선배에게 등을 돌리고 복도를 걸어갔다. 그러고 나서 선배가 뭐라고 말하는 듯해 뒤를 돌아보았지만, 선배는 이미 보이지 않았다.

…저 사람은 무슨 둔갑술이라도 쓰는 건가?

참, 소중하다는 그 손수건은 찾았나?

뭐, 아무려면 어때. 잠시 생각하다가 다시 발걸음을 옮겼다. 그때 복도 유리창에 내 얼굴이 비쳤다. 바깥에 펼쳐진 푸른 하늘 속에 찌푸린 내 얼굴이 떠 있는 듯이 보였다. 어느 사이엔가 미간에는 또 주름이 잡혀 있어서 손을 갖다 대고는 힘껏 폈다.

- '하늘을 볼 때마다 생각나는 건
물빛으로 젖은 그녀의 옆얼굴.'

문득 노트에 적혀 있던 한 구절이 떠올랐다.

실제로 있었던 일인지 상상인지는 모르지만, 그 문장을 쓸 때, 노트 주인에게는 눈물로 젖은 '그녀'의 옆얼굴이 떠오른 거겠지. 하늘에 겹쳐 떠올릴 정도이니 아마도 무척 아름다웠던 게 틀림없다. 불만으로 가득 찬 내 얼굴과는 하늘과 땅 차이일 거야.

교실에 다다르자 교실 앞 복도에서 노조미와 노조미의 남자 친구 세토야마가 부드러운 미소를 머금은 채 이야기하고 있었다. 늘 주변 눈치만 살피던 노조미가 지금은 세토야마밖에 눈에 들어오지 않는지, 내가 온 사실도 알아차리지 못했다.

그리고 교실 안에서는 유코와 유코의 남자 친구 요네다가 사이좋게 웃고 있었다. 노조미 커플과는 달리 이 두 사람은 어딘가 친구 같으면서도 그 이상으로 다정한 분위기를 풍긴다.

창에 비친 내 얼굴과는 전혀 다른 표정을 짓는 두 친구, 노조미와 유코가 나와는 굉장히 멀리 떨어진 존재처럼 느껴졌다.

- 진짜? 그렇게 말해주니 안심이야.

이걸 노래로 만들어서 좋아하는 사람한테 선물하려고 하거든.

괜찮으면 앞으로도 조언해 줄래?

여자의 시선에서 소감을 듣고 싶어!

사랑이라든지 연애, 이상, 뭐 그런 여러 가지.

내가 쓴 답장이 괜찮았나 보다. 다음 날 아침, 되돌아온 노트를 보고 가슴을 쓸어내렸다. 내가 신발장에 다시 노트를 넣어놓은 건 어제 점심때였다. 수업이 끝나고 나서 신발장을 들여다봤을 때는 아직 노트가 그대로 있었다.

그런데 오늘 아침에 되돌아와 있는 걸 보니 이 노트 주인은 나보다 늦게까지 학교에 남아 있거나, 나보다 일찍 등교하거나, 둘 중 하나다. 그런 사람은 몇 명 없을 터였다. 평소라면 몰라도 최근 나는 학생회 일을 보느라 거의 매일, 학생이 더 이상 있을 수 없는 시각까지 학교에 남아 있다.

대체 누굴까? 아니 그보다도.

신발장 앞에서 노트를 펼친 채 한동안 생각에 잠겼다.

'여자의 시선에서 소감을…? 조언…? 앞으로도?'

응? 이게 무슨 소리지? 그 이상 더 말할 소감이 없는데요.

아니, 그보다도 이 시가 노래 가사였다는 사실이 더 놀랍다. 요즘 시대에 좋아하는 사람한테 노래를 선물하다니, 이 노트 주인은 꽤 로맨티스트인 모양이다.

솔직히 여자 입장에서는 '오글거리고 유치하니까 그러지 않으면 좋겠어.' 하는 말이 맨 먼저 튀어나온다. 물론, 사람에 따라서는 감동을 느낄 수도 있겠지만. 아니면 엄청나게 유명한 아티스트이거나, 백번 양보해서 노래를 굉장히 잘 부른다면 모를까.

하지만 그렇게 답장을 쓸 수는 없다.

"근데 역시 좋아하는 사람한테 쓴 내용이었어."

현재 가슴속에 품은 좋아하는 감정을 상대에게 전하기 위한 말인가 보다. 그런 의미에서는, 아무런 관계없는 내가 읽어도 수줍어질 정도니 무척이나 강렬한 가사다. 그러니까 그냥 이대로 좋지 않나.

나로선 그 정도 소감밖에 전할 수 없다. 나하고 주고받은 메시지만 봐도 그 사람은 솔직한 성격인 듯하다. 어쩌면, 아니 분명 나보다 감수성이 풍부한 사람이다.

이 노트 주인이 나보다 훨씬 더 사랑을 잘 안다. 누군가를 좋아하는 마음을.

그것은 누군가에게 사랑받는 마음과도 이어져 있다.

나는 그 감정을 잘 모르겠다.

지금까지 공부도 운동도 별로 힘들어한 적이 없는 내게, 연애나 사랑은 유일하게 서툰 분야다. 사랑 이야기를 싫어하는 건 아니다. 멋진 남자 이야기에는 흥이 오르고 친구들의 짝사랑 이야기를 듣고 있으면 귀엽다는 생각이 든다. 친구들이 좋아하거나 관심을 둔 사람이 누군지, 꽤 감이 좋은 편이다.

하지만 내 이야기를 하는 건 영 어색하다. 지금까지 여러 번 남자 친구를 사귄 경험은 있지만 누가 물어보면 대답만 할 뿐 내가 먼저 이야기를 꺼낸 적은 거의 없다. 그런 나를 친구들은 차분하고 쿨하다며 어른스럽게 여겨 조언을 부탁하고는 했다.

하지만 나는 진짜 모른다. 내가 누군가를 좋아해 본 적도 없고 항상 상대가 내게 좋아한다고 고백하니까 사귀었을 뿐이니 그럴 수밖에 없다. 게다가 매번 몇 개월 지나서 차였기 때문에 오래 사귀어본 적도 없다.

그 결과 '자기감정이 중요하니까 다른 사람의 의견은 무시하는 게 좋아.' 하고 무난한 해답을 찾은 셈이기에 누군가 상담을 청해도 그 말을 되풀이해 줄 뿐이다.

그런 내가 노트에 글을 쓴 사람의 솔직하고 순수한 마음에 무슨 말을 할 수 있을까.

"아, 진짜!"

4교시 이동 수업 교실로 가는데 유코가 통통거리며 복도를 달려왔다. 요네다한테 가서 방과 후 데이트하기로 한 약속을 확실히 하고 오겠다며 교실을 나가더니, 왜 그새 또 골이 난 걸까. 노조미와 나 사이를 굳이 헤집어 파고들더니 "아, 진짜! 이게 뭐야!" 하며 씩씩거렸다.

"내 얘기 좀 들어봐. 요네 그 자식! 갑자기 오늘 약속 깨버린 거 있지. 중학교 때 친구들이 만나자고 한다면서."

유코가 치를 떨면서 말했다.

"시간 다 되어서 느닷없이 약속을 깨는 건 잘못이지만, 오랜만에 만나는 친구들이라면 어쩔 수 없잖아."

"헐, 에리노 넌 진짜 쿨내 진동이다! 난 그렇게 쿨하지 못하다고!" 하며 유코가 날 끌어안았다. 당장이라도 울음을 터뜨릴 것만 같아서 일단 "괜찮아." 하면서 유코를 달래주었다. 약속을 취소당했다고 이렇게 충격을 받는다는 데 놀란 나야말로, 유코의 말대로 너무 쿨한 걸까.

"다른 날로 다시 약속하면 어때?"

노조미의 제안에 유코는 "싫어." 하고는 고개를 홱 돌렸다.

"요네 전 여친도 온단 말이야."

그렇군, 그게 가장 큰 이유였어.

"그 말을 하는 게 좋지 않아? 유코 너 또, 왜 싫은 건지 이유는 제대로 말 안 하고 화만 낸 거 아냐? 요네다도 네가 왜 그러는지 알면 이해해 줄지도 모르잖아."

"그걸 어떻게 말해!"

유코가 발끈하면서 눈을 치켜떴다.

눈동자 속에는 슬픔과 불안이 가득 담겨 있었다.

왜 말할 수 없는 거지? 싫으면 싫다고 말하면 될 텐데. 상대가 그 말을 받아들여 줄지 아닐지는 모르지만, 말로 전하지 않으면 자신의 마음도 상대의 마음도 알 수 없다.

유코는 "일 년이나 사귀었단 말야.", "싫어져서 헤어진 건 아니라는 게 대체 무슨 말이냐고.", "전 여친이랑 친구란 게 말이 돼?" 하며 불만을 쏟아냈다.

"괜히 우물쭈물 고집 피우지 말고 솔직하게 말해봐."

그렇게 말하자 유코는 얼굴을 잔뜩 찌푸리고 나를 째려봤다.

"물론 잘 안다고! 너처럼 명쾌하게 판단할 수 있다면 이런 질투도 인정하고 솔직히 말할 수 있겠지만."

명쾌한 판단이라고? 정말 그럴까? 오히려 우물쭈물하거나 찝찝해하며 안달하는 게 시간 낭비잖아. 정신 건강 면에서도 좋지 않고. 다 털어놓고 속이 시원해지든가 아니면 어쩔 수 없다고 받아들이는 게 편하다고 생각할 뿐이다.

"난 그렇게 못해. 화가 치밀어서 한번 말을 꺼내면 엄청나게 몰아세울 거 같거든. 그럴 바에야 아무 말도 하고 싶지 않아!"

유코가 뾰루퉁해서 시선을 돌리더니 이내 고개를 떨궜다. 노조미가 난처한 듯한 표정으로 "그럼 메시지라도 보내보는 게 어때?", "같이 가는 건?", "너도 같은 중학교 나왔잖아." 하면서 몇 가지 방법을 제안했지만 유코는 고집을 꺾지 않았다.

"어차피 난 솔직하지 못하니까."

"그렇게 삐딱할 게 뭐 있어?"

"에리노가 그렇게 말하면! 비꼬는 거라고!"

그렇게 말하면 참 난감하다.

"에리노처럼 거짓도 없고 거리낌 없이 당당할 수 있다면야 좋겠지만."

거짓도 없고 거리낌 없이….

유코가 한 말을 머릿속에서 곱씹어보았다.

내게는 그런 말을 하는 유코야말로 솔직하고 거짓도 없으며 거리낌 없이 행동하는 듯 보인다. 숨기려고 해도 숨길 수 없을 정도로. 그러니 요네다도 지금 유코의 심정이 어떨지 이미 다 알고 있을 것 같다. 요네다에게 그대로 털어놓으면 좋을 텐데. 요네다의 눈에는 그런 유코가 귀여울 게 틀림없다.

유코는 내가 차일 때마다 들었던 "애교가 없어.", "너무 깐깐해.", "날 좋아하기는 하니?" 삼단 콤보와는 눈곱만큼도 인연이 없을 거다. 유코와는 연애에 관한 생각이나 의견이 맞지 않을 때가 많은데, 그건 분명 내 탓이다. 연애를 둘러싼 다른 사람의 세밀한 감정을 읽지 못하니까. 그래서 누군가와 사귀어도 바로 차이는 거겠지.

복도 창 너머로는 푸른 하늘 아래에 나목들이 쓸쓸한 듯 떨고 있었다. 창유리에 손을 대자 선뜩하니 차갑다. 투명하고 차갑고, 눈앞에 보이는 데도 절대 다가갈 수 없게 한다.

'유리 같은 사람이네.'

예전에 들었던 말이 떠올랐다. 이런 내가 어떻게 그 노트에 감상이나 조언을 쓸 수 있을까.

- 노래로 만드는 거구나, 멋있네.

협조하고 싶지만….

나한테는 무리야. 연애나 사랑을 잘 모르거든.

늘 차이기만 해서 난 도움이 안 될 거야.

도움이 되지 못해서 미안해.

고백, 잘하길!

'남한테 이런 말을 하기는 처음인 듯싶은데.'

직접 얼굴을 맞대고 부탁받았다면 이렇게 솔직한 말을 덧붙여 거절하지는 않았을 테지. 그저 무난하고 그럴듯한 이유를 대고 거절했을 게 분명하다.

글로 생각을 주고받는 건 뭔가 신기하다. 상대가 누군지도 모르고 상대도 나를 모른다고 생각하니까 평소의 나 같았으면 상상할 수도 없는 말을 쓸 수 있다. 만약 노조미나 유코가 이런 내 글을 본다면 놀라겠지. 내가 봐도 다른 사람이 쓴 글 같다.

하지만 내 마음은 왠지 모르게, 가볍다.

'이걸로… 이 노트에 글을 주고받는 건 끝이겠지.'

그렇게 생각하자 어딘가 허전하고 아쉬웠다. 어쩌면 어떻게든 노트 주인의 마음에 응하고 싶었던 건, 이렇게 연결된 끈을 끊고 싶지 않아서였을지도 모른다.

나한테 이런 깜찍한 면이 있는 줄은 미처 몰랐다. 하지만 멋있어 보이려 허세 부리지 않고 솔직히 거절한 나 자신을 칭찬하고 싶다.

'안녕, 잘해봐.'

이름도 모르는, 짝사랑에 빠진 그 아이에게 응원을 보냈다.

가르쳐줘, 사랑이 뭔지

\- 그런 거 신경 쓰지 않아도 돼.
어차피 나도 잘 모르는걸.
잘 알면 이런 거 부탁하지도 않을 거고.

아! 그러면 말이야,
사랑이 뭔지 같이 배우면 되겠네.

예상하지 못했던 답장이 와서 나도 모르게 고개를 푹 숙였다.

한 주가 시작되는 월요일, 기온이 뚝 떨어져 얼굴이 아릴 정도로 추웠다. 신발을 갈아 신으면서 빨리 교실로 가서 몸을 따뜻하게 녹이고 싶은 마음이 간절했다.

하지만… 문득 발걸음이 멈춰졌다.

지난주에 답장을 써놓은 그 노트는 어떻게 되었을까. 지금까지 주고받은 흐름으로 보면 이미 가져갔을 거다. 그러면 신발장 안은 비어 있겠지. 하지만 확인은 해보자 싶어서 신발장을 들여다보았다. 어쩌면 나는 답장을 기대하고 있었던 걸까. 그렇기에 아무것도 없는 신발장을 보고 이제 정말 끝났다는 사실을 확인하고 싶었는지도 모른다.

하지만 신발장 안에는 지난번과는 다른 핑크빛의 작은 스프링 노트가 들어 있었다. 노트를 꺼내 펼쳐보니 안에 그런 메시지가 쓰여 있었던 거다. 이제부터는 이 새 노트로 메시지를 주고받자는 건가. 노트까지 준비해 보냈으니 답장을 쓸 수밖에 없었지만, 사랑에 대해서 배운다니 무슨 말이지? 같이 이야기하자는 걸까. 사랑이란 게 그렇게 해서 알 수 있는 걸까.

흐음, 고개를 갸우뚱거리며 생각에 잠겼다. 그 애가 보낸 답장은 솔직히 기뻤다. 손 글씨에서 느껴지는 그 애의 꾸밈없고 솔직한 모습이 좋다. 그래서일까. 나도 그 애와 대화를 나눌 때는 평소와 다른 일면을 내보이게 된다. 쑥스럽기도 하지만 무척 즐겁다. 그 애와 함께 사랑이 뭔지 알아가고 싶다. 하지만 이대로 흔쾌히 응해도 되는 걸까. 나와 달리 그 애는 지금 사랑에 빠져 있으니 새삼 배울 것도 없지 않나.

자상한 앤가. 왠지 나보다 어릴 것 같다. 말투도 그렇고 뭔가 의욕이 넘치는 걸 보면.

답장은 지금 당장 하지 않아도 될 듯해 노트를 주머니에 집어넣고 어떤 애일까, 멀거니 생각하면서 복도를 차닥차닥 걸어갔다.

약간 공상가 같은, 아니 로맨틱한 남자. 체격이 작고 귀여운 소년의 이미지가 머릿속에 떠올랐다. 하지만 의외로 운동을 잘하는 사람일지도 모르겠다. 유도부나 검도부로 근육질 몸매에 체격이 큰 사람일지도. 그건 그것대로 의외라 좋다.

입꼬리가 올라가는 게 스스로도 느껴졌다. 내가, 마치 내가 아닌 것처럼 마음이 부풀었다. 목도리를 끌어 올려 올라간 입꼬리를 가리고서 가뿐하게 교실로 들어갔다.

답장을 어떻게 하지? 참 난감하다 싶으면서도 뭐라고 답장을 써야 할지 어느새 가슴이 설레어 골똘히 생각에 빠졌다. 어쨌거나 내게는 거절할 마음이 없다는 사실을 깨달았다.

반 애들이 하나둘 들어오기 전에 답장을 써야겠다 싶어 교실로 들어가 코트를 벗고 자리에 앉았다. 아직 실내가 추워서 목도리는 그대로 두른 채 턱을 괴었다. 눈을 감고 잠시 생각에 잠겨 있는데 문득 인기척이 느껴져 얼굴을 들고 바라보았다.

작년에 같은 반이었던 남자애가 문 앞에서 서성거리고 있었다. 옆 반일 텐데.

"어쩐 일이야?"

말을 걸자 흠칫 놀라더니 천천히 교실로 들어왔다. 얼굴이 빨갛다. 귀도. 하지만 추워서 빨개진 건 아닌 것 같다. 그 애가 말했다.

"건물 뒤뜰에서 얘기 좀 할래?"

이 계절에, 이 시간에, 햇빛도 들지 않는 뒤뜰이라.

무슨 이야기일지 짐작이 가서 알겠다고 대답하고는 다시 코트를 걸치고 그 애와 함께 뒤뜰로 향했다. 그 애는 긴장했는지 걸어가는 동안에도 아무 말이 없었다.

아마도 내가 학교에 일찍 온다는 걸 알고 일부러 시간 맞춰서 온 거겠지. 확실히 단둘이만 이야기할 수 있고 다른 애들 시선을 신경 쓰지 않아도 되니까 점심시간이나 방과 후에 불려 나가는 상황보다는 낫다. 하지만 추운 건 괴롭다. 무슨 말을 할지 짐작하면서도 이런 생각을 하는 나는, 이 계절에 뒤지지 않을 정도로 차가운 사람일지도 모른다.

"작년부터 널 좋아했어."

뒤뜰에 다다르자 그 애는 내가 예상한 말을 꺼냈다.

"혹시 괜찮다면 사귀지 않을래?"

그 애는 귀까지 새빨개져 있었지만, 그러면서도 나를 똑바로 바라보았다. 있는 힘껏 용기를 내어 말하고 있다는 사실이 고스란히 느껴졌다. 작년에 같은 반이었던 이 애는 남녀 누구와도 스스럼없이 지내서 친구가 많았다. 그런 붙임성이 좋은 성격에 끌려 호감을 갖는 여학생도 꽤 있는 듯했다. 그러고 보니 중학교 때부터 사귄 여자 친구가 있다고 들었는데, 아마도 헤어진 모양이다. 양다리를 걸칠 애는 아니다. 같은 반일 때는 이야기도 자주 나눴고 지금도 스쳐 지나갈 때마다 내게 말을 건다. 좋은 애겠지. 나쁜 인상을 받은 적은 한 번도 없었다.

이 애랑 사귀면 어떤 느낌일까. 지금까지 그런 식으로 본 적은 없지만, 곁에 있으면 뭔가가 달라질지도 모른다. 사귀면 나는 이 애를 좋아하게 되지 않을까.

하지만.

"뭐? 거절했어?"

"목소리 좀 낮춰."

유코가 큰 소리로 외치는 바람에 당황해서 나무랐다.

"아, 미안, 미안. 근데 처음 아냐?"

옆에 있던 노조미도 놀란 표정으로 나를 쳐다보았다. 말은 하지 않았지만 유코와 똑같은 생각을 하고 있겠지.

누군가 뒤뜰에서 그 애와 내가 대화하는 모습을 보았는지 순식간에 소문이 쫙 퍼졌다. 그리고 교실로 들어온 두 사람이 진상을 캐물었다. 남학생에게 고백받은 일을 내가 먼저 말하기는 좀 그렇지만 친구들이 물어보면 거짓말은 하지 않는다. 늘 이런 식이다.

다만 지금까지와 다른 건, 내가 상대의 고백을 거절했다는 사실이다.

"에리노, 지금 남친 있었나? 없지?"

"없어. 반년쯤 됐는걸."

지난번에 사귀던 남자 친구는 집으로 돌아가는 길에 전철에서 고백해 온 다른 학교 남학생이었다. 다만 학교가 다르다 보니 일주일에 한 번 만나면 잘 만나는 편이었고 결국 얼마 못 가 서서히 연락이 끊겼다. 애매한 채로 지내는 건 찜찜해서 내가 '헤어진 걸로 알면 되는 거지?' 하고 확인 메시지를 보내자 '미안.' 하고 의미를 잘 알 수 없는 답장이 돌아왔다. 왜 내가 사과를 받아야 하는 건지 전혀 모르겠다. 그렇다고 이유를 캐물을 생각은 없었기에 그걸로 끝이 났다.

나는 지금까지 고백을 받고 나쁜 사람 같아 보이지는 않겠다 싶으면 일단 만나보자는 가벼운 마음으로 사귀었다. 중학교 때부터 지금까지 사귀었던 사람은 다섯 명인데 사귀게 된 계기는 전부 고백을 받아서였다. 물론 외모도 영향을 끼쳤겠지만(내가 나름대로 이목구비가 반듯하다는 자각은 있어서), 예전에는 나의 내면을 보고 있을 거라고 믿었다.

하지만 그렇지 않았던 모양이다. 얼마 못 가서 나는 늘 똑같은 말을 들으며 차였다. "애교가 없어.", "너무 깐깐해.", "날 좋아하기는 하니?" 하는 삼단 콤보. 지난번 남자 친구도 자연스레 연락이 끊어지기 전에 그런 말을 하는 바람에 약간 긴장된 분위기가 감돌았었지.

자기가 먼저 고백하고서!

처음에는 그런 말을 들었을 때 화가 났다. 하지만 세 번째 남자 친구였던 세키타니까지 똑같은 말을 하기에 어쩌면 나한테 문제가 있는 걸지도 모른다는 생각이 들었다. 그렇기에 이번에야말로 잘 만나봐야겠다는 심정으로 네 번째, 다섯 번째 남자 친구와 사귀었다. 이 사람은 나를 봐주지 않을까. 지금까지와는 좀 다르게 사귈 수 있지 않을까. 내심 기대하면서. 하지만 결과는 역시 참패였다.

"이번에는 왜 거절한 거야?"

노조미가 흥미를 보이며 몸을 앞으로 내밀었다. 어떻게 설명해야 좋을지 나도 잘 모르겠다.

"그냥."

얼마 전까지의 나였다면 분명히 사귀었을 거다. 하지만 왠지, 이건 아니다 싶었다.

"시를 쓸 것 같지가 않아서…?"

"응? 그게 뭐야? 시를 써주길 바라는 거야? 으아, 닭살!"

유코가 질색했다. 꼭 그렇게까지 말하지 않아도 되잖아.

자기가 이해할 수 없는 일에는 딱 잘라 부정하는 게 유코의 단점이다. 악의가 있는 건 아니겠지만. 예전에도, 노조미가 하드 록을 좋아한다는 사실을 몰랐다고는 하나 줄곧 하드 록은 이상하다면서 비웃었던 일이 생각났다.

"그렇지만 뭔가 로맨틱하잖아."

내가 속으로 열받은 걸 알아챈 노조미가 유코와 나 사이에 끼어들었다.

"진짜야? 세토야마가 밤마다 너한테 러브레터를 쓴다면 좋겠니? 난 요네다가 그러면 너무 싫을 거 같은데."

"응. 난 어느 쪽이든 좋아."

노조미가 헤헤, 웃으며 대답했다.

"어느 쪽이든!"이라는 말이 입버릇인 노조미다운 말이다. 아니라고 생각하면 그대로 솔직히 말해도 좋으련만 노조미는 항상 애매한 대답을 한다. 가끔은 "그래서 네 의견은 뭔데?" 하고 따져 묻고 싶어진다.

그런 두 사람에게는 남자 친구가 있다. 노조미에게는 세토야마가, 유코에게는 요네다가 있다.

둘 다 2학기 후반부터 사귀기 시작했으니 기간으로 따지면 이제 한 달 조금 넘었다. 하지만 한눈에 보기에도 세토야마와 요네다가 자기 여자 친구를 정말 좋아한다는 사실을 알 수 있다. 그건 상대의 장점은 물론 단점도 받아들여서가 아닐까. 겉모습이나 이미지만이 아니라 자신의 눈으로 상대를 보고 있다는 걸 알 수 있다.

영원한 사랑을 원하는 건 아니다.

하지만 한순간이라도 좋으니 누군가와 함께 행복하다는 감정을 나누고 싶다.

두 친구처럼.

그러려면 이번에 고백한 남학생과는 무리일 듯싶었다. 그쪽이 아니라 내가.

아니, 둘 다인가. 게다가 그 남학생은 정말 시를 쓸 것 같지도 않다.

시를 쓴 그 애라면 고백도 시처럼 할까?

'너는 내 세계의 중심에 있어.'

이런 말? 상상하니 웃음이 나올 것만 같아서 황급히 입가를 손으로 가렸다.

오글거려, 너무 오글거리네. 하지만 나쁘지 않다.

"그럼 대체 넌 어떤 남자가 좋은 거야?"

내가 웃음을 참고 있는 걸 눈치채지 못한 유코가 물었다.

"…글쎄, 어떤 남자를 좋아하는 걸까?"

바로 떠오르지 않았다. 팔짱을 끼고 다리를 꼬고서 "흐음." 하고 생각에 잠겼다.

"너 지금까지 좋아한 남자가 없었던 거 아냐?"

유코가 의외라는 표정으로 묻는데 예비 종이 울렸다.

하긴, 나는 누군가를 좋아한 적이 없다. 그동안 사귀었던 남자애들은 모두 자상했고 싫지 않았다. 하지만 좋아했느냐고 묻는다면, '글쎄 어떤 마음이었지?' 싶다. 다시 곰곰이 생각하니 내 마음에 자신이 없다.

유코가 말한 대로 나는 아직 그 누구도 좋아한 적이 없는지도 모른다. 그래서 노트 주인인 그 남학생이 쓴 가사를 읽고 동경하게 된 걸까. 그 말이 향한 곳에 있는 '누군가'가 아니라 그 시를 쓴 사람을.

사람을 좋아하게 되면 이런 말이 자기 마음 안에서 저절로 넘쳐나는 걸까. 이렇게도, 보이는 세계가 아름답게 느껴지는 건가. 그런 마음으로.

내가 모르는 세계를 그 애의 짝사랑에서 느끼게 되다니.

- 서로 대화를 주고받으면 알게 되려나.

누군가를 좋아하는 감정을 가르쳐줘.

나도 누군가를 사랑하고 싶어.

어제 집에 돌아가서는 방에 틀어박혀 내 마음을 가만히 들여다보았다. 나는 지금도 그 애가 쓴 시(가사였나)를 외우고 있다. 그 정도로 나는 그 애 같은 사랑을 하고 싶은 건지도 모른다.

이제 깨닫게 된 내 마음을 글로 적었다. 약간은 시를 쓰는 듯한 기분으로. 아무도 없는 방이기에, 시린 겨울밤이었기에, 살짝 감성에 빠진 건지도 모른다.

'그렇다고! 노트에 그런 말을 적다니!'

나도 믿을 수가 없다. 머리가 어떻게 된 거 아냐! 아아, 부끄러워서 어쩌면 좋아!

신발장에 손을 갖다 댄 채 힘을 꾹 주었다. 그렇게 하지 않으면 안에 넣은 노트를 꺼내서 다시 가져가고 싶어질 것만 같다. 부끄러우면 다시 쓰면 된다. 무리해서 건넬 필요는 없다.

하지만 애써 쓴 진심이다. 이제 두 번 다시 쓸 수 없을지도 모른다. 상대는 내가 누군지도 모르는 누군가다. 그렇다면 신경 쓰지 않아도 된다.

두 가지 감정이 뒤섞였다. 이렇게 내 감정을 제어하지 못하기는 처음이다.

이를 악물고 부끄러움에 지지 않으려고 어수선한 마음을 진정시켰다.

'역시 나는 이 마음을 상대에게 전하고 싶어.'

노트를 주운 후로 지금까지 나로서는 생각할 수도 없었던 일을 너무 많이 하고 있다. 본 적도 없는 남학생과 주고받는 대화(교환 일기라고 해야 하나)는 내게 많은 걸 가르쳐주고 있다.

이건 감추고 있던 내 모습일지도 모른다. 모두에게 보여주고 있는 나의 이면에 줄곧 잠재해 있었는지도 모른다.

눈을 감고 마음을 다잡고서 교실 쪽으로 달려갔다. 뒤를 돌아보지 않으려고 있는 힘껏 복도를 달렸다. 숨이 찼다. 계단이 무척이나 길다. 하지만 멈추지 않고 교실을, 아무도 없는 장소를 향해 달려갔다. 내 자리에 다다랐을 때는 호흡이 거칠어졌다.

"왜 이래, 큰일 났네."

얼굴이 뜨겁다. 몸은 내면에서 뭔가 폭발하는 듯한 소리를 내며 열을 밖으로 내보내고 있었다.

내 안에, 이런 내가 있었다니 어제까지도 몰랐다.

양손으로 입가를 가리고 "건넸어." 중얼거리는 입술은 양옆으로 한껏 올라가 있겠지.

- 지금 좋아하는 사람이 없는 거야?
아니면 지금까지 한 번도 없었어?

하지만 실은 나도 이번이 첫사랑이야.
사랑에는 내가 선배인 셈이네!

- 으아, 뭐야, 우쭐대는 거야?!
약 올라! 하지만 그 말이 맞으니까.

약 오르지만 가르쳐줘!

답장이 온 건 그다음 날 점심때였다. 노조미도 유코도, 무슨 일이 있었느냐고 내게 몇 번씩이나 물어볼 정도로 그날 내 모습은 뭔가 좀 이상했던 모양이다. 그럴 만도 하다. 잠시만 방심하면 어느새 노트 생각에 빠져 허둥댔으니까.

그 애는 뭐라고 답장을 할까. 내가 쓴 글이 너무나도 소녀 같고 유치하지 않을까. 내 편지를 읽고 상대가 당황하지는 않을지 불안해졌다. 어쩌면 답장이 오지 않을 수도 있다. 하지만 이미 답장이 와 있을지도 모른다는 생각에 쉬는 시간마다 신발장으로 확인하러 갔다.

사귀던 남자 친구가 메시지에 답장을 보내지 않아도 지금까지는 단 한 번도 초조하게 기다려본 적이 없던 내가 이런 행동을 하다니, 이 사실에도 적잖이 혼란스러웠다.

결국, 점심시간에도 도시락을 먹기 전에 학생회 일이 있다고 거짓말하고는 몰래 신발장을 확인하러 갔다. 신발장 안에는 노트가 그대로 있었지만, 혹시나 하고 꺼내어 페이지를 넘기자 그 애가 새로 쓴 글이 남겨져 있었다.

그 글을 본 순간 몸이 붕, 하고 떠오르는 듯 가벼워졌다. 노트 주인인 그 애도 이 교환 일기를 기다리고 있는지 모른다. 그렇지 않고서야 이렇게 빨리 답장을 보내지는 않겠지. 다만 이곳에 자꾸 오다가는 언젠가 딱 맞닥뜨릴 가능성도 있다. 지금 바로 여길 떠나는 게 좋겠다. 알고 있으면서도 어느새 웃음이 새어 나와 그 자리에서 답장을 쓰고 말았다.

그 애의 스스럼없는 답장이 기뻤다. 하지만 그런 달뜬 감정이 고스란히 드러나는 답장을 남기고 왔다는 사실이, 교실로 돌아오는 동안에 다시 마음을 뒤숭숭하게 헤집어놓았다.

나 원래 이렇게 정서가 불안정했나? 내 안에 또 다른 내가 있는 듯했다.

아아, 곰곰이 생각해 보니까 너무 허물없이 썼나 봐. 상대도 계속 스스럼없는 말투로 썼으니까 괜찮으려나? 다시 고쳐 쓰는 게 좋을까. 하지만 지금 신발장으로 돌아가는 건 위험하다.

이제 와 고민해 봐야 소용없지. 그런 마음으로 평소의 나를 깨워 스스로 다독였다.

그렇다, 잘 알면서.

잘 알고 있지만! 벽에 손을 짚은 다음 후우, 하고 숨을 토해냈다. 진짜 나 뭐 하는 거지.

평소 같으면 어떤 일이든지 냉정하게 대처했을 텐데, 감정을 제어하지 못한다는 건 꽤 체력을 소모하는 일이구나.

머리를 식히려고 창문의 차가운 유리에 이마를 갖다 댔다가 시선 끝에 사람이 있는 걸 알았다.

'…니노미야 선배네?'

3층 창에서 바로 가운데뜰이 보였다. 벤치가 두 개 놓인 그곳은 3학년들이 늘 모이는 장소였다. 환한 머리 색깔 때문에 선배는 누구보다도 눈에 확 띄었다.

"추운 데서 뭐 하고 있는 거지? 별난 사람이야."

선배는 동급생으로 보이는 남녀 다섯 명과 함께 있었다. 즐거운 듯이 크게 입을 벌린 채 웃는 선배가 내가 있는 곳에서도 잘 보였다. 바람이 불어 머리칼이 흐트러지는 모습도. 추운지 주머니에 손을 넣고 몸을 웅크리는 모습도.

지난번에는 교복 상의를 입지 않고 달리더니 오늘도 추운 날씨에 밖에 있다. 정말 감기에 걸리지 않는 걸까. 교복 상의라도 걸치고 나와 있으면 그나마 나으련만.

선배를 보고 있자니 조금 전까지 달떠 있던 마음이 싹 가라앉아 학생회 부회장인 지금까지의 나로 되돌아왔다. 니노미야 선배를 교실로 돌아가기 직전에 보게 되어 다행이다. 그대로였다면 노조미와 유코가 걱정했을지도 모르니까.

나도 이런 곳에 오래 있다가는 몸이 차가워질 테니 재빨리 교실로 돌아가야 한다. 그렇게 생각하면서도 왠지 선배를 계속 바라보았다.

햇살이 내리쬐고 있어서일까, 선배의 주위만 따뜻해 보였다. 그 순간 누가 선배를 불렀는지, 선배가 연결 통로 쪽으로 시선을 돌렸다. 나도 따라서 그쪽을 바라보니 한 여학생이 생긋 웃으며 머리 숙여 인사를 하고 있었다. 분위기로 봐서 3학년은 아닌 것 같다. 어딘가 본 듯한 얼굴인 걸로 보아 나랑 같은 2학년일지도 모른다.

니노미야 선배가 머리를 한쪽으로 내려 묶은 그 여학생에게로 다가갔다. 학년이 다른 두 사람은 어떻게 아는 사이인 걸까. 선배와 머리를 내려 묶은 여자애가 친근하게 웃으며 이야기를 나누기 시작했다. 여자의 한쪽 손이 선배의 팔에 약간 닿아 있다. 그 아이의 뺨에 살짝 핑크빛이 도는 까닭은 상대가 니노미야 선배이기 때문이겠지. 니노미야 선배에게서는 내가 아는, 마치 엉뚱하고 아이 같아 보이는 분위기가 사라지고 없었다. 어딘지 어른스러워 보였다.

…여자 친구일까?

니노미야 선배에게 여자 친구가 있다면 이미 소문이 퍼졌을 것 같긴 하지만, 이제 막 사귀기 시작한 건지도 모른다.

"그런 거군."

무심코 흘러나온 그 말이 무슨 의미인지는 나 자신도 잘 알지 못했다.

수업이 끝나고 먼저 학생회 일을 마친 다음, 노트를 주고받는 신발장으로 향했다. 점심시간에 답장을 보냈으니 아무려면 아직 없겠지 싶으면서도 더 기다릴 수가 없었다. 정말이지 내가 어떻게 된 것 같다.

그런데 신발장에 들어 있는 노트에는 이미 그 애가 쓴 글이 있었다.

새어 나오는 웃음을 수습하지도 못한 채 답장을 읽어 내려갔다. 그리고 다리에 힘이 풀려 주저앉을 뻔했다.

- 응, 앞으로 잘 부탁해!

근데 이렇게 노트로 주고받아도 괜찮아?
문자 메시지나 직접 대화하는 방법도 좋은데.
그러고 보니 우리 아직 이름도 말 안 했구나.

난 나노미야 세이야. 넌?

2장

초록을 닮은 사람

내 이름은 묻지 마

- 요전번 노트, 잃어버렸어?

혹시 못 받은 거야?

난 답장 썼어.

며칠 동안 답장을 어떻게 쓸지 고민했지만, 결심하고 노트에 답장을 쓴 건 바로 어젯밤이었다. 주말을 보내고 월요일인 오늘 아침, 가까스로 신발장에 답장을 넣으려고 마음먹었는데, 막상 열어보니 그 안에는 종이가 한 장 들어 있었다.

그동안 노트를 주고받으며 대화한 상대가 니노미야 선배라는 걸 알게 된 지난주부터 오늘까지, 신발장 근처에 얼씬도 하지 않았다. 답장을 며칠 쓰지 못했을 뿐인데 그 일이 니노미야 선배를 불안하게 했던 모양이다. 대체 언제부터 이 편지가 신발장에 들어 있었던 걸까.

선배에게 미안했다. 나도 매일 몇 번씩 신발장에 노트가 있나 확인하러 올 정도로 마음이 끌렸으면서, 선배 마음을 헤아리지 못했다. 너무나도 큰 충격에 그때 내 마음이 어땠는지조차 잊었다.

세상에, 상대가 니노미야 선배였다니!

정말 눈곱만큼도 상상하지 못했다. 어떤 사람일지 떠올려봤던 이미지 가운데 선배는 없었다. 상대가 니노미야 선배라고 생각하면서 다시 읽어보니 스스럼없는 말투며 거침없이 다가오는 그 느낌이 확실히 선배구나 싶었다.

노래를 선물한다는 발상도 선배라면 그럴 만하겠다고 수긍이 된다. 학교 축제에서 갑자기 무대로 뛰어올라 노래를 불렀을 정도니까. 나는 학생회 일이 있어서 듣지 못했지만 다들 열광했었다. 유코와 노조미도 입을 모아 "멋있었어!" 하고 감탄했다. 그러니 노래를 잘하는 건 분명하다. 하지만 설마하니 작곡까지 할 줄이야. 사실은 대단한 사람일지도 모른다. 가사는… 뭐, 노래로 부르면 느낌이 달라지기도 하니까.

노트를 주운 날, 방과 후에 손수건을 찾고 있었다는 건 아마 거짓말이었겠지.

깜빡 속았다.

에효…. 한숨을 쉬고는 어젯밤에 답장 쓴 노트를 다시 들여다보았다.

– 미안해요. 바빠서…

니노미야 선배였군요. 뜻밖이어서 정말 놀랐어요.

여러 가지로 미안했어요.

저에 관한 건 잊어주세요.

노트를 주고받는 건, 이제 그만하고 싶어요.

아무리 생각해도 이 교환 일기를 더 주고받을 수는 없었다. 물론 계속하면서 선배와 조금 더 이야기를 나누고 싶기도 했다. 하지만 선배가 이름을 말했으니 나도 이름을 밝혀야 한다.

그건 무리지. 아니, 싫어.

선배는 나를 알고 있는걸. 그런 상대와 사랑에 관해 이야기를 나누다니, 죽어도 못해!

게다가 지금까지 주고받은 말을 생각하면 절대로 내가 누군지 밝히고 싶지 않다고!

상대가 니노미야 선배라는 걸 알게 된 이상, 지금까지 나눈 그런 대화를 똑같이 나눌 수는 없다. 무슨 글을 받게 된들 니노미야 선배가 머릿속에 떠오를 테니까. 선배를 대하듯이 의식해서 답장을 쓰게 될 게 분명하다.

그럼 어떻게 할까. 답은 하나밖에 없다.

노트를 신발장에 넣고 문을 탁, 닫았다. 그 순간 어깨에서 힘이 빠져나갔다. 지금까지는 답장을 쓸 때마다 가슴이 두근거렸지만, 오늘은 담담하다. 한편 어딘가 쓸쓸하기도 했다.

"그보다 니노미야 선배, 좋아하는 사람이 있었네."

교실로 가면서 불쑥 중얼거렸다.

얼마 전에 본, 후배 같아 보이는 그 여학생일까? 니노미야 선배가 짝사랑하고 있다니 완전 빅뉴스다. 물론 아무에게도 말하지 않을 거지만.

가만히 생각해 보니 나는 정말 니노미야 선배에 대해 아는 게 없다. 선배가 말을 걸어와도 그저 선배는 남들 눈에 띄고 싶어 하는 무례한 사람으로밖에 보질 않아서 서둘러 이야기를 끝내려고만 했다.

선배를 발견하면 또 뭔가 이상한 일을 벌이는 게 아닐까 의심했다. 남들에게 들은 정보와 내가 본 행동으로 대충 이런 사람이려니 상상하고, 보고, 대해왔다.

좋아하는 사람을 생각하면서 장미가 어떻고 세계가 어쩌니… 그런 시를 쓰는 사람. 누군지도 모르는 상대에게 노랫말에 대한 소감을 묻고 함께 사랑을 배우자고 하는 사람.

노트로 대화를 주고받은 사람이 나라는 걸 알면 선배는 어떤 표정을 지을까. 착실한 학생회 부회장으로서의 나밖에 알지 못하는 선배는 놀랄 게 틀림없다.

가슴에 구멍이 뻥 뚫린 듯한 허무감에 휩싸여 창밖을 바라보았다. 그곳에는 나뭇잎을 몸에 두르지 못해 추워 보이는 나무들이 바람에 흔들리고 있었다.

"이름, 말해주지 말지!"

아쉬워하면서 혼잣말을 흘렸다.

누군지 몰랐다면 계속 노트를 주고받을 수 있었는데.

'그랬을 텐데.'

- 어! 왜?

혹시 내가 선배라서 불편한 거야?

나는 전혀 아무렇지도 않은데.

모처럼 맺은 인연이고.

신경 쓰인다면 이름은 말하지 않아도 돼!

설마하니 또 답장이 와 있을 줄은 몰랐다.

이제 교환 일기는 끝났다고 생각했다. 그렇게까지 분명하게 거절했으니까 니노미야 선배도 더는 답장하지 않을 거라고.

그런데 다음 날 아침, 학교 건물 현관에 '왼쪽의 오른쪽 위에서 기다릴게.'라는 메모가 붙어 있을 줄이야! 두 번 다시 열어볼 일은 없을 거라고 여겼던 신발장을 들여다보니 아니나 다를까, 노트가 들어 있었다. 게다가 이 답장은 앞으로도 계속 교환 일기를 쓰자는 뜻이겠지.

"이거 참 어떡하지."

답장에서는 배려가 느껴졌다. 선배니 후배니 하는 격식은 신경 쓰지 않는 사람이라는 건 평소 선배를 보면 잘 알 수 있다. 건물 현관문에 메모를 남겨 답장을 썼다는 사실을 알려준 까닭은 상대(나)가 어떻게 할지를 고려한 행동이다. 이 메모가 없었다면 나는 신발장을 열어보지 않았을 테니까.

다른 사람의 마음을 헤아릴 줄 아는 사람이다. 상대가 어떻게 할지를 상상할 수 있는 사람.

제멋대로 하는 사람이라고 생각했던 게 미안해졌다. 나야말로 내 멋대로, 니노미야 선배를 내 잣대에 맞춰 보고 있었다는 걸 깨달았다.

하지만….

"그건 무리라니까!"

무심코 혼잣말이 튀어나왔다.

왜 계속하려는 거지? 말이 안 되잖아. 뭐야 이게, 한 번 더 거절해야 하나? 하기 힘든 말을 두 번씩 시키지 말라고요!

"에리노, 오늘 어쩨 표정이 안 좋은데 무슨 일 있어?"

"어?" 노조미의 목소리에 생각보다 커다란 소리로 되묻고 말았다. 그 모습에 노조미는 순간 눈을 동그랗게 뜨더니 더욱 걱정스러운 표정을 지었다.

"학생회 일이 너무 바쁜 거 아냐? 괜찮아?"

"아, 응. 괜찮아. 괜찮아."

펼쳐만 놓고는 거의 손을 대지 않은 도시락을 오물오물 입에 떠 넣으면서 웃었다. 어느새 교환 일기를 생각하느라 의식이 어딘가로 날아갔던 모양이다. 그 탓에 오늘은 수업 중에도 몇 번씩 정신이 딴 데로 빠져 제대로 집중하지 못했다.

"에리노가 멍하니 있다니 뭔 일이래?"

"3학기는 행사가 너무 많아."

"노조미가 추천해 주는 곡이라도 들으면서 기운 차려."

유코를 비롯해 다른 친구들도 의외라는 눈빛으로 내게 말했다. '추천해 주는 곡.'이라는 말을 들은 노조미는 안절부절못하면서 "혹시 괜찮으면 추천해 줄게." 하고 내 표정을 살폈다.

노조미가 권해주는 곡을 들으면 정말이지 기운이 난다. 아니, 눈이 번쩍 뜨이겠지.

노조미는 평소 느긋하고 온화한 성격이지만 음악 취향은 의외로 데스메탈 같은 꽤 독특한 장르를 좋아한다. 나는 음악을 잘 모르니까 '그렇구나!' 하는 정도로 여겼지만, 유행에 빠삭한 유코와 몇몇 애들이 보기에는 꽤 마니아가 따르는 장르인 모양이다.

예전에 노조미는 데스메탈을 좋아한다는 사실을 숨겼다. 그러면서도 방송부원인 노조미는 자신이 담당하는 점심 방송 때 신청곡이 들어왔다면서 자기가 좋아하는 노래를 틀었다. 그때마다 유코와 아이들이 곡을 비웃는 바람에 노조미 얼굴이 굳어졌다. 나는 그때 노조미 반응을 보고 노조미가 좋아하는 곡일 거라고 알아차렸다. 왜 다들 눈치채지 못하는 건지 알 수 없었지만, 노조미도 비웃음당하는 게 싫으면 무난한 곡을 틀면 될 텐데. 이해가 가지 않았다. 좋아하는 걸 확실히 말하지 못하는 성격이면서도 신념이 있다고 할까, 흔들리지 않는다고 할까, 여하튼 고집 같은 게 있다.

노조미가 2학기 말에 취미를 밝히고 나서는 유코와 다른 아이들도 더는 비웃지 않는다. 그뿐만 아니라 유코는 약간 흥미가 생겼다고 한다.

자기감정을 입 밖에 내지 않는 노조미와 그런 상대의 마음을 눈치채지 못하고 비웃는 유코.

그 모습을 보면 가끔 피곤할 때도 있지만 부럽기도 하다.

나는 절대 양보 못 할 정도로 좋아하는 취미도 없을뿐더러 부정할 수 있을 만큼 유행하거나 유명한 것도 잘 알지 못한다. 뭘 좋아하고 뭘 싫어하는지 나 자신도 잘 모르겠다.

남들은 나를 보고 똑 부러진다거나 의견이 확실하다고 말하지만 실제로 내 의견 같은 거, 아무 데도 없다. 그저 옳다고 믿는 기준에 따를 뿐이다.

그래서 선배의 그 시에 마음이 끌렸나 보다.

그 시에는 한 사람의 마음이 담겨 있으니까.

'모처럼 맺은 인연이고.'

선배가 답장에 쓴 한 문구가 떠올라 '인연인가!' 하고 마음속으로 중얼거렸다. 생각하기에 따라서는 맞는 말이다.

그렇지만….

무심코 어울리지 않게 한숨을 쉬자 노조미가 "내일 점심 방송 때는 기운 나는 곡을 틀어줄게!" 하고 큰 결심이라도 한 듯 말했다.

"세토야마가 알려준 곡이 있거든."

"뭐야, 그거 지금 남친 자랑이야?"

"아, 아니야! 정말 멋진 곡이라서 그래. 뭔가 그, 내면에서 에너지가 솟아 나온달까!"

"네네, 아주 잘 듣겠습니다!"

내 대답에 모두가 웃자 노조미의 얼굴이 새빨개졌다. 노조미 반응이 너무 솔직해서 그만 장난기가 발동했다.

"고마워, 노조미. 내일 기대할게."

당황해하는 노조미에게 다시 말하자, 노조미가 싱긋 귀여운 미소를 보였다. 그 표정에 순간 '앗, 이렇게 예쁘구나.' 하고 놀랐다. 세토야마는 노조미의 이런 반응에 마음이 끌린 거구나.

점심을 다 먹고 나서 "나 잠깐 화장실에 다녀올게." 하고 일어나자 "그러십쇼!" 하고 유코가 발랄한 목소리로 대답했다.

문을 열고 복도로 나가자 어딘가 창문이 열렸는지 휙, 하고 찬 바람이 불어왔다. 화장실에만 잠깐 다녀올 생각에 교복 상의를 교실에 그냥 둔 채로 나온 게 실수였다. 몸을 웅크리고 재빨리 화장실로 향했다. 복도보다 더 차가운 공기로 가득한 화장실에 들어가 찬물로 손을 씻었다. 찌를 듯한 아픔이 느껴질 정도였다. "으읏." 하고 이를 악물고는 다시 복도로 나와 교실 쪽으로 돌아섰다. 추위를 잊으려고 생각에 집중했다.

아아, 선배 편지에 답장을 어떡해야 하나. 빨리 써야 할 텐데. 거절하려면 빠른 게 좋다. 시간을 끌면 또 선배를 애타게 할 뿐이다.

그렇긴 한데….

"흐음…." 하며 팔짱을 끼고는 눈을 감고 깊이 생각에 잠겼다. 그때 창문으로 돌풍이 불어닥쳤다.

"…우왓, 뭐야!"

짧은 머리칼이 흐트러졌다. 가늘게 눈을 뜨자 눈앞으로 반짝반짝 눈부신 무언가가 날아들었다. 밝은 털 같은 게 있어서 커다란 고양이나 여우인가 싶어 눈을 크게 떴다. 그 순간, 반짝이는 무언가가 동물이 아니라 사람이라는 사실을 알았다. 상대도 나를 보고 놀란 얼굴을 하고 있었다.

아는 사람인데 느닷없이 바람처럼 휙 하고 눈앞에 나타난 데다 밝은 머리색이 햇빛을 흡수해 빛나는 듯 보여서 한참 후에야 누구인지 알아차렸다.

"에리노짱이네. 하하하, 미안, 미안."

밝은 목소리에 소스라치게 놀랐다. 내가 넋을 잃은 듯 보고 있다는 걸 그 직후에 깨달았다.

"니노미야… 선배!"

"갑자기 눈앞에 에리노짱이 나타나서 깜짝 놀랐어."

"아, 아니, 제가 더 놀랐어요. 갑자기 나타난 건 선배니까."

그제야 심장이 콩닥콩닥 뛰기 시작했다. 나도 모르는 사이에 숨을 멈추고 있었던 모양이다. 목소리가 심장 박동 소리에 맞춰 떨렸다.

아니 그보다.

"어디서 온 거예요?"

"아, 뭐, 그냥."

아무리 생각해도 창문으로 들어온 거잖아? 어라? 그렇지만 여기 3층인데!

선배와 창을 번갈아 보면서 입만 뻐끔거리자 "어쩌다, 그렇게 됐어." 같은 말을 되풀이하면서 내 어깨를 톡톡 토닥였다.

전에도 이런 일이 있었는데!

문득 예전 일을 떠올리자, 선배도 같은 날이 생각났는지 "두 번 있었다는 건 또 생길지도 모른다는 거지." 하며 웃었다. 이런 일이 몇 번씩 생기면 언젠가 선배는 크게 다칠 게 뻔하다. 아무리 자애로운 부처님이라도 그 얼굴을 세 번 쓰다듬으면 화를 낸다는 속담도 있으니까.

예전 그날도 선배는 창문을 통해 갑자기 나타났다.

작년 2학기, 내가 학생회에 들어간 지 몇 개월이 지났을 때였다. 얼마 안 있으면 11월인데도 땀이 밸 정도로 더운 날이었던 기억이 난다. 2층의 인기척 없는 복도에서 나는 혼자 잠시 주춤거리고 있었다. 몇 분 전에 들은 말을 곰곰이 되씹으면서 아무도 없는 앞쪽을 망연히 바라보고 있었다.

바로 그때 지금처럼 선배가 창으로 뛰어들었다.

"뭐, 뭐, 뭐, 뭐야!"

마음이 착잡했는데 그런 기분은 순식간에 날아가고 말았다. 2층 창에서 누군가가 뛰어들 거라고는 상상도 하지 못했기에 마법을 쓴 건가 싶었다.

"하하하. 미안, 미안."

너무 놀라서 눈을 동그랗게 뜬 내게 선배가 얼굴 가득 웃음을 보이며 사과했다. 조금도 미안해하는 기색 없이 밝게 웃는 얼굴에 묘하게 달떴다. 왠지 맞겨룰 수 없을 듯한, 종잡을 수 없는 사람이라는 인상을 받았다.

"어, 어떻게…."

"3층에서 배수관을 타고 왔으니까 괜찮아. 내가 지금은 도망을 좀 치느라고."

뭐가 괜찮다는 건지 전혀 모르겠다.

"…도망치는 것도 정도가 있죠. 떨어져서 다치기라도 하면 어쩌려고요? 입원하게 되면 도망도 못 치잖아요."

진지하게 말했건만 선배는 잠시 가만히 있더니 푸핫, 하고 웃음을 터뜨렸다.

"아하하하. 하긴. 그러면 도망 못 가지."

웃을 일이 아니다. 마치 남의 일처럼 배를 움켜쥐고 웃는 모습이 신기했다. 자기 이야기라는 자각이 없는 걸까? 아니면 그런 상황은 생각해 본 적도 없을 정도로 자기에게 자신감이 있는 걸까, 어쩌면 자기가 어떻게 되든 상관없는 걸까.

태양처럼 밝은 기운을 내뿜으면서 자멸할 사람처럼 느껴지기도 했다. 잠시라도 눈을 떼면 앞일은 생각하지 않고 무모한 일을 저지르고 말 것 같은 위태로움이 있다.

나와는 정반대 정도가 아니라 완전히 다른 별에 사는, 절대로 어우러질 수 없는 사고를 지닌 사람이 아닐까. 직감적으로 이 사람과 엮여서 좋을 게 없겠다 싶었다. 내가 가장 불편해하는, 대화가 통하지 않는 상대일 거라고.

깔깔대고 웃는 선배의 이마에는 땀이 배어 있었고 그 땀이 뺨을 타고 내려와 턱으로 흘러내렸다. 어깨에는 어디서 붙어 왔는지 나뭇잎이 달라붙어 있었다. 예쁜 초록색을 띤, 가을에는 어울리지 않을 정도로 싱싱한 나뭇잎.

"근데 어쩐 일이야?"

어이가 없어서 우두커니 서 있자 선배가 그렇게 물었었다.

"근데 어쩐 일이야?"

"…네?"

기억한 내용과 똑같은 대사가 귀에 꽂히는 바람에 얼빠진 목소리가 튀어나왔다.

“뭔가 고민하는 표정이어서.”

“…그런 표정, 이었어요?”

“평소에는 더, 뭐랄까. 좀 깐깐해 보이니까.”

깐깐하다니!

나도 모르게 발끈하자 선배는 “바로 그 표정이야.” 하고 한쪽 뺨을 씰룩이며 웃었다. 내 반응을 재밌어하는 게 훤히 보여서 영 못마땅하다. 아니, ‘평소에는’이라니, 매일 얼굴을 마주하는 사이도 아니고 선배가 허구한 날 엉뚱한 사고를 치니까 이렇게 인상이 구겨지는 거 아닌가.

다만 고민하던 건 사실이어서 짜증스러운 마음을 억누르고 “그런가요?” 하고 애매한 대답을 했다. 마음속으로는 ‘선배 탓이잖아요.’ 하고 덧붙이면서.

처음 만났을 때는 “아무것도 아녜요.” 하고 확실하게 부정했다. 나는 처음 보는 사람에게 속마음을 털어놓을 정도로 솔직하지 못하다. 하지만 지금은 왜 대충 얼버무리지 않았을까. 조금이나마 내가 선배에게 관심이 생겨서일까.

“어어, 니노 선배!”

“왜 이런 데 있어요?”

“학교 안에서 헌팅하는 거냐?”

우리 둘이 복도에서 마주 보고 서 있자, 니노 선배를 알아본 애들이 한마디씩 말을 걸었다. 선배는 그 애들에게 “안녕!”, “방해하지 마!", "아니야!" 하고 일일이 대답했다. 2학년 교실이 있는 층인데도 이렇게나 아는 애들이 많다니 진짜 발이 넓다.

"어라? 니노 형?"

등 뒤에서 요네다의 목소리가 들려 돌아보았다. 니노미야 선배는 요네다랑도 친한 모양이다.

"마쓰모토한테 상담하는 거예요? 그 노트 때문에?"

그 노트라고? 그 단어에 불길한 예감이 들었다.

"노래 가사를 적어놓은 노트가 없어졌대. 너도 알아?"

"몰라."

생각하기도 전에 말이 먼저 튀어나왔다. 아차, 싶었을 때는 이미 늦었다. 순간적으로 거짓말을 하고 말았다. 손바닥에 땀이 배어 나와서, 그저 얼굴에 당황한 기색이 드러나지 않기만을 바랄 뿐이었다.

설마 내가 이런 거짓말을 할 줄이야.

"아냐, 그건 이미 찾았어. 친절한 사람이 주워줬거든."

"아, 다행이네요."

두 사람의 대화를 듣고 있자니 뺨이 움찔하며 굳어졌다.

아아, 어쩌면 좋아. 큰일이다. 이제 와서 "알고 있어요." 하고 번복할 수는 없는 노릇이다. 일단 침착하자. 그리고 들통나기 전에 얼른 이 자리를 뜨자.

"미안, 미안. 그래서, 무슨 일이 있었는데?"

선배의 목소리에 흠칫 놀랐다. 어느새 요네다는 가고 없었고 니노미야 선배가 내 얼굴을 가만히 들여다보고 있었다. 순간 내게 뭘 물어본 건지 몰라서 한 박자 늦게서야 아까 그 '고민하는 표정' 이야기라는 걸 깨달았다.

"아뇨, 난 괜찮으니까 신경 쓰지 말고 볼일 보세요."

환하게 웃으면서 대답했다. 하지만 실제로는 사고가 정지된 건지 발걸음도 뗄 수 없었다. 선배가 먼저 가지 않으면 곤란하다. 그런데 선배는 "왜?" 하고 물으며 조금도 자리를 뜨려 하지 않았다.

"왜냐니…."

"지금 내 볼일은 에리노짱의 고민을 해결하는 거야. 점심시간 끝나려면 아직 좀 더 있어야 하고, 언제까지든 기다릴게."

"뭐예요, 그게."

볼일이 있어서 창문으로 뛰어 들어온 거 아닌가?

말도 안 되는 소리를 하고 있는데도 나는 왠지 부끄러워졌다. 원래 해야 할 일을 나중으로 미루려 할 만큼 내가 심각한 표정을 짓고 있었나?

어쨌거나 선배가 자꾸 물어본들 그 고민을 상담할 수는 없다.

"말, 안 할 거예요."

"그럼 기다릴 수밖에 없지 뭐."

마치 이야기할 때까지 보내주지 않겠다는 뜻으로도 들렸다. 하지만 선배에게서 그런 위압감이 느껴진 건 아니다. 반은 진담, 반은 농담인 걸까.

선배의 느긋하고 초연한 태도에, 희한하게도 차츰 마음이 편안해졌다. 문제는 아무것도 해결되지 않았는데도.

"점심시간이 끝날 때까지 이렇게 마주 보고 있을까요?"

"에리노짱이 원한다면. 6교시까지라도, 방과 후까지도."

농담으로 한 말에 선배는 시원스레 대답했다. 다른 사람이 그렇게 대답했다면 그저 실없는 농담을 던지는 거라고 여겼을 거다. 하지만 선배는 내가 움직이지 않는 한, 정말로 언제까지든 이곳에 있을 듯싶었다. 게다가 억지로 캐묻지도 않을 거고.

내가 움직이기를 그저 기다리고 있다. 내가 이야기를 해도 좋고 그냥 갈 길을 가도 좋다는 뜻이겠지. 선배는 나를 지켜보고 있었다. 내가 생각하던 것보다 선배는 훨씬 어른인지도 모른다.

"그럼 의자를 가져와야겠네요."

후훗, 하고 웃음소리를 내자 왠지 선배도 기쁜 듯이 미소를 보였다.

"눈싸움이라도 할까?"

"안 해요."

무슨 눈싸움이야.

"정말 아무것도 아녜요."

선배가 그렇게까지 걱정할 만큼 고민한 것도 아니다. 고민이라기보다는, 선배와의 교환 일기를 어떻게 거절해야 할지 생각하고 있었을 뿐이다. 원래도 선배에게 사실대로 밝힐 수는 없다고 생각했지만 아까 그런 대화가 오간 마당에 이제는 정말 입이 찢어져도 말할 수 없다.

"으음, 그러니까, 생각하고 있던 건 맞지만요."

"그렇군!"

뭐가 그렇다는 걸까.

하지만 적당히 대꾸하는 건 아닐 것이다. 아마도. 선배는 사람을 채근하지 않는다. 단지 나의, 상대의 행동을 기다려주는 사람이다. 언제까지라도 기다릴 수 있는 사람.

"선배는 꾸밈이 없는 사람이군요."

"뜬금없이 무슨 소리야?"

천천히 걷기 시작하자 선배도 옆에서 따라 걸었다. 마치 나를 바래다주기라도 하는 듯이. 그런 행동도 자연스러웠다.

"난 생각만 하는 편이라 약간 부러워서."

"에리노짱은 생각이 너무 많아서 행동으로 옮기지 못하는 타입이니까."

맞는 말이지만 선배가 그렇게 말하니까 왠지 순순히 인정하고 싶지가 않다. 조금 전에 선배가 부럽다고 한 말도 취소하고 싶어졌다.

주위 사람들은 나한테 결단력 있다는 말을 자주 한다. 하지만 나는 위험 부담이 적으면서 가장 효율적인 방법을 궁리해 선택할 뿐이다. 그래서 선배처럼 생각하는 대로 행동하지 못한다.

아무 말도 하지 않자 선배는 "아, 화났구나? 티가 다 난다니까." 하며 웃었다.

…열받아.

“그렇지만 부러워할 거 하나도 없어.”

“선배가 말하니까 비꼬는 소리로 들리는데요.”

“뭘 그리 삐딱하게 받아들이고 그래!”

“삐딱한 게 아니라 선배를 신뢰할 수 없을 뿐이에요.”

선배는 또 “그렇군!” 하고 대답했다. 비꼰 거였는데 선배는 전혀 개의치 않는다. 이럴 때면 당할 수가 없구나 싶어 패배감마저 느낀다.

“에리노짱 말처럼 내가 꾸밈없다는 건, 내가 하고 싶은 걸 하니까 그런 거겠지.”

“음, 그건 그럴지도 모르겠네요.”

선배가 하고 싶은 걸 참는 모습은 좀처럼 상상이 되질 않는다. 슬그머니 웃음을 짓자 선배는 만족스러운 듯이 “그렇지?” 하고 맞받았다.

“그러니까 에리노짱도 이리저리 생각해도 도저히 답이 나오지 않을 때는 하고 싶은 대로 해보는 게 어때? 그럴 때는 정답이 없는 거라고 여기고.”

내 고민을 꿰뚫어 보는 듯한 대답에 흠칫 당황했다.

“충분히 생각해서 결정한 행동이라면 그걸 정답이라고 여겨도 되지 않을까?”

“…선배는 충분히 생각한 다음에 머리를 그렇게 한 거예요?”

“물론이지.”

당황한 마음을 감추려고 불쑥 내뱉은 말이었지만 선배가 자랑처럼 당당하게 대답하는 바람에 그만 웃음이 터져 나왔다. 어느새 교실 앞에 다다랐기에 "그럼 이만." 하고 가볍게 고개를 숙였다. 고작 십여 미터밖에 되지 않는 거리인데 정말로 교실까지 바래다주었다.

"너무 생각이 많은 에리노짱한테 이걸 줄게."

선배가 주머니에서 사탕을 꺼내어 내게 내밀었다.

"여전하네요, 선배."

작은 목소리로 툭, 던지자 선배는 싱긋 미소를 지었다.

처음 만난 그날도 내게 과자를 주었다. 그러고 보니 그때는 라무네*였다. 내 손을 잡고 자기 앞으로 가져가더니 손바닥에 라무네 알갱이를 톡톡 털어줬다. 여러 번 먹어봤던 라무네였다. 그런데 지금까지 먹었던 라무네 중에 가장 맛있었던 기억이 새록새록 올라왔다.

"어머나, 에리노? 겉옷도 안 입고 여기서 뭐 하고 있어! 감기 걸리려고."

문 앞에 서 있는 걸 보고 교실에 있던 유코가 큰일이라도 난 듯이 소리쳤다. 그 옆에 있던 요네다가 "그럼 수업 끝나고 봐." 유코에게 말하고는 교실에서 나갔다. 보나 마나 요전번에 깬 약속을 만회하려고 다음 데이트 약속을 하러 온 모양이다.

---

* 소다 맛 음료수가 아닌, 부스러지기 쉬운 알약 형태의 과자.

"아, 이거 고마워요."

한 번 더 고개를 살짝 숙여 인사하자 선배가 가볍게 손을 들어 보였다. 교실로 들어와 다시 뒤돌아봤을 땐 이미 선배는 보이지 않았다.

"어디 갔다 왔어? 그거 사탕? 어디서 난 거야?"

"니노미야 선배가 줬어."

껍질을 벗기고 사탕을 입에 쏘옥 던져넣었다. 혀끝에서 사탕을 굴리자 새콤달콤한 딸기 맛이 입안 가득 퍼졌다.

"너, 선배랑 친했었나? 얘기하는 건 몇 번 봤지만."

유코가 말했듯이 나와 선배는 사이가 좋은 게 아니다. 처음 대화를 나눈 날부터 선배는 나를 볼 때마다 말을 걸었지만, 그건 선배가 누구에게나 친근하게 대해서지 내가 특별한 건 아니다. 학생회 임원으로서 내가 먼저 말을 걸기도 했지만 그때는 사무적인 이야기만 나눴을 뿐이라 늘 잠깐이었다. 그래서 나는 선배에 대해 아는 게 하나도 없었다. 알려고 하지도 않았다.

"오늘 처음 제대로 얘기한 거야."

니노미야 선배의 얼굴을, 목소리를, 똑바로 보고 들은 건 오늘이 처음일지도 모른다.

'에리노짱도 이리저리 생각해도 도저히 답이 나오지 않을 때는 하고 싶은 대로 해보는 게 어때?'

계속 노트를 주고받는 건 거절해야겠다 마음먹고 있었다. 상대가 니노미야 선배인 데다 나한테 어울리지도 않는 말을 잔뜩 적었으니 그럴 수밖에 없다. 여태껏 노트를 주고받은 사람이 나라는 걸 절대로 알게 하고 싶지 않다. 선배가 알게 되면 평생 선배를 마주 볼 자신이 없다. 절대 나라고 밝힐 수 없다.

선배는 말하지 않아도 좋다고 했지만 그건 너무 비양심적이지 않은가. 나만 상대를 알고 자신이 누군지는 숨기다니. 비겁하다. 옳지 않다.

하지만 고민한 건, 거절하기가 괴로운 건, 말하기 어려운 건, 실은 나를 감추고서라도 교환 일기를 계속 주고받고 싶은 게 솔직한 심정이어서다.

이대로 끝내고 싶지 않다.

'충분히 생각해서 결정한 행동이라면 그걸 정답이라고 여겨도 되지 않을까?'

그래도 될까? 그렇게 내 맘대로 선택해도, 괜찮을까?

하지만 나 좋을 대로 생각하고만 이 시점에, 마음속으로는 어떻게 할지 이미 결정했다. 아까까지의 고민이 사탕과 함께 녹아 사라졌다. 이런 식으로 생각하는 나 자신이 내 안에 존재한다는 걸 지금까지는 깨닫지 못했다.

선배를 더 알고 싶다. 선배를 알고 나면 나 자신에 대해서도 더 많은 걸 알게 될지 모른다. 뭔가가 달라질지도 모른다.

'아아, 나는 바뀌고 싶었던 건가.'

나는 나에 대해 이렇게 또 한 가지 사실을 알게 되었다.

- 그럼 배려해 주신 대로 전 이름을 말하지 않을게요.

고마워요.

앞으로 잘 부탁드려요.

감출 수 없는 감정

- 그럼 나나짱이라고 부를까?
그리고 높임말은 안 써도 돼.

아… 얼마 안 있으면 졸업이네.
좋아하는 아이를 이젠 만날 수 없겠군.

선배는 이름을 밝히지 않겠다는 내 의사를 흔쾌히 받아들인 데다가 애칭까지 지어주었다. 답장을 읽으니 안도감이 드는 한편, "아, 귀여워." 하는 말이 절로 튀어나왔다.

나나짱이래. 그래, 이 노트를 주고받을 때만은 적어도 '나나짱'이다.

이름을 숨기고 대화를 주고받는 데 그렇게도 거부감이 들었으면서 한 번 마음을 굳히고 나니 놀랄 정도로 마음이 편했다. 이렇게 교환 일기를 계속할 수 있다는 게 너무 기뻐서 나도 모르게 실실 웃음이 비어져 나왔다. 주위에 아무도 없는데도 목도리를 끌어당겨 입을 가리고서 아무렇지도 않은 척 복도를 걸어갔다.

아무도 모르는 내가 노트 속에만 있다.

나나짱은 이 세상에 존재하지 않는, '나'이면서 내가 아닌 사람이다.

어제부터 줄곧 들뜬 마음이 진정되질 않아서, 간밤에는 끝도 없이 자수를 놓았다. 그 모습을 보고 동생들이 기겁했다.

"언니, 티슈 케이스 너무 많다니까!"

"보조 가방은 더 심플해야지, 안 그럼 들고 다니기 창피하니까 그만 만들어!"

일단 마음을 가라앉히고 얼른 교실로 가서 애들이 오기 전에 답장을 써야겠다.

"마쓰모토?"

너무 놀라 이상한 소리가 튀어나올 뻔했다.

이 시간에 왜?

심장이 날뛰는 걸 가까스로 진정시키며 쭈뼛쭈뼛 뒤를 돌아보자 검은색 코트를 걸친 세토야마가 나를 보고 "여어!" 하고 친근하게 손을 들어 보였다.

뜻하지 않은 인물이어서 "안녕!" 하고 인사하는 데 목소리가 약간 떨렸다. 다행히도 세토야마는 눈치채지 못한 듯 "여전히 일찍 오네." 하며 다가왔다.

"넌 평소에 이렇게 일찍 안 오잖아? 어쩐 일이야?"

"여동생 소풍날인데 집합 시간이 일러서 그 김에 나도 같이 나왔어."

그러고 보니 꽤 나이 차이가 나는 여동생이 있다고 노조미한테 들은 것 같다.

"그랬구나." 하는 대답을 마지막으로 대화가 끝나려니 했는데 세토야마가 갈 생각을 하지 않았다. 세토야마는 이과반이라 여기서 나와 반대 방향으로 가야 한다.

뭔가 할 말이 있는 건지 입을 우물우물했다.

"저기, 있잖아. 미안했어."

"…헐, 그 얘기, 내가 비참해지는데."

무슨 말을 하는지 바로 알아차리고는 얼굴을 찌푸리면서 어깨를 움츠렸다. 그런 내게 세토야마는 "그러네." 하고 맞받았다. 내가 진심으로 말하는 게 아니라는 걸 아는 거겠지.

"그럼, 또 봐."

"응. 잘 가."

세토야마는 눈을 가늘게 뜨고 하하, 웃더니 손을 들어 보이고는 뒤돌아갔다. 사과하려고 일부러 말을 걸다니 솔직하다고 해야 하나 고지식하다고 해야 하나.

노조미와 세토야마가 사귀기 시작한 건 한 달쯤 전 일이다. 2학기 기말고사 마지막 날이었다. 교실로 뛰어 들어온 세토야마가 반 애들이 있는 자리에서 큰 목소리로 노조미에게 좋아한다고 외쳤다. 그건 지금까지도 곧잘 화제에 오를 정도로 충격적인 고백 장면이었다.

하지만 세토야마의 고백보다, 자신의 의견을 말로 내지 못하고 남들에게 주목받는 걸 그렇게나 꺼리던 노조미가 그 자리에서 자신도 세토야마를 좋아한다고 대답한 데 더 놀랐다.

사랑이 이렇게까지 사람을 바꾸는 걸까. 내가 훨씬 더 오래 노조미 곁에서 지냈는데. 세토야마에게 질투를 느꼈을 정도다.

하지만 그 세토야마가,

"처음에는 나를 좋아했다니!"

아무도 없는 복도에서 혼잣말을 중얼거렸다. 그와 동시에 쓴웃음이 흘러나왔다.

노조미에게 그 이야기를 들은 건 2학기 종업식이 열리기 며칠 전이었다. 노조미가 전화를 해서는 한껏 가라앉은 목소리로 "할 얘기가 있어." 하기에 다음 날 만나기로 약속했다.

노조미는 이야기를 꺼내기도 전에 침통한 표정을 짓고 있었다. 무슨 말을 털어놓으려는 건지 들을 준비를 단단히 하고 있었는데 두 사람이 사귀게 된 계기를 설명하기에 맥이 풀렸다. 하지만 들으면서 '그렇게 된 거구나.' 싶었다.

계기는 이동 수업 때 세토야마가 보낸 러브레터였다고 한다.

그게 사실은 내게 보내려던 편지였는데, 세토야마가 자기 자리에서 수업받는 사람을 나라고 착각한 바람에 노조미가 받게 되었다는 이야기였다.

뭐가 어떻게 된 일일까. 노조미가 설명한 바로는 여러 가지 착각이 겹쳤다는데, 자꾸 횡설수설해서 잘 이해할 수가 없었다.

하지만 아마도 세토야마는 나를 좋아한 게 아니었을 거다. 원래 노조미의 무언가가 세토야마의 마음에 와닿게 되었는데 세토야마는 왠지 그 사람이 나인 줄 알고 확인도 제대로 하지 않은 채 러브레터를 썼고, 그걸 노조미가 발견해서 어찌어찌하다가 결국 잘된 건가 보다. 그런 사정이야 굳이 나한테 설명하지 않아도 되는데.

"하지만 처음엔 너한테 쓴 거였는데 내가 숨기고 거짓말을 해서, 그래서 세토야마랑 친해진 거니까."

노조미는 어쩔 줄 모르며 머리를 숙이고는 미안하다는 말만 되풀이했다.

러브레터 사건보다 먼저인지 나중인지는 모르지만, 나는 노조미가 세토야마를 좋아한다는 걸 눈치챘다. 게다가 내가 세토야마를 좋아한 적은 한 번도, 한순간도 없었다. 여학생들에게 인기가 많은 세토야마의 존재는 알고 있었지만 서로 말을 해본 적도 없다. 만에 하나, 세토야마에게 직접 좋아한다는 고백을 받았다면 사귀었을지도 모르지만 그건 절친이 좋아하는 상대가 아닐 경우의 이야기다.

그저 절친이 좋아하는 사람과 잘되어서 다행이라고, 그 마음은 진심이었다.

…하지만.

'왜 세토야마는 그런 러브레터를 쓴 걸까?'

상대가 나든 노조미든 간에, 세토야마는 우리 둘과 이야기해 본 적이 없었는데 그런 상대에게 왜 고백하려고 한 걸까. 여학생들에게 인기 있으니 거절당할 리가 없다고 여긴 걸까? 아니, 세토야마는 그런 사람은 아닐 것 같다.

교실로 들어가 자리에 앉아 곰곰이 생각해 봤지만, 나로서는 알 수가 없었다. 지금까지 나한테 고백한 남학생 중에도 나와 전혀 접점이 없던 사람은 있다. 그 사람들은 나의 어떤 점을 좋아하고 무슨 생각으로 고백한 걸까. 이제야 그런 의문이 든다.

나는, 그런 사람들에게 고백을 받으면 몇 차례 밖에서 만나본 다음 생각해서 답을 내왔다. 좋아한다기보다는 좋아할 수 있을 것 같다는 막연한 예감을 믿고.

만약 내게 좋아하는 사람이 생겼다고 쳐도 그 상대가 거의 대화를 나눠본 적이 없는 사람이라면 나는 아마도 고백 같은 건 하지 않을 거다. 애초에 어떻게 그런 사람이 좋아질 수 있는지 조금도 이해가 되질 않는다. 내가 지금까지 그 누구한테도 고백하고 싶었던 적이 없어서, 그만큼 좋아한 사람이 없었기 때문에 이해하지 못하는 걸까.

추위로 얼어붙은 손에 입김을 불어 넣고서 노트를 꺼냈다. 선배도 좋아하는 사람에게 고백할 거라고 했다. 선배는 어째서 좋아하는 마음을 전하고 싶은 걸까.

궁금한 걸 솔직하게 말할 수 있는 내 마음속 '나나짱'이 불쑥 얼굴을 내밀었다.

- 선배는 졸업하기 전에 고백할 거죠?
  졸업하면 만나지 못하게 되니까
  고백하는 건가요?
  그 사람하고는 지금 어떤 관계예요?

- 하긴 못 만난다는 이유도 있지만
  분명 잘되지 않을까 싶기도 해.
  아니 어떨까. 어떻게 되려나.

  하지만 지금 하지 않으면 그냥 끝나고 마니까.
  그래서 좋은 노래를 만들어야 해.

교실에서 답장을 쓰고는 아직 등교하는 애들이 적을 때라 서둘러 신발장으로 돌아가 노트를 넣어두었다. 답장이 너무 빨라서 아직 알아차리지 못할 수도 있겠다 싶었지만, 점심시간에 확인하니 노트에 새로운 답장이 쓰여 있었다.

'잘되지 않을까.'

그렇게 쓴 걸 보면 선배는 좋아하는 사람과 이미 꽤 좋은 관계인가 보다. 전에 가운데뜰에서 이야기를 나누던 여자애일까. 선배는 친한 사람이 워낙 많아서 추측하기가 쉽지 않다. 하지만 설사 친하지 않더라도 선배는 고백하려고 마음먹었겠지.

고백하지 않으면 '그냥 끝나고 마니까.' 그런 발상은 의외였다. 나는 오히려 고백하면 끝나고 말 거라고 반대로 생각했는데.

'나랑은 정말 생각이 다른 사람이구나!'

나는 흉내조차 낼 수 없는 사고방식이지만, 그런 사고도 할 수 있구나 싶었다. 그런 차이를 가뿐하게 받아들일 수 있는 건 이 교환 일기 때문일까, 아니면 선배를 잘 알기 때문일까. 지금까지의 나라면 '무슨 말인지 모르겠어.', '이해할 수가 없네.' 하고 일축했을 거다. 다음 답장은 방과 후에 이어서 쓰기로 하고 노트를 주머니에 넣고서 서둘러 자리를 떴다.

탁탁, 계단을 뛰어서 올라가는데 본 적이 있는 두 남학생의 뒷모습이 보였다. 요네다와 세토야마다.

"어? 마쓰모토 아냐?"

뒤에도 눈이 달렸나 싶게 요네다가 뒤를 획 돌아보았다.

"두 사람, 사랑하는 여친 만나러 가는 거야?"

"뭐야, 쑥스럽게."

헤헷, 하고 요네다가 눈웃음을 치며 대답했다.

"조금 전에 노조미가 하는 점심 방송이 끝났거든. 지금쯤은 교실에 있지 않을까 싶어서."

그러자 이어서 세토야마가 천장을 가리키며 말했다. 둘 다 여자 친구를 너무나 좋아한다는 게 고스란히 드러났다. 특히 세토야마는 노조미에게 아주 푹 빠져 있는 듯싶었다. 그 인기 많은 세토야마를 사로잡다니, 역시 노조미다.

"아! 계단 너무 힘들어."

요네다가 계단을 오르며 낑낑거렸다. 이 정도로 숨 가빠하네.

"운동 부족 아니냐? 동아리라도 들어가는 게 어때?"

"뭐야, 갑자기 얘기가 왜 그렇게 튀냐? 너희도 둘 다 동아리 안 하면서."

"나는 단련하고 있어서 괜찮아."

흐흠, 하며 자랑스럽게 가슴을 펴자 세토야마가 "의외인걸. 뭐 하는데?" 하고 물었다.

"중학교 때까지는 배구부였고 지금은 가끔 시간 되면 주말에 조깅도 해."

"진짜?" 하고 두 사람이 동시에 놀라는 소리를 냈다.

"좋네, 조깅. 나도 할까?"

"뭐야, 세토 너 진심이야? 난 절대 안 해! 지구력도 없고."

"너한테 없는 건 지구력이 아니라 인내심이지."

세토야마는 머리를 절레절레 흔들며 거부하는 요네다에게 돌직구를 날렸다. 죽이 척척 잘 맞는 두 사람의 대화에 큭큭, 웃음이 나왔다.

"유코! 노조미! 남친 와 있어."

교실에 이르러 두 사람을 부르자 "웬일이야, 셋이 같이 오고." 하며 유코가 다가왔다. 그 뒤를 이어, 방송실에서 돌아온 노조미가 나오며 "어쩐 일이야?" 하고 세토야마에게 물었다.

두 커플에게 방해가 되지 않도록 조금 전까지 노조미가 점심을 먹던 자리에 혼자 가 앉았다. 다른 친구들은 교실 뒤쪽에서 여럿이 모여 신나게 떠들고 있었다.

창가 자리에서는 운동장이 잘 보인다.

농구 골대 앞에 다섯 명쯤 모여 있었고 그중에 한 사람, 유난히 시선을 사로잡는 머리색을 한 니노미야 선배가 있다.

…역시 눈에 띄어.

시합을 하는 게 아니라 순서대로 돌아가며 슛을 던지고 있었다. 그것만으로도 몸이 더워지는지 선배는 커터 셔츠를 벗고 반팔 티셔츠 차림이다.

저 사람은 언제 봐도 놀고 있던데, 졸업 때까지 좋아하는 사람에게 노래를 선물한다고 하지 않았었나? 연습하고 있는 건가? 아니, 애초에 가사가 아직 완성되지 않았잖아.

뭐, 내가 알 바는 아니지만.

이렇게 바라보고 있으면 저쪽에서 놀고 있는 니노미야 선배는 고백하려 할 정도로 누군가를 마음에 품은 사람처럼 보이지 않았다.

운동장에서 시선을 거둬 문 쪽을 바라보니 유코와 노조미, 요네다와 세토야마가 각각 연인과 함께 있다. 모두 행복해하는 표정이다. 저, 네 사람도 서로 사랑하고 있구나!

저렇게 되고 싶어서 좋아하는 사람이 생기면 마음을 전하고 싶어지는 걸까. 그 마음을 완전히 공감한 건 아니지만 왠지 알 것도 같았다.

만약 누군가를 좋아하게 되면 고백하지 않고 지내는 게 더 어려울지도 모르겠다. 상대가 누구든, 어떤 관계이든 간에.

…나는 어땠을까.

지금까지 사귄 남자 친구 곁에 있을 때, 저들 네 사람처럼 행복해하는 얼굴이었을까. 지금까지는 전부 전 남친들이 날 좋아한다고 고백했기에 사귀었을 뿐이다. 그래도 그 시간 안에는 상대를 좋아한다고 여겼던 때도 있었다.

그런데, 자신이 없다.

지그시 네 사람을, 아니 두 쌍의 연인을 보고 있는데 노조미가 세토야마와 헤어져 자리로 돌아왔다. 세토야마는 요네다와 유코 옆으로 다가가 셋이 이야기를 하기 시작했다.

"왜 벌써 와?"

"응. CD 빌려주러 온 거야. 오늘은 너랑 같이 가기로 했잖아. 그래서."

노조미의 손에는 음산한 기운이 감도는 커버의 CD가 두 장 들려 있었다.

두 사람은 음악 취미가 같아서 이렇게 서로 빌리고 빌려주고 있다. 두 사람은 주로 세토야마의 집에서 만날 때가 많다고 들었다. 그 방에는 노조미가 수요일 점심 방송 때 틀어주는 그런 음악이 흐르고 있을까.

…그래서야 무드가 나려나.

"왜?"

"아, 그냥 왠지 좋겠다 싶어서."

"뭐가?"

노조미가 어리둥절한 표정을 지었다.

"사랑? 뭐, 그런 거."

"어, 어쩐 일이야? 네가 그런 말을 다 하고…!"

뭐 이상한 거라도 먹은 거 아니냐는 말이 튀어나올 듯 노조미가 놀라 허둥대는 바람에 나야말로 당황해서 "그 정도로 두 사람이 행복해 보인다는 뜻이야." 하고 얼버무렸다.

노조미도 내가 이런 말을 꺼내면 놀라는구나. 혹시 내가 쓴 노트를 보기라도 하면 기절할지도 모른다. 자수가 취미라는 사실보다 더 꽁꽁 이 비밀을 숨겨야 한다.

거짓말이나 뭔가를 숨기는 일은 절대로 하지 않는 주의인데 왠지 최근에는 하나둘 느는 듯하다.

방과 후 종례 시간이 끝나자마자 노조미와 신발장 쪽으로 향했다. 오랜만에 함께 가게 되어서 도중에 쇼핑도 할 예정이다.

아쉽지만 교환 일기 답장은 내일 아침에 써야겠지. 꽤 빠른 속도로 주고받아 왔기에 마음이 조급했지만 어쩔 수 없다.

연결 통로로 나가자 차가운 바람이 우리를 덮쳤다.

"으아, 추워! 역 앞에서 파는 따뜻한 우유 한 잔 마시고 싶어. 근데 진짜 마셨다가는 쇼핑할 시간이 줄어들겠지? 그럼 도중에 카페에 가는 게 나으려나. 넌 어떻게 하고 싶어?"

"으, 응. 어느 쪽이든 다 좋아."

이 말은 노조미의 전매특허다. 그걸 놀리자 노조미는 아주 심각해져서 "아, 그러니까, 그게, 어, 응?" 하며 생각에 잠겼다. 나는 또 그 모습이 귀여워서 깔깔대며 웃었다.

"여어, 마쓰모토! 노조미 너무 괴롭히지 마라."

옆에서 불쾌해하는 듯한 목소리가 들렸다. 시선을 돌리자 세토야마가 굳은 표정으로 나와 노조미를 보고 있었다. 화가 나 있다고 할까. 나와 노조미 사이를 질투하는 모양이다. 세토야마는 노조미를 진짜 좋아하는구나.

"세토야마, 어디 가?"

"자판기. 마쓰모토 웃음소리가 들려서."

"노조미랑 데이트하는 내가 부러운 거지?"

대놓고 불만스러운 표정을 짓는 세토야마를 놀리자 "맞아." 하고 순순히 인정했다. 너무 솔직해서 놀리는 재미가 없다.

"마쓰모토는 조깅도 해야 한다며. 일찍 집에 들어가. 요즘은 해도 빨리 지더라."

"알아. 괜찮거든."

그 말은 노조미가 걱정되니까 날이 어두워지기 전에 집에 가라는 뜻이겠지. 나를 위하는 듯 말하지만 실은 노조미를 챙기는 게 빤히 보였다. 그 김에 덤으로 나까지 챙기게 된 거고.

"노조미, 그럼 내일 봐."

"아, 응. 잘 가."

세토야마가 노조미의 똥머리에 톡, 하고 손을 올리고는 다정한 목소리로 인사하자 노조미는 살짝 뺨을 붉히며 수줍은 듯이 고개를 끄덕였다. 그런 두 사람의 다정한 모습에, 보는 내가 다 쑥스러웠다.

세토야마와 헤어져 다시 노조미와 둘만 남았을 때 노조미의 귀에 대고 "세토야마, 멋진 남친이네." 하며 싱긋 웃었다.

"어? 아아, 응."

얼굴이 새빨개져서 안절부절못할 줄 알았더니 노조미는 내 말을 잘 듣지 못했는지 반응이 영 애매했다. 그러더니 "…에리노, 세토야마랑 친해졌네." 하고 말했다.

"응? 아니, 별로 그렇지도 않은데."

왜 그런 말을 하지?

노조미는 놀라는 표정으로 "어, 나도 기뻐서!" 하고 덧붙였다. 그렇게 얼굴에 다 드러내놓고…. 이럴 때는 뭐라고 반응해야 할지 난감하다. 뭐라고 대답하면 좋을지 머리를 굴리는데 노조미가 "어디 갈까?" 하고 화제를 돌렸다. 그 후로는 왠지 노조미가 평소보다 더 밝게 구는 듯 느껴졌다. 그 모습이 왠지 부자연스러워서 마음이 영 불편했다.

- 선배가 고백할 걸 생각하니 나까지 가슴이 설레요.
  음악 잘하는 것도 대단하고요.
  내 취미는 자수 정도밖에 없는데.

  선배가 하는 사랑 이야기를 듣고 있으면
  나도 빨리 사랑이란 걸 하고 싶어져요.

다음 날 아침, 신발장 앞에서 어제 내가 쓴 글을 다시 읽어보았다. 이 글을 쓰던 순간에는 틀림없이 그렇게 생각했고 지금도 같은 마음이다. 하지만 그 이상으로 뭔가 복잡해지는 듯싶었다. 어젯밤에도 집에서 이 글을 들여다보면서 다시 쓸까도 고민했지만 괜한 말을 써도 안 되고 이야기가 더 뒤죽박죽될까 봐 그냥 뒀다. 하지만 뭔가 거북함이 사라지지 않았다.

"…사랑이란 건, 참 성가시네."

한숨에 속마음을 얹어 땅으로 떨어뜨렸다. 그런 생각이 든 이유는 어제 노조미가 보인 태도 때문이다. 어제 노조미는 줄곧 웃고 있었다. 세토야마와 나의 관계가 신경 쓰이는 걸 감추려는 듯이, 생각하지 않는다는 듯이 애써 무리한다는 게 고스란히 느껴질 정도로 평소보다 1.5배 더 많이 웃었다.

노조미가 걱정할 일은 아무것도 없다. 나는 세토야마를 좋아하지 않는다. 게다가 세토야마가 노조미를 너무도 좋아한다는 건 누가 봐도 확실하다. 왜 불안해하는 건지 나로선 전혀 이해할 수가 없다. 그 말을 몇 번이나 꿀꺽 삼켰다.

노조미가 말을 꺼내지 않았는데, 내가 먼저 나섰다가는 오히려 불안을 부추기는 꼴이다. 노조미가 아무 말도 하지 않는 건, 말하고 싶지 않아서일 테니까.

하지만 노조미가 직접 말해도 난감할 테고 이렇게 태도에 드러나는 데도 아무 말 안 하고 있으니 이 상황 또한 당혹스럽다. 어제 노조미와 함께한 시간은 즐거웠지만, 한편으로는 정신적으로 무척 지쳤다.

'어떻게 할까.' 고민하며 노트를 넘겼다.

- '사랑이 뭔지 같이 배우면 되겠네.'

문득 이 노트를 교환하게 된 계기인 선배의 어떤 글이 눈에 들어왔다. 이 노트 속 '나나짱'은 사랑을 모른다. 선배와 나누는 대화 속에서 나도 모르는 나 자신을 찾아내고 싶었다. 그런데 이 감정을 감춘다면 의미가 없는 게 아닐까.

입술을 꼭 깨물고 그 자리에서 펜을 꺼냈다. 어제 쓴 글은 그대로 두고 새로 덧붙여 써 내려갔다. 나 자신을 '나나짱'이라고 생각하자 펜이 술술 움직였다.

- 하지만 사랑이란 건 좀 성가시네요.

질투하고 질투를 받고… 그런 상황들이….

그래도 사랑은 좋은 걸까요?

푸른 미소에 가려진 외로움

\- 긴장되지만 실은 나도 기대돼.

그리고 자수도 대단하잖아.

하긴 성가신 일도 있을지 모르지.

하지만 그런 상황마저도 묘미가 아닐까?

어느 정도는 어쩔 수 없다고 할까.

어쩔 수 없는 건가.

오늘 아침에 보낸 글에 대한 답장은 점심시간에 받았다. 신발장에 들렀다가 교실에서 노조미와 유코랑 남은 점심시간을 보내면서도 교복 치마 위에 손을 갖다 대고 노트를 만져봤다. 내 옆에서는 노조미가 유코와 다른 친구들을 보며 웃고 있었다. 여느 때와 다름없는 광경이다. 노조미에게서는 조금도 이상한 기색이 없었다.

"에리노, 너도 이 외국 드라마 보니?"

내게 말을 걸어오는 모습을 봐도 어제처럼 무리하는 느낌은 전혀 없었다.

"아직 다 보진 않았지만, 보고 있어."

"어떻게 중간에 멈출 수가 있지? 난 밤을 꼴딱 새웠지 뭐야."

유코가 몸을 앞으로 내밀며 말했다. 아침부터 그렇게 졸려 하더니 드라마 때문이었나 보다.

"하루에 한 회 분량만 보기로 정했거든."

"우와… 역시, 에리노."

"그러지 않으면 동생들한테 빨리 자라는 소릴 못하니까."

중학생이 되면서 한창 반항할 사춘기에 접어든 여동생이 "언니는 안 자면서!" 하고 투덜거릴 게 뻔하다. 다른 사람에게 주의를 줄 때는 말한 나 자신이 먼저 실천해야 효과가 있다. 여동생과 남동생을 대하면서 깨달았다.

"그렇겠네. 그래도 난 너처럼은 못하겠어."

유코가 책상에 푹 엎드려 깜빡깜빡 졸면서 말하자 "맞아, 너무 재미있는걸." 하며 노조미가 웃었다.

"노조미도 밤샌 거야?"

"나는 휴일에 다 봤어."

"그런 방법이 있었군! 그렇지만 난 못해! 평일에도 자꾸 보게 되고 주말에는 놀고 싶어!"

유코는 책상을 두드리며 너무 고민이라는 표정으로 말했다.

노조미가 그런 유코에게 "평일에는 애니메이션 같은 걸 보면 어때?", "시즌마다 좀 쉬어가면서 보는 방법도 좋더라." 하고 제안했다.

오늘 노조미는 평소와 똑같다. 이제 그 일은 신경 쓰지 않는 걸까. 노조미가 더 신경 쓰지 않는다면 그거야말로 다행이다.

하지만 여전히 마음이 개운치가 않은 건 내가 노조미에게 약간 짜증이 났기 때문이다. 노조미 탓에 어제 방과 후부터 계속 우울하다.

내가 먼저 오해받을 만한 행동을 하지도 않았다. 단지 노조미가 나를 의식하고 있을 뿐이다. 세토야마가 쓴 러브레터가 원래는 나한테 보낸 거라는 게 가장 큰 원인이겠지.

난 모른다고, 그런 거. 내가 뭘 어쨌다고!

늘 이렇다.

예전에도 요네다랑 이야기를 나눴다는 이유로 유코가 질투한 적이 있다. 아직 두 사람이 사귀기 전이었고, 나는 유코가 요네다를 좋아한다는 사실을 알고 있었다. 친구가 좋아하는 사람이라고 해서 상대가 말을 걸어왔는데 모른 척할 수는 없어서 잠깐 서서 몇 마디를 나눴다. 단지 그뿐인데 유코가 내게 질투하는 바람에 나도 열받아서 다투고는 며칠 동안 서로 말도 하지 않았다. 유코가 요네다에게 고백하고 사귀게 되어서 우리도 화해했지만.

내가 요네다나 세토야마와 따로 밖에서 만났다거나 실은 두 사람을 좋아해서 뺏으려 했다면야 질투하는 게 당연하다. 하지만 그게 아니지 않은가. 나는 아무것도 하지 않았다. 그런데 유코도 노조미도, 상대가 나를 좋아하는 게 아닐까, 마음대로 부풀려 상상하고는 불안해했다.

두 사람뿐만 아니라, 지금까지 알지도 못하는 여자한테도 질투를 받은 일이 여러 번 있었다. 심지어는 이름도 모르는 남자와의 관계를 의심받은 적도 있다. 정말로 지긋지긋하다.

그런 심정을 전혀 모르는 건 아니다. 니노미야 선배가 말했듯이, 그건 어쩔 수 없는 일이겠지. 하지만 솔직히 난 그 애들이 그저 생각만 하고 혼자 조용히 대처했으면 좋겠다. 아무 관계도 없는 누군가, 특히 나를 끌어들이지 않았으면. 물론 상대가 노조미니까 그렇게 말할 수는 없지만.

티가 날 만큼 태도에 드러나기는 했어도 그런 일을 말로 하지 않던 노조미가 저도 모르게 입 밖에 냈다는 건 그만큼 불안했다는 뜻일까. 생각이 거기까지 미치자, 될 수 있으면 그런 불안감을 없애줘야겠다는 마음이 들었다.

"지금 그 드라마 다 봤으면 새로 추천해 주고 싶은 영상이 있는데."

노조미가 유코를 외국 드라마의 늪으로 끌어들이려고 한다.

"어떤 건데? 미스터리?"

"서스펜스에 가까울 거야. 전과자들이 모여서 강도 짓을 벌이는 스토린데… 어쩌면 에리노도 1화를 한 번 보면 그다음 화를 안 보고는 못 배길걸. 사운드트랙도 엄청 좋아."

노조미가 이렇게까지 추천하는 건 드문 일이다. 애당초 음악에 대한 취향이 독특하기도 하고 미국 만화 계통의 액션 영화를 좋아하기는 했지만 서스펜스라니 의외였다.

유코도 같은 생각을 했는지 "그래?" 하고 물으며 큰 소리로 반응했다.

"그거 세토야마랑 같이 본 거구나? 휴일에 본다고 했던 것도 세토야마랑 본 거 아냐?"

"아무튼 깨가 쏟아진다니까." 하고 유코가 노조미를 놀렸다. 그 말에 노조미는 웃다 말고 표정이 굳어지더니 나를 힐끔 보고는 "어, 아, 으응." 하고 어색한 웃음으로 대답했다.

아무래도 세토야마를 생각하지 않으려고 애썼나 보다.

'아아, 역시 골치 아파.'

모른 척하면서 속으로는 한숨을 내쉬었다.

– 아직 상상을 못 하겠어요.

난 그런 거 하고 싶지 않은데.

선배도 질투 같은 거 해요?

- 안 한다고는 말 못 하겠네.

신경 써봤자 별수 없다는 걸 알면서도

역시 질투하게 되거든. 왜 그럴까.

- 하고 싶지 않아도 하게 된다는 거군요?

싫어요. 난 그렇게 되고 싶지 않은걸요.

그럼 나 자신이 싫어질 거 같아요.

연애하고 싶지만 약간 망설여지네요.

이렇게 생각하는 나란 아이는 연애가 맞지 않는 걸까요.

방과 후, 다음 날 아침, 점심시간, 이런 식으로 답장이 오니까… 이제 방과 후에는 답장이 와 있겠지. 그런 생각이 들자 이제 막 학생회실에 도착했는데도 빨리 답장을 가지러 가고 싶어 자꾸만 마음이 들썩거렸다.

익명이라는 편안함 때문일까. 지금까지 누구에게도 하지 못했던 말을 노트 속 나는 술술 털어놓고 있다. 유코나 노조미에게는 절대 말할 수 없다.

두 사람에게 나는 예전에도 그리고 지금도 질투의 대상이다. "어떻게 그런 마음이 드는 거야?", "그렇게 성가신 일이 많은데도 연애가 즐거워?" 하고 물으면 비꼰다고 하겠지.

게다가 예전부터 연애 이야기만 나오면 친구들한테 "에리노는 연애쯤이야 쉽잖아!" 하는 말을 많이 들었다. 실제로는 연애에 관해서 잘 모를뿐더러 짝사랑을 해본 경험조차 없기에 아무 말도 안 하고 그저 "흠, 흠." 하며 듣기만 했을 뿐이다. 하지만 사람들한테는 그런 모습이 '여유'로 보이는 모양이다.

상대가 나에게 아무런 선입관도 없다는 사실이 얼마나 마음 편한지. 게다가 선배는 나를 부정하지 않는다.

좀처럼 집중이 되지 않아 가볍게 머리를 흔들어 기분을 전환했다. 우선은 몇 가지 해야 할 일을 한꺼번에 서둘러 끝내놓자.

"있잖아, 사사키!"

이번 고교 입시일 일정을 짜려고 했지만 필요한 자료가 부족하다는 사실을 알았다. 서기를 맡은 사사키를 부르자 커다란 눈동자가 나를 쳐다보았다.

1학년인 사사키는 겉으로 풍기는 분위기가 여성스럽다. 안쪽으로 동그스름하게 만 보브 헤어가 찰랑찰랑 흔들렸다.

"시험 때 사용할 교실 목록 부탁한 거, 어딨어?"

"네? 아, 아!"

사사키는 질문받은 순간 어리둥절하다가 깜짝 놀라서는 큰 소리로 버벅거렸다.

"죄송해요, 그게 저, 다음 주에는…."

"내가 부탁한 게 지난주였잖아. 시험도 이제 이주일밖에 안 남았다고."

샐샐 웃으면서 사과하기에 나는 그만 말투가 단호해졌다.

오늘 중으로 시험 당일 사용할 교실 청소며 필요한 준비를 다 해놓고 프린트로도 만들어서 다음 주초에는 미화위원과 도와줄 학생들에게 건넬 예정이었다.

하지만 여기서 더 질책한다고 없는 자료가 뚝딱 나오는 상황도 아니다. 구와노 선생님은 테니스부 고문을 맡아 지금은 교무실에 안 계실 텐데.

"다음 주 월요일에는 꼭 해와. 면접회장도. 그리고 하는 김에 3학년 송별회도 뭔가 확인해야 할 사항은 없는지 구와노 선생님께 여쭤보고."

"알겠습니다!"

씩씩한 대답에 왠지 모를 불안감이 스쳤다.

…메모도 안 하는데 괜찮을까?

사사키는 의욕은 있지만, 실수랄까, 깜빡 잊는 경우가 많다. 지적해도 뭔가 완전히 전달된 느낌이 들지 않는다.

"확실하게 해."

마지막으로 한 번 더 못 박고는 가방과 코트를 집어 들었다.

"마쓰모토, 가는 거야?"

"하려고 계획했던 일을 못 하게 되었으니 다음 주에 한꺼번에 해야지."

내가 여기 이대로 있으면 학생회실 분위기도 안 좋을 거고.

"그래도 상관없지만… 사사키를 도와주면 어때?"

"왜? 사사키가 할 일인데. 다음 주에 내가 할 일을 사사키가 도와줄 거야?"

세키타니가 한 말을 무시하듯이 코트를 걸쳤다. 흘끔 사사키를 쳐다보니 풀이 죽어 있었다. 웬만하면 이번 일로 책임감이란 걸 느꼈으면 좋겠다. 사사키도 내년에는 학생회를 이끌어가야 할 위치가 되니까.

"그럼 먼저 갈게."

방 안에 있던 다른 멤버들에게 인사하고 복도로 나왔다. 인기척이 없는 복도는 냉기가 감돌고 있어서 빨리 빠져나가려고 발걸음을 재촉했다.

수업이 끝난 지 한 시간밖에 지나지 않아서 그런가 교내에는 아직 사람들이 다니고 있었다. 이런 시각에 신발장에 가는 건 위험할까. 그러면서 계단을 내려가는데 역시 점심시간보다 드나드는 사람이 많았다.

누가 볼지도 모르니 한 시간쯤 어디 다른 데서 시간을 때워야 하나. 복도에서 고민하는데 "마쓰모토!" 부르는 세키타니의 목소리가 들려 뒤를 돌아보았다.

"어, 왜?"

"있잖아, 사사키도 반성하고 있을 테니까."

무슨 용건인가 싶어 "응." 하고 미간을 찌푸리자 "화났지?" 하고 물었다.

"아니, 별로."

다만 다음 주에는 제대로 해놓기를 바라는 거다. 하지만 세키타니는 내 대답에 쓴웃음을 짓더니 "네 말이 맞지만, 그래서는 해결할 수 없지 않을까?" 하고 말했다.

"무슨 뜻이야? 웃으며 용서해 줘야 한다는 거야?"

"그게 아니라, 적어도 일을 도와주면서 마음을 좀 다독여준다거나."

세키타니가 제안하듯이 하는 말에, 진저리가 나서 힘이 쭉 빠졌다.

마음을 다독여주라니. 왜 내가 그래야 하지?

"사사키 일을 도와주지 않는 건 딱히 화가 나서가 아니라 자꾸 도와줘 버릇하면 스스로 해내질 못해서 그래. 그뿐이야. 지금까지 여러 번 도와줬지만 이래서는 앞으로도 똑같은 실수를 되풀이할 거라고."

내 반론에 세키타니는 난처한 표정을 지었다.

"그런 사고방식은 마쓰모토의 좋은 점이라고 생각해. 하지만 너의 그 바른말이 늘 옳은 건 아니야."

좋은 점이라면서 왜 '하지만'이라는 말이 이어지는 걸까. 어째서 내가 질책을 당해야 하는 거지? 그래도 한때 사귀었던 상대인데 내 마음이 조금도 전해지지 않는 이유는 뭘까.

항상 이런 식이다.

"바른말은, 결국 올바른 논리니까 옳은 게 당연하잖아."

"왜," 하면서 눈을 꾹 감은 동시에 어깨가 뒤로 훅, 당겨졌다.

"학생회장이 해야 할 일은, 에리노짱을 질책하고 야단맞은 후배를 다독여줄 게 아니라 에리노짱의 의견을 지지해 줘야 하는 거 아닌가?"

얼굴을 드니 내 옆에 니노미야 선배가 있었다. 나보다 반 발짝 앞으로 나온 모습이 마치 나를 세키타니에게서 지켜주려는 듯 보였다.

선배는 세키타니를 똑바로 쳐다보았다. 진회색 코트에 달린 지퍼가 위쪽 끝까지 채워져 있어서 입가가 보이지 않아 표정을 알아보기는 힘들었다. 목소리 톤으로는 화가 난 듯이 들렸는데, 소리가 분명치 않아서 그렇게 느껴진 걸까?

내 어깨에 올린 선배의 손에 힘이 꽉 들어갔다.

"니노미야 선배…?"

내가 부르자 선배는 대답 대신 꿈틀하고 반응하더니 "돌아가려던 참이지? 가자." 하며 그대로 몸을 휙, 돌려 내 어깨를 안은 채로 걷기 시작했다.

선배는 나와 눈을 맞추지 않았다. 평소와는 다른 사람 같은 분위기에 당황스러웠다.

"아, 그럼."

얼굴만 세키타니 쪽으로 돌려 일단 인사를 건네고서 선배를 따라 걸었다. 앞쪽을 바라보며 성큼성큼 걸어가던 선배가 발걸음을 멈춘 건 내가 사용하는 신발장 앞이었다.

"선배…?"

내가 부르자 선배는 몇 초쯤 지나고 나서 내게로 시선을 돌려 눈을 맞췄다. 하지만 언짢은 듯이 인상을 쓰고 있다. 선배의 그런 표정은 처음 본다.

"에리노짱, 왜 저런 남자랑 사귄 거야?"

"네?"

왜 갑자기 그 이야기가 나오는 걸까? 아니 그보다, 어떻게 알고 있는 거지?

"사귀기까지 해놓고 널 이해하지 못하니 말이야, 그렇게도 사람 볼 줄을 모르다니."

"…저 말인가요? 아니면 세키타니가?"

"둘 다지 뭐."

내 질문에 선배는 어깨를 치켜올리며 대답했다. 내 어깨를 잡고 있던 선배의 손이 자연스럽게 내려와 내 손을 잡았다. 선배의 손에 닿은 내 손이 찌릿찌릿 전기가 통한 듯 떨렸다.

체온이 높은 건지, 선배의 손은 무척 따뜻했다. 그리고 크다. 잡지 않은 손은 손가락 끝이 아플 정도로 차가운데 선배에게 붙잡힌 손에서는 천천히 열이 전해져 몸까지 따뜻해졌다.

지금까지라면, 이제 됐다며 손을 뺐을 텐데.

그런데, 그럴 수가 없다.

'바른말은, 결국 올바른 논리니까 옳은 게 당연하잖아.'

아까 그렇게 말하던 선배의 목소리가 귓가에 맴돌아 가슴이 꽉 조여왔다.

뭐지… 이 느낌.

간질간질 뭔가가 가슴속에서 날갯짓하는 느낌.

하지만 여기에 계속 이대로 서 있을 수는 없다.

"저기, 선배."

꼼짝도 하지 않는 선배를 불렀다.

"선배?"

대답이 없기에 한 번 더 불렀다.

"응." 하고 짧게 대답한 선배는 신발도 갈아 신지 않고 다시 걷기 시작했다. 그 발걸음이 어딘지 모르게 붕 떠 보였다. 게다가 왠지 선배 목덜미가 불그스름하다.

"저기요, 선배?"

한 번 더 부르자 선배가 돌아보았다. 선배 눈에는 물기가 어려 있었다. 그리고 발걸음을 멈추는가 싶더니 휘청하면서 신발장에 부딪혔다. 잡힌 손에 점점 땀이 배어 나왔다. 선배의 손이 너무 뜨거워서다.

이건, 설마.

잡고 있던 손을 힘껏 끌어당겨 선배에게 얼굴을 가까이 댔다. 살짝 이마에 손을 갖다 대보고 그대로 코트 지퍼를 내렸다. 선배 얼굴이 화끈 달아오른 듯 새빨갛게 물들어 있었고 호흡이 거칠었다. 코트 안에 가득 찬 공기에서는 열이 느껴졌으며, 선배의 몸은 가느다랗게 떨리고 있었다.

이 증상은, 틀림없이 감기다.

"아, 힘들어…."

집 안으로 들어가 푹 무릎을 꿇고 주저앉았다.

"미안해, 에리노짱."

"미안하면 빨리 옷 갈아입고 침대에 누워요."

그러자 거실 바닥에 앉아 있던 선배는 "으응." 하고 힘을 내 일어서더니 비틀비틀 현관에서 가장 가까운 방으로 들어갔다. 그 모습을 확인하고 거실로 향했다.

사실 여기는 우리 집이 아니라 선배가 사는 아파트다.

학교에서 비틀거리는 선배를 혼자 돌아가게 둘 수가 없어서, 학교 근처 역에서 두 정거장, 그리고 걸어서 5분 거리에 있다는 선배의 집까지 바래다주었다. 게다가 집에는 아무도 없다고 해서 역 앞에 있는 약국에서 감기약과 먹을 만한 음식을 몇 가지 사 왔다.

의식은 있지만, 몸에 힘이 들어가지 않는 듯한 선배를 계속 어깨로 받쳐주던 탓에 온몸이 아프다. 이야기를 들어보니 아침부터 몸이 좋지 않아서 오늘은 하루 종일 보건실에 가 있었다고 한다. 왜 학교를 쉬지 않는 건지 이해할 수가 없다.

허리를 두드리면서 아무도 없는 거실을 향해 "실례하겠습니다." 하고 작은 소리로 인사했다.

아파트 외관을 보고 짐작은 했지만, 선배의 집은 꽤 넓고 깨끗했다. 심플한 거실은 열 평쯤 되어 보였고 거기에 놓인 소파는 잘 모르는 내가 봐도 고급스러웠다. 아파트가 18층짜리 건물

인데 선배네는 16층이어서 그런지 창에서 내다보이는 뷰가 굉장히 멋지다.

선배네가 부자였구나.

"마치 모델 하우스 같아."

입을 쩍 벌리고 오픈식 키친을 물끄러미 바라보았다. 반짝반짝 윤이 나는 가스레인지는 기름이 들러붙은 우리 집 것과는 달리 눈이 부실 정도였다. 개수대에는 물때조차 없다. 설거지용 수세미마저 깨끗하다. 어떻게 하면 이렇게 정갈하게 유지하는 걸까. 궁금하다. 하지만 너무 깨끗해도 집이 적막하다. 이 집 안은 바깥보다도 썰렁하다.

이제 집 구경은 그만하고 지금은 아픈 선배를 어떻게든 해줘야 한다.

"냉장고 좀 실례할게요."

맘대로 남의 집 냉장고를 열어도 되나 주저하면서도 아까 사온 이온 음료와 복숭아 통조림, 젤리를 넣었다. 그리고 팩에 든 즉석 죽을 내열 용기로 보이는 그릇에 담아 랩을 씌워서 전자레인지로 데웠다.

"선배, 좀 어때요?"

따끈하게 데운 죽을 들고 선배가 들어간 방문을 두드리자 "괜찮아." 하는 대답이 들렸다. 방 안으로 들어가자 선배는 옷을 갈아입고 침대에 누워 있었다. 다가가서 "우선 이걸 먹고 나서 약 먹어요." 하며 죽을 내밀었다.

선배의 방은 거실과 비교하면 사람이 생활하는 흔적으로 가득했다. 방바닥에 널브러진 책과 옷가지들. 벽에는 밴드의 포스터며 누가 그렸는지 모르는 고운 빛깔의 그림이 걸려 있었다.

게다가 앰프와 빨간색 전기 기타, 심지어 통기타도 있었다. 좋아하는 사람에게 이 기타를 치며 노래를 불러주는 걸까. 그 모습을 한번 보고 싶다. 학교 축제에서 선배가 노래 부르는 모습을 봤더라면 좋았을걸.

침대 곁에 드리워진 초록색 커튼이 선배와 무척 잘 어울렸다.

내 나름대로 선배를 색에 비유한다면, 초록이다. 생기가 감도는 어린잎 같은, 처음 만났을 때 어깨에 붙어 있던 그 나뭇잎 같은 색.

"잘 먹었어." 하는 소리에 선배에게서 조금 남긴 죽 그릇을 받아 들고는 물과 감기약을 건넸다.

선배가 약 먹는 걸 확인하고 거실로 돌아왔다. 설거지와 그릇 정리를 마치고 다시 선배의 방으로 들어가니 선배는 다시 침대에 누워 있었다. 옆에 걸터앉아, "춥지는 않아요?" 묻자 "아마도."라는 애매한 대답이 돌아왔다.

"열이 어느 정도 있는지 모르겠지만 일단 오늘은 따뜻하게 하고 자요."

"이마 식히지 않아도 돼?"

"그러고 싶으면 해줄게요, 그렇지만… 몸이 아직 춥다면서요? 그러면 한동안은 식히지 않는 게 나을 거예요."

"그렇구나." 하고 선배가 감탄했다.

"일단 여기 손이 닿는 선반에 이마에 붙일 해열 패치랑 음료 놓아둘게요."

침대 머리맡 선반에 두 가지를 올려놓자 선배가 "고마워." 하고 말했다. 가볍게 죽도 먹고 누워 있던 덕에 조금 나아졌는지 아까보다 의식이 또렷해 보이는 눈빛이었다. 그리고 왠지 선배의 두 눈은 나를 붙잡듯이 똑바로 바라보고 있었다. 열로 인해 촉촉해진 눈이 반짝, 하고 빛을 내며 나를 응시하자 진땀이 났다. 선배와 눈을 계속 마주 보고 있을 수가 없었다.

"그럼 전 이만 가볼게요. 나머지는 가족분들한테."

빨리 이 방에서, 이 집에서 나가야 한다. 몸이 안 좋은 사람을 혼자 두고 가는 게 걱정이 됐지만, 언제까지 있을 수도 없고, 이대로 선배 방에 있다가는 내가 이상해질지도 모른다.

그런 생각이 들어 자리에서 일어서는데 쓸쓸함이 묻은 선배의 목소리가 들렸다.

"우리 가족, 집에 잘 안 들어와."

그 순간 그 자리에 멈춰 섰다.

"네? 왜, 왜죠?"

"일하러도 가고 놀러도 가고. 그러고 보니 어머니는 지금 출장 중이지, 아마. 아버지는 무슨 일이랬더라?"

대학생 형도 거의 집에 없는 모양이다. 연구자인 아버지는 회사에서 숙식을 해결하거나 회사 근처 호텔을 이용하는 날이 많으며 어머니는 전국 각지로 출장을 다니는 일을 한다고, 선배가 조금씩 알려주었다.

"그렇군요."

선배는 얼굴을 옆으로 돌려 내 얼굴을 바라보더니 천천히 눈을 감았다.

"그래서 집 안에 누군가가 있으니까 좀 이상해."

후훗, 하고 아이가 응석을 부릴 수 있어 기뻐하듯이 웃었다.

부엌이 새집처럼 반짝반짝했던 까닭은 별로 사용하지 않아서인가. 선배는 이 집에서 대부분 시간을 혼자 보내는 걸까. 굉장히 넓고 깨끗한 아파트다. 그렇지만 선배 혼자 지내기에는 너무 넓다.

"그럼 외롭겠어요."

"오래전부터 그랬는걸, 뭐. 식구들이 각자 자기 좋을 대로 살고 있어서인지 나한테 일일이 참견하지 않는 건 아주 편해."

그렇다고 해도 몸이 아플 때는 쓸쓸할 텐데.

"식사는 어떻게 하고요?"

"내가 만들어 먹을 때도 있긴 하지만 배달이나 외식이 많지. 초등학교 때는 도시락이 놓여 있기도 했었고."

우리 부모님도 맞벌이다. 하지만 매일 얼굴을 마주하고 우리가 아플 때는 일을 쉬고 돌봐주신다. 선배도 부모님이 집에 계셨다면 학교에 가느라 감기가 심해지는 일은 없었을 텐데.

"보통 때 잘 모이지 않으니까 어쩌다 한번씩 가족이 모여 외식할 때는 무척 즐거워. 모두 각자 마음껏 떠들어서 아주 시끌벅적해."

선배가 그때를 떠올리는지 웃었다. 하지만 그 표정에는 쓸쓸함이 배어났다.

선배에게는 이런 표정이 어울리지 않는다. 늘 웃던 선배가 이런 감정을 감추고 있었다니. 학교에서는 웃어도 집에서는 혼자 지내왔다고 생각하니 왠지 분하고 화가 났다.

선배는 어린 나뭇잎처럼, 눈부실 정도로 생기 있는 사람인데. 전혀 몰랐던 선배의 일면에 가슴이 옥죄어왔다.

"…하지만 부모인데… 그러면 안 되잖아요."

"괜찮아. 나는."

내 말을 선배가 단호하게 가로막았다. 감기로 약해져 있을 텐데도 선배의 눈빛은, 강하다.

"누구에게나 크든 작든 불만은 있기 마련이야. 완벽한 사람도 없고. 그게 내게는 이따금 느끼는 외로움일 뿐이지."

그렇게 말하면, 그럴지도 모른다.

나만 해도 엄마의 잔소리가 심하다거나 요리가 별로 맛없는 점, 아버지의 기가 약하다는 점, 여동생은 제멋대로 굴고 남동생은 어리광이 많다는 점, 모두에게 불만은 있다. 가족뿐만 아니라 친구도 마찬가지다.

"평범하다는 기준도, 행복이나 불만도 모두 다양한 형태가 있잖아?"

나는 평생 선배를 넘어서지 못할 거라는 생각이 들었다. 그런 식으로 생각해 본 적이 없었으니까. 어느 사이엔가 내가 생각하는 게 다 정답이라고 믿었다는 걸 깨달았다. 선배 주위에 사람이 많은 까닭은, 모두를 있는 그대로 받아들이는 따뜻하고 너른 마음과 사고방식 덕분인지도 모른다.

"…아무것도 모르면서, 미안해요."

세키타니에게 들은 말도, 사사키에 대한 대응도 분명 어딘가에서 전부 이어져 있다. 나는 같은 지점에서 늘 실패하고 있는 셈이다.

예전부터, 줄곧.

"내가 좋아서 걱정되고 혼자라니 가엾다, 왜 소중한 사람에게 그렇게 대할까, 뭐 그런 생각한 거야?"

뭐지, 이 긍정적인 사고는!

"아니, 그렇게까지는…."

미안했던 마음이 순식간에 흩어졌다. 왜 이 타이밍에 능글맞게 이러지? 모처럼 좋은 인상을 받았는데. 차가운 눈초리로 쳐다보자 선배는 이불 속에서 손을 꺼내 내 머리에 갖다 댔다. 그러더니 머리칼이 흐트러질 정도로 마구 쓰다듬었다.

"뭐, 뭐 하는 거예요!"

"좋은 아이구나 싶어서. 에리노짱은 성실하고 똑 부러진 데다 늘 자신보다도 다른 사람의 마음을 헤아려주고 다정다감해."

선배는 내가 무안할 정도로 칭찬을 해댔다.

“이제 칭찬은 그만해요. 얼른 자고 감기 빨리 나아야죠.”

“알았어, 알았다고.”

“운동하고 나면 덥다고 이런 날씨에 얇게 입고 땀 흘린 채로 지낸 거 아녜요? 그럼 자업자득이죠.”

“환자한테 너무해.”

어휴, 하고 한숨을 쉬는 선배의 목소리에 뜨끔했다. 이런 상황에서 할 말이 아니었는지도 모른다.

“하지만 에리노짱 말이 맞으니까.”

내가 말이 막힌 걸 눈치챘는지 선배는 웃어 보이며 말했다.

선배가 세키타니에게 했던 말이 머릿속에 떠올랐다.

‘바른말은, 결국 올바른 논리니까 옳은 게 당연하잖아.’

다시금 곱씹어봐도 가슴에 가만히 스며들어 눈시울이 뜨거워졌다. 그런 말, 지금까지는 그 누구에게도 들어본 적이 없었는데.

아까 내 머리를 마구 흩트리며 쓰다듬던 선배의 손이, 이번에는 부드럽게 어루만져주었다. 마치 나를 위로해 주는 듯한 느긋한 손길에 코끝이 찡하고 아려왔다. 눈물이 나려는 걸 가까스로 참느라 선배의 손을 저지할 수도, 무슨 말을 할 수도 없었다.

잠시 가만히 있으니 선배의 손이 스르륵 떨어져 내리기에 당황해서 얼른 선배의 손을 잡아 멈췄다. 선배는 어느새 숨소리를 내며 잠이 들어 있었다.

선배의 손은 큼지막했으며 가늘고 긴 손가락은 어리숙한 남자의 손이라기보다는 어엿한 어른의 손이었고 이렇게 손을 대고 있자니, 해서는 안 될 일을 하는 듯했다.

왠지 놓고 싶지 않았다.

아니, 나 지금 무슨 말도 안 되는 생각을 하는 거지?

혼자 얼굴이 빨개져서는 선배가 깨지 않도록 손을 이불 속으로 살며시 밀어 넣어주었다.

잠든 선배 얼굴을 들여다보니, 눈을 감은 선배는 깨어 있을 때와 약간 인상이 달라 보였다. 얇은 입술 때문인지 어딘가 여려 보였다.

바로 얼마 전까지만 해도 내게 니노미야 선배는, 그저 이름만 아는 정도의 선배였다. 그런데 지금은 이렇게 이 사람의 집에 들어와 있다니 믿기지가 않는다.

이 관계를 어떻게 설명하면 좋을까. 전에는 단지 안면이 있는 선배와 후배였는데 지금은 친구, 같은 사이가 된 걸까.

내 머리에 손을 대어보니 선배에게서 전해진 열이 아직 그곳에 남은 듯했다.

심장이 여느 때보다 빠르고 세차게 뛰었다. 그런데도, 기분이 좋았다.

- 안 좋은 일이나 싫은 일도 있지만

나는 좋은 일이나 내가 좋아하는 일이 소중해.

나나짱에게도 그런 게 있지 않아?

싫은 점이 있어도 그 이상으로 좋아하는,

그렇게 느껴지는 사람이나 물건 말이야.

금요일에는 선배와 함께 있느라, 월요일 아침이 되어서야 신발장을 확인했다. 이번 주말에는 교환 일기보다도 선배 걱정으로 머리가 꽉 차 있었다. 말끔히 다 나았으면 좋을 텐데 연락처를 모르니 확인할 길이 없다.

선배가 지난 주말에 쓴 글을 읽고는 "맞아요." 하고 혼자 중얼거렸다.

정교하게 수놓아야 하는 부분에서는 짜증이 나고 답답할 때도 있지만, 나는 자수가 좋다. 맞지 않거나 싫은 일면이 있어도 그게 그 사람이고, 그렇기에 좋아하는 거다. 그렇게 여겨지는 사람도 있다.

노조미와 유코, 반 친구들, 가족.

그리고….

마지막으로 떠오른 사람은 니노미야 선배였다.

3장

살굿빛, 시작

엇갈리는 시간,
싹트는 오해

- 선배 말을 들으니 어느 정도 이해가 되네요.
  나도 사랑할 수 있을 것 같아요.

  그보다 선배, 내일부터 시험이죠?

- 나나짱도 사랑할 날이 다가온 거 아냐?
  어떤 남자를 좋아하게 될까.

  3학년은 이제 시험 같은 거 필요 없는데.
  시험이 끝나고 더는 학교 안 나와도 되면
  고백을 어떻게 할지 생각해 봐야겠어.

- 이제 얼마 안 남았네요.

노래, 좋아요?

가사도 기대돼요.

기대가 된다니, 그게 무슨 말이냐고.

내가 쓴 내용에 무심코 딴지를 걸고 말았다. 아침에 답장을 신발장에 넣고서 얼마 지나지 않아 혼자 교실에서 고민에 휩싸였다. 교환 일기를 쓰는 나는 평소보다 발랄하고 들떠 있었다. 나 자신을 '나나짱'이라고 여기며 써서 그런 걸까.

안 되는데, 마음을 가라앉혀야 해.

뺨을 탁탁, 가볍게 두드리고는 평소의 나로 돌아와야 한다고 스스로 타일렀다. 아침부터 수도 없이 다짐했지만 계속 들떠 있었다. 점심시간에 선배가 아직 노트를 가져가지 않은 데에도 원인이 있을 것이다. 3학년은 시험 시간이 조금 먼저 시작되어서 내일 아침까지 답장이 없을지도 모른다. 하지만 일단 집으로 돌아가는 길에 신발장을 보고 갈까?

"그럼 내일 봐!"

수업이 끝나고 교실에 남은 노조미와 유코에게 말하자 "학생회 일 잘해!" 하고 웃으며 배웅해 주었다.

노조미와 여전히 세토야마 이야기는 꺼내지 않고 있다. 지금까지의 나라면 노조미에게 맞춰 아무 말 안 하고 있어도 마음속으로는 짜증이 났을 거다. 유코처럼 확실히 질투가 난다고 말로 표현해 온다면 나는 냉정하게 할 말을 다 했을 게 틀림없다.

하지만 지금은 '어쩔 수 없지 뭐.' 하고 넘길 수 있다. 선배 덕분이다.

"어? 에리노쨩!"

가벼운 발걸음으로 연결 통로를 걸어가는데 눈앞에서 기타 케이스를 든 니노미야 선배가 다가왔다.

"선배, 뭐 해요?"

시험은 오전 중에 끝났을 텐데.

"집에 가도 할 일이 없으니까 놀았지 뭐. 날씨가 좋아서 가운데뜰로 나가볼까 하고."

그러더니 기타 케이스를 살짝 들어 올려 보였다. 가운데뜰에서 기타를 치려는가 보다. 사람들이 너무 많이 모여들지 말아야 할 텐데.

"그리고 잠깐 볼일도 있었고."

선배는 후훗, 하고 비밀을 즐기기라도 하듯 웃음을 보였다. 교환 일기 이야기일까. 선배도 노트를 주고받는 걸 기대하는 건가. 그러자 괜히 기뻤다.

"왜?"

"아뇨. 아무것도 아녜요."

나까지 헤벌쭉 입꼬리가 올라가는 걸 참자니, 선배가 의아하다는 표정으로 쳐다봤다. 얼굴을 돌리고 관심 없다는 듯 대답했지만 혹시라도 이상하게 여기지 않을까, 심장이 들썩거렸다. 표정을 그대로 드러내다가는 들킬지도 모른다.

"그보다, 선배! 입시는 괜찮아요?"

"나는 벌써 진로를 결정해서 아무 문제없어. 봄부터 미대생이라고."

"미대생?"

화제를 돌리자 예상치 못한 대답이 돌아왔다. 미대라면 그림 그리는 거잖아. 너무 뜻밖이었지만 선배 방에 걸려 있던 그림이 생각났다.

"혹시 방에 걸려 있던 그림, 선배가 그린 거예요?"

"응, 맞아. 쭉, 그림을 배웠거든. 미술 학원 그런 데서."

"그랬군요. 축하해요."

그림 공부를 했다는 건 꽤 오래전부터 진로를 결정했다는 뜻이다. 미래 같은 건 생각하지 않을 거라고 지레짐작한 나 자신이 너무도 부끄럽다. 나는 정말로 선배에 대해 아무것도 모르면서 무시하기까지 했다. 정말 형편없다.

"음악도 잘하고 그림도 잘 그리다니 대단하네요."

나한테는 없는 재능이다. 초등학교 때 잠깐 피아노를 배웠지만 바로 그만뒀고 그림은 더 형편없다.

"에리노짱이 나를 칭찬하다니 별일이네, 왜 그래?"

"생각한 걸 말했을 뿐이에요."

"날 따르지 않았던 고급 순혈종 고양이가 드디어 경계심을 푼 건가?"

"사람을 애완동물 취급하지 말고요."

자꾸 말을 걸어왔던 건 날 그런 식으로 봐서일까? 사탕은 혹시 길들이려고 준 먹이였나?

"오늘은 활기 있어 보이네."

"늘 활기 있어요. 선배만큼은 아니지만."

"하지만 과자를 주면 받을 건데요." 하고 덧붙이자, 선배는 "그렇담 줘야지." 하고는 낱개로 포장된 초콜릿을 내 손에 건네줬다. 매일 뭔가 과자를 주머니에 넣어 가지고 다니는 모양이다.

"다음에 에리노짱한테 그림 그려줄까? 나중에 값이 비싸질지도 몰라."

"그래도 돼요? 진짜 받을 거예요."

"받아준다면야 얼마든지."

그런 말을 했다가는 학교 애들이 다 가지고 싶어 할 텐데.

나한테 그려준다는 건 지금 그려둔 그림이 아니라 새로 뭔가를 그려준다는 뜻인가? 어떤 그림일지 상상이 가지 않아서 더욱 기대에 부풀었다.

"나중에 돈이 궁할 때 팔 수 있을 만큼 유명해져야겠어."

"가난해지더라도 선배가 그려준 그림을 팔지는 않을 거예요."

"그리고, 평생 간직할 건데요." 하고 덧붙였다.

"자신이 궁핍한데도?"

"당연하죠. 게다가 팔아버리면 선배가 슬프지 않겠어요?"

팔기를 바라는 걸까. 의아해하면서 대답하자, 선배는 난처한 듯이 미간을 찌푸렸다. 하지만 입꼬리는 올라가 있다. 어떤 감정인 건지 짐작할 수 없는 표정에 고개를 갸우뚱거렸다.

"선배?"

"아, 니노 선배!"

내가 부르는 소리를 싹 덮어버리는 발랄한 목소리에 뒤를 돌아보았다.

"방해했나요? 미안해요."

선배밖에 시야에 들어오지 않았는지, 말을 걸어온 여학생이 그제야 내 얼굴을 보더니 미안한 표정으로 고개를 숙였다. 예전에 가운데뜰에서 선배와 이야기를 나누던, 머리를 한쪽 아래로 내려 묶은 그 여자다. 귀엽거나 예쁜 얼굴은 아니지만 애교가 많고 붙임성 좋은 분위기를 풍겼다.

"어라, 아이!"

선배가 손을 들더니 머리를 내려 묶은 여자에게 인사했다. 서로 '아이', '니노'라는 애칭으로 부를 만큼 가까운 사이인 듯하다. 나는 "학생회 활동이 있어서 이만." 하고 선배에게 인사하고는 두 사람에게서 떨어져 걸어가다가 슬쩍 뒤를 돌아보았다. 선배와 그 여학생은 즐겁게 웃으며 나란히 어딘가로 가고 있었다.

선배가 좋아한다는 사람은, 역시 저 여학생인 걸까. 뿌옇게 흐려진 검은 연기 같은 것이 몸속에서 퍼져 나왔다가, '이게 뭐지.' 하고 생각한 순간 사라졌다. 처음 느끼는 기묘한 감각에 배를 어루만지며 걸었다.

학생회실에는 이미 세키타니와 회계 담당 남학생, 사사키가 모여 있었다.

"다 모였네요."

"오늘도 잘 부탁해."

"네!"

기운차게 대답하는 사사키에게 "지난주에 부탁한 자료 갖고 왔니?" 하고 물어본 다음, 지난주에 두고 간 프린트를 정리했다. 답이 없어 고개를 들자 사사키가 웃음을 띤 채 가만히 있었다. 아마도 머리를 풀가동시키는 듯했다.

"네? 아, 아, 아아!"

이 대화, 지난주에도 하지 않았나?

"죄송합니다! 깜빡 잊었어요. 아, 지금부터 하면 시간 맞출 수 있을까요? 잠깐 다녀오겠습니다."

사사키는 시계를 보더니 바로 뛰어나갔다.

어쨌든 제대로 받아오기만 하면 결과적으로 상관없지만, 내가 말을 꺼낼 때까지 완전히 잊고 있었다는 걸 생각하면 머리가 지끈거린다. 지난주에 지적하며 다시 시켰을 때 사사키는 내 말을 어떻게 받아들였던 걸까. 세티카니가 어두운 표정으로 걱정스러운 듯이 보고 있었다. 저렇게 걱정이 되면 왜 직접 사사키에게 주의를 주며 가르쳐주지 않는 걸까.

10분쯤 지나자 사사키가 숨을 헐떡이며 돌아왔다. "죄송해요." 하고 사사키가 내민 자료는 달랑 두 장, 내용을 보니 시험

장에 대한 사항뿐이었다.

"내가 면접에 관한 자료도 부탁했을 텐데?"

"에, 아, 아아!"

"…그리고 3학년 송별회 건은? 확인 안 한 거야?"

화를 억누를 수가 없어서 이마에 손을 대고 팔꿈치를 괴었다.

"저기… 죄송해요."

"죄송해요, 죄송해요, 사과할 거면 노력을 하면 되잖아? 메모를 해서 확인한다든가, 그런 생각이 안 드는 거야? 언제까지 이럴 거니?"

사사키의 표정이 순식간에 굳어졌다. 평소에는 밝아서 표정의 차이가 확 드러났다.

"죄송, 해요."

"그거밖에 할 말이 없어? 난 대책을 묻는 건데."

"죄송해요, 죄송해요."

그 외에 다른 말은 더 이상 나오지 않을 모양이다. 게다가 사사키의 목소리에 눈물이 배어 있었다. 무슨 말을 해도 더는 이 아이에게 소용없겠지. 그저 고개를 숙이고만 있는 사사키를 보면서 크게 한숨을 쉬었다.

"아, 됐어. 내가 할 테니까."

3학년 시험 기간이니까 지금 빨리 가면 아직 구와노 선생님이 계실지도 모른다. 가방과 코트를 집어 들고 일어섰다.

"마쓰모토, 네가 할 수 있다고 남들한테도 당연한 건 아냐."

등 뒤에서 들려온 세키타니의 목소리에 확, 열이 솟구쳤다.

"할 수 없는 게 아니라 포기하고 게을리한 거뿐이잖아!"

"그, 그런 건 아니…!"

흐흑, 마치 효과음처럼 들릴 정도로 눈물을 흘리는 사사키를 위로하려는 듯, 세키타니가 사사키 어깨를 감싸안았다.

'그렇게 오냐오냐 다 받아주니까 안 되는 거야.'

그런 생각이 머리끝까지 차올랐지만, 지금은 아무래도 상관없다. 뭐라 해줄 말을 찾기도 번거로워서 그대로 학생회실을 나와 구와노 선생님을 찾으러 갔다.

용무를 마치고 학생회실로 돌아오자 이미 그곳에는 아무도 없었다.

- 다 완성되면 들어볼래?

친구들한테도 들려주고 반응을 보려고 하는데 말이지.

나나짱 의견도 듣고 싶어.

"아얏!"

아무도 없는 교실에서 혼자 소리를 질렀다. 엄지에서 동글동글 새빨간 피가 맺히더니 금세 솟아 나왔다. 자수용 바늘에 이렇게 세게 찔리기는 오랜만이다. 아무 생각하지 않고 마냥 수를 놓은 덕에 자수 천의 절반 이상 작업을 마쳤다. 수놓던 천을 책상 위에 올려놓고 주머니에서 교환 일기 노트를 꺼냈다. 노트를 받은 건 어제 수업이 끝나고 나서였다. 하지만 아직 답장을 쓰지 못했다. 지금도 노트를 펼쳐놓았지만 쓸 말이 한 글자도 떠오르질 않았다.

줄곧 외톨이로 남았던 학생회실의 광경만 머릿속을 꽉 채우고 있다. 그리고….

"유리 같은 사람이네."

예전에 들었던 그 말이 떠올랐다.

어제 같은 일이 중학교 때도 있었다. 배구부 주장을 맡았던 2학년 2학기 때였나. 주장으로서 나는 온 힘을 다해 모든 부원을 하나로 모으고 있었다. 그렇다고 믿었다. 하지만 그건 내 착각이었다. 당시 절친이라고 여기던 부주장 아이가 눈물을 흘리며 내게 차갑고 날카로운 시선을 던졌다. 그러고 나서 내게 말했다. 유리 같은 사람이라고.

지우고 싶은 과거의 기억에, 눈을 감고 책상에 엎드렸다.

어떤 감정이 날 이런 기분으로 만드는 건지, 아직도 모르겠다. 모든 게 엉망진창이고 답답해서 몸이 꽁꽁 묶인 듯 괴로웠다. 위가 조여들었다.

안 되겠다. 눈을 꾸욱, 감았다가 다시 뜨고서 몸을 일으켰다. 이대로 우울해한다고 별 뾰족한 수가 있는 건 아니다. 나는 학생회 부회장이니 맡은 일에 집중해야 한다.

어제 해야 할 일은 모두가 돌아간 학생회실에서 끝마쳤다. 그리고 다음으로 해야 할 일은, 이야기하는 거다. 쉬는 시간이 되면 세키타니를 찾아가자. 아직 학생회에는 할 일이 있다. 응어리가 진 감정을 그대로 남겨두었다가는 앞으로 학생회 일에 지장이 생길 게 뻔하다.

'괜찮아, 괜찮아.'

그렇게 스스로에게 일렀다.

1교시 수업이 끝난 건 종료를 알리는 벨이 울린 지 몇 분이 지나고서였다. 세키타니에게 가려고 서둘러 일어서는데 교실 문 쪽으로 세키타니가 얼굴을 내밀었다. 알아차리고는 얼른 달려 나가자, 세키타니가 "어제 일로 얘기 좀 하고 싶어서." 하고 먼저 말을 꺼냈다.

"나도 마침 너한테 가려던 참이었어."

둘이서 대화를 나누며 복도 구석으로 자리를 옮겼다.

"있잖아."

"어제도 말했지만 마쓰모토가 하는 말은 옳아. 사사키가 잘못했지. 하지만 옳은 말이라도 그게 상대에게는 상처가 돼."

걸어가면서 이야기를 꺼내려는데, 세키타니가 앞을 본 채 내 말을 가로막았다. 세키타니의 말에 나도 모르게 발걸음을 멈추자 세키타니도 걸음을 멈추고 돌아보았다.

"마쓰모토가 잘못한 게 아니라는 건 잘 알아."

그렇다면 어째서 그렇게 가엾다는 듯 보는 걸까.

"그렇지만 사사키는 좀 여리니까."

여리니까 어떻게 하라는 건가. 잘못한 일을 지적하면 안 된단 말인가.

"무슨 말이 하고 싶은 거야?"

빙 돌리며 조심스러워하는 말투에 나도 모르게 차갑게 내뱉고 말았다.

"남은 일은 다른 멤버들이랑 어떻게든 할 수 있을 거 같아. 그러니까…."

그러니까.

"마쓰모토는 당분간 쉬어도, 괜찮아."

그 말은, 학생회실에 오지 말라는 뜻일까.

결국 마찬가지다. 항상 이렇게 된다.

바깥바람보다도 차가운 바람이 내 몸 안에서 휘몰아쳐 몸이 후들거릴 것만 같았다. 허리와 다리에 힘을 줘 버티면서, 이를 악물고 겨우 목소리를 짜냈다. 천천히. 감정을 죽이고서.

"알았어."

짤막하게 대답하고 뒤로 돌아 교실로 돌아갔다. 바닥을 짓밟아 뭉개듯이 힘주어 걸었다. 절대로 멈춰 서서 뒤돌아보면 안 된다.

"아, 돌아왔다!"

유코의 경쾌한 목소리에 딱딱하게 굳었던 몸과 표정이 한순간에 풀어졌다.

“벌써 끝났어?”

“아, 응, 학생회 일. 이제 어느 정도 정리가 돼서 당분간은 느긋하게 해도 될 거라고.”

진실을 감추고 이 무슨 허세란 말인가. 형편없게 느껴져서 유코의 눈을 똑바로 보지 못한 채 대답했다. 다만 목소리만큼은 어두워지지 않으려고 기를 쓰면서 아무렇지도 않은 척했다.

“참, 노조미. 오늘 같이 가자. 유코도.”

“아, 미안, 오늘은 세토야마랑….”

“나도 오늘은 요네랑 데이트하기로 했어.”

“그래? 하긴 내가 너무 갑자기 말했지?”

어깨가 축, 처지려는 걸 애써 참으며 웃어 보였다.

둘 다 남자 친구가 있으니 약속이 잡혀 있는 건 당연하다. 하지만 이 추운 계절에 풀이 죽어 초라해진 마음으로 혼자 시간을 보내려 하니 두려웠다. 뭔가 밝은 생각을 해야 할 텐데. 자꾸만 지나간 일에서 헤어나질 못하고 있다.

집에 돌아가면 자수를 놓자. 시간이 있으니 더 공들여 작품다운 걸 만들어도 된다. 침대 커버를 만들까. 브로치도 괜찮을 테고. 애써 즐거운 일을 떠올렸다.

“그건 그렇고, 에리노도 남자 친구 사귀면 좋지 않아? 세키타니라든가.”

유코가 “그치?” 물으며 노조미에게 동의를 구했다.

"실은 아까도 다들, 세키타니가 너한테 다시 사귀자고 고백하는 거 아닐까, 그런 얘길 했거든."

"아니, 지금은 그냥 친구야. 그런 거 아냐."

왜 그런 이야기가 화제에 오르는 걸까.

"지금도 사이좋잖아! 많이들 수군거려. 잘 어울리고 말이야."

"아냐, 그럴 일 없어. 정말로 그런 사이 아니라니까."

전 남친이랑 친하게 지내는 이유만으로 금세 그런 관계로 보는 건 정말 싫다. 좋아서 친구로 지내는 것도 아닌데. 학생회장으로서 세키타니는 신뢰할 만한 사람이긴 하지만 지금 내게는 그 이상의 관계도 아니고 그럴 생각도 없다.

"그렇지만 학생회장이랑 부회장이니까 좋잖아."

"아니라니까."

성가시다. 진저리가 난다. 어지간히 좀 했으면.

"그래도 말이야."

"아니라고 하잖아, 그것참 끈질기네!"

말하고 나서 아차, 싶었다. 너무 심했다. 완전히 엉뚱한 데다 화풀이한 격이다.

유코는 멍하니 입을 벌린 채 굳어져 있었고 교실 분위기도 싸하니 긴장감이 감돌았다. 애들의 시선이 나한테 집중되었다.

"…왜 그렇게 말해? 그렇게까지 화낼 건 없잖아!"

잠시 뜸을 들이는가 싶더니 유코가 삐져서는 뺨을 씰룩이며 따졌다.

"아, 그게 아니라, 나도 모르게 그만."

"자꾸만 그런 소릴 들으면 세키타니랑 얘기하는 것도 어색해질 거야."

솔직히 사과하면 좋을 텐데 미안하다는 말이 좀처럼 입에서 나오질 않았다. 그런 내 마음을 알아차렸는지 노조미가 우리 둘 사이에 끼어들어 나를 두둔하며 부드럽게 유코를 달랬다.

"유코도, 에리노한테 좋은 사람이 생기길 바라는 마음에 그런 거지?"

"그야 나랑 노조미가 다 남친이 있어서 자꾸 에리노가 혼자 지내니까 그렇지."

딱히 같이 있어 달라고 바라지도 않았는데…. 하지만 유코도 나름대로 내게 마음 써주느라 그런 거라고 생각하자 어깨에서 힘이 훅, 빠져나갔다. 교실 분위기도 어느새 조금 부드러워져 있었다. 풀이 죽은 유코에게 이번에는 제대로 "미안해!" 하고 사과했다.

"정말로 세키타니랑 아무 사이도 아니고 지금은 남자 친구가 있었으면 하는 마음도 없어. 그렇지만, 고마워."

"그럼 다행이고. 나도 너무 집요하게 물고 늘어졌지. 미안해."

유코는 입을 삐죽이며 아이처럼 딴 데를 쳐다보더니 "에리노는 화나면 너무 무서워." 하고 한마디를 덧붙였다. 그렇게 확실하게 말하니 쓴웃음을 지을 수밖에 없다. "미안, 미안." 하고 사과하면서 유코의 머리를 쓰다듬었다.

"오늘은 안 되겠지만 내일 다 같이 놀러 가자."

노조미가 안도하는 표정을 지으며 제안했다. 그러자 "그거 좋겠는데.", "노래방 가고 싶어.", "수다만 떨어도 좋지.", "그러고 보니 얼마 전에 카페가 새로 생겼잖아?" 하고 저마다 한마디씩 떠들기 시작했다. 그런 모습에 혼자서 휴우, 하고 가슴을 쓸어내렸다.

자기감정을 확실하게 말하는 유코가 아니었더라면, 나와 유코 사이에서 너그러운 마음으로 감싸주고 대변해 주는 노조미가 없었다면, 이렇게 빨리 교실 분위기가 풀어지지는 않았을 거야. 그렇기에 나 자신이 더욱 싫다.

어떻게 두 사람은 그렇게 할 수 있는 걸까.

"참, 5교시 국사 시간에 쪽지 시험 있다는데?"

"뭐? 진짜? 예고도 없이 너무해!"

"범위가 어디래?" 하고 유코가 꺼내 든 교과서를 모두가 쳐다봤다.

"지금 시기라면 1년간 배운 내용을 최종 복습할 만한 문제가 나오지 않을까?"

3학기 기말고사는 일단 시험 범위가 있지만, 총복습의 의미도 있어서 1학기와 2학기에 배운 내용도 포함된다. 오늘 쪽지 시험도 마찬가지겠지.

"아, 안 돼! 다 잊어버렸는데."

"아마 보면 다 생각날 거야."

쪽지 시험이니까 중요한 부분만 문제로 낼 거다. 그러자 유코가 "나는 에리노처럼 잘하지 못해." 하고 포기하려는 듯 교과서를 덮었다.

공부도 운동도 뭐든지 다 잘한다고, 사람들한테는 그렇게 보일지도 모른다.

하지만 본래의 나는 아무것도 하지 못한다.

- 제 의견 같은 건 듣지 않는 게 좋아요.
쓸데없는 내용만 잔뜩 얘기할 테니까.
선배를 언짢게 할지도 몰라요.

마음을 전하는 게 나한테는 너무 어려워요.

진심을 더하는 말

- 말했다고 해서 반드시 전해지는 건 아니니까.
말을 전하기만 해서는 그 의미가 제대로 전해지지 않거든.
깊이 생각하지 말고 나나짱이 전하고 싶은 내용을
상대에게 솔직하게 말하면 돼.

다만 상대를 알려고 하지 않으면
전해지지 않을 수도 있겠지?

- 내가 상대를 이해하지 못한다는 뜻이에요?
상대가 말해주지 않으면 잘 모르겠어요.

역시 어렵네요!

어떻게 해야 좋을지….

- 나나짱은, 자신이 생각하는 만큼

전하지 못하는 경우가 있을지 몰라.

생각하는 만큼 전하지 못하는 건가. 선배가 쓴 글을 되풀이해 음미하자 "그렇구나!" 하는 소리가 절로 흘러나왔다.

상대가 니노미야 선배여서인지, 교환 일기여서인지 지금껏 계속 가슴에 품었던 속마음을 쓰고 말았다. 역시 선배의 사고방식은 대단하다. 하지만 니노미야 선배가 쓴 내용은, 절반은 이해하겠는데 나머지 절반은 의문이다. 내 문제는 '지나치게 확실히 말한다'는 점이니까. 상대를 알려고 하지 않는다는 말이 이 부분과 관련 있는 걸까.

고개를 갸우뚱하며 노트를 주머니에 넣었다. 미간을 찌푸리며 팔짱을 끼고는 교실 쪽으로 걷기 시작했다.

움직일 때마다 위가 따끔따끔 아파서 얼굴이 자꾸 찡그려진다. 통증이 어제보다 심하다. 이틀간 학생회실에는 가지 않았다. 이대로 학생회 일을 못 하게 되는 건 아닐까 싶어 두려웠다. 물론 학생회 임원은 내년 1학기까지 교체될 일이 없으니 부회장직을 내놔야 하는 건 아니지만.

어제 점심시간에 연결 통로를 걸어가다가 세키타니와 사사키, 학생회 다른 멤버들이 함께 있는 모습을 보았다. 그들은 뒤에 있는 나를 알아차리지 못하고 계단을 올라갔다. 아마도 점심시간에 학생회실에 모인 거겠지. 나에 관한 이야기를 하려고 모인 걸까. 행사 준비를 끝내려고 점심시간에도 일하기로 한 걸까. 만에 하나 방과 후에 내가 학생회실에 갈까 봐, 나와 마주치지 않으려고 작업 시간을 바꾼 걸까.

어느 쪽이든 내가 없을 때 모두 함께 있는 건 틀림없다. 이대로 아무 일도 하지 않고 학생회 부회장을 계속할 수는 없다. 언젠가 이야기를 해야겠지. 하지만 그게 언제가 될지는 알 수가 없다.

"…아, 아파."

코트 위로 배 부근을 문지르며 크게 한숨을 내쉬었다. 그 한숨이 발밑에 엉겨 붙는 듯해 발걸음이 무거웠다. 정말 중학교 시절로 다시 돌아간 것 같다.

중학교 때는 이를 악물고 고집을 피워서라도 학교를 쉬지 않았다. 그때 처한 상황과 비교하면 지금이 훨씬 낫다. 그런데 오히려 지금의 나는 나약하다. 지금 당장 뒤돌아 학교에서 도망치고 싶다.

어쩌면 내 안에 있는 감정을 토해낼 곳을 찾았기 때문일까. 아무에게도 속내를 말하지 못했다면 나약한 날 외면하고 죽어라 버텼을지도 모른다.

처음에는 연애에 관한 이야기를 나눌 생각이었지만 언제부터인지 인생 상담이 되었다. 그것도 일방적으로 내 이야기를 하면 선배가 들어주는 식이다.

아아, 나는 대체 뭘 하는 걸까.

악순환에 빠져가고 있다.

"괜찮아? 안색이 안 좋은데."

4교시가 끝난 점심시간, 책상에 엎드린 채 움직이지 못하는 내게 노조미가 걱정스러운 듯이 물었다. 가늘게 실눈을 뜨자 쭈그리고 앉은 노조미의 시선과 부딪혔다.

"으응, 괜찮아."

대답은 했지만, 복통은 아침보다 더 심해져서 찡그린 얼굴을 펼 수가 없었다. 움직이면 통증이 더 심해져 몸을 일으키고 싶지도 않았다.

"조퇴하는 게 어때?"

이 통증은 마음에서 온 거지, 몸이 아파서가 아니다. 그 증거로, 어제는 학교가 끝나자 통증이 말끔히 사라졌다. 오늘도 아침까지는 전혀 문제없었다. 이만한 일로 조퇴하다니 그저 게으름을 피울 뿐이다. 그렇다고 이대로 교실에 있다가는 친구들에게 걱정만 끼칠 게 뻔하다.

"일단 보건실에서 쉬다 올래."

밥 먹을 기분도 아니고 눕고 싶기도 했다. 통증으로 얼굴을 찡그린 채 일어나, 걱정하는 노조미를 말리고 혼자 보건실로 향했다. 벽에 손을 짚으면서 느릿느릿 걷는데도 숨이 찼다. 가까스로 보건실에 도착하자 보건 선생님은 이유도 묻지 않고 바로 침대에 눕혀주었다.

딱딱한 침대는 조금만 움직여도 스프링이 끼익끼익 비명을 질러댔다. 침대가 너무 삐걱거려서 부서지는 게 아닐까 불안할 지경이었다. 하지만 난방이 잘 되어서인지 순식간에 눈꺼풀이 무거워지더니 어느새 곁잠이 들었다.

여기 니노미야 선배가 있으면 좋을 텐데. 선배에게 달콤한 과자를 받으면 기운이 날 듯했다. 선배와 함께 있으면 특별 대우를 받는 기분이다. 뭐든지 받아줄 것 같으니까.

물론 착각이란 건 잘 알고 있다. 선배는 누구에게나 다정히 대하는 사람이다. 게다가 좋아하는 사람이 있다. 선배에게는 특별한 누군가가, 존재한다.

그 순간, 가슴이 자그마한 바늘에 찔린 듯 따끔하니 아팠다.

이 통증에 눈을 떴다.

시야가 환해지자 하얀 천장과 형광등이 나를 내려다보고 있다. 아주 잠깐 눈을 감았던 것 같은데 몹시 개운하고 복통도 느껴지지 않았다. 어쩌면 깊은 잠에 빠졌던 걸까.

"안녕!

"안녕하…."

옆에서 인사하는 목소리가 들려 아직 머리가 다 깨어나지 않은 상태로 대답하다가, 퍼뜩 뭔가 이상해서 소리가 난 쪽으로 고개를 돌렸다. 침대에 팔꿈치를 올린 채 턱을 괴고서 싱긋 미소를 보이는 니노미야 선배와 눈이 마주쳤다.

"뭐, 뭐, 뭐예요!"

벌떡 몸을 일으켜 베개 쪽으로 바짝 당겨 앉으며 이불을 끌어안았다.

이 선배가 왜 여기에 있지? 언제부터 여기에? 혹시 자는 얼굴을 본 거야?

코를 골거나 이를 갈지 않았다고 믿고 싶지만, 눈을 반쯤 뜨고 잤을 가능성도 있었다. 그러자 얼굴이 빨갛게 달아올랐다.

"허둥대는 에리노짱, 신선한데?"

당황해하는 나를 보더니 니노미야 선배가 만족스러운 듯이 미소를 지었다.

"시험이 끝나 한가하길래 보건실에서 시간이나 때울까 하고 왔는데 보건 선생님이 에리노짱 와 있다고 하지 뭐야. 그래서 지켜보고 있었지."

"지켜보다니, 왜요?"

"따지는 모습을 보니 기운 차린 것 같아 안심이네. 정말 다행이야."

"뭔가 복잡하던 게 싹 날아갔어요!"

"그럼 데이트라도 하러 갈까?"

"…네?"

"짠!"

갑자기 효과음을 내더니 선배가 내 가방과 코트를 집어 들었다. 왜 그걸 선배가 가지고 있는 거지?

내가 두 시간쯤 잠들었던 모양이다.

눈을 뜨니 이제 곧 5교시가 끝날 시각이어서 6교시 수업에는 늦지 않게 들어갈 수 있었다. 하지만 선배의 기세에 이끌려, 어찌 된 일인지 지금 둘이서 전철에 올라타 있다.

집과는 정반대 방향으로 가고 있는 전철 안에서 옆에 선 선배는 즐거워 보였다.

"어디 가는 거예요?"

"비밀로 해야 데이트가 더 즐겁지."

"데이트라뇨."

'좋아하는 사람이 있으면서.'라는 말을 꿀꺽 삼켰다.

난 왜 순순히 선배를 따라가는 걸까. 돌아가려고 하면 지금 당장이라도 돌아갈 수 있는 데다가 애당초 학교를 나서기 전에 얼마든지 거절할 수 있었다. 그렇게 하지 않은 건, 가슴에 자리한 호기심 탓이다.

어디에 가는 건지, 뭘 할 건지 전혀 모르겠다. 원래 나는 계획 없이 움직이는 걸 싫어한다. 상대가 짠 계획을 따르는 일은 있지만, 선배의 경우는 '무계획'일 게 분명하다. 그런데 어쩐지 즐거운 일이 기다리고 있을지도 모른다는 기대감이 생겼다.

전철이 움직이면서 일으키는 진동이 내 몸을 부드럽게 흔드는 듯했다. 지금은 아직 6교시 수업 중일 때라 전철 안에 학생은 거의 보이지 않았다. 다들 교실에서 수업을 듣고 있겠지. 그런 시간에 나는 몇 주 전까지만 해도 스쳐 지나며 인사만 나눌 정도였던 선배와 둘이서 전철 안에 있다. 인생이란, 정말 어떤 일이 일어날지 알 수 없다.

전철 밖으로 지나쳐가는 경치를 바라보는데 창유리에서 시선이 느껴졌다. 그곳에는 나를 보고 만족스러운 듯 웃는 선배가 있었다.

"왜 그래요? 싱글싱글 웃고."

"신기하지? 에리노짱이랑 전철을 타고 외출하다니. 게다가 학교생활이 거의 끝나가는 오늘에 말이야. 그런 생각을 하다 보니까 웃음이 나서."

그런 생각을 하는데 왜 웃음이 나는 걸까.

"그러고 보니 3학년은 수업, 오늘까지였던가요?"

고등학교 생활 마지막 시험은 목요일인 오늘 끝났을 터였다. 그렇다면 내일부터는 자율적으로 등교해도 되니까 막상 학교에 오는 3학년은 거의 없을 거다. 3학년이 앞으로 학교에 나올 일은 송별회와 졸업식 예행연습, 마지막으로 졸업식, 이렇게 세 번뿐이다.

그렇구나, 선배는 이제 학교에 오지 않겠구나. 그러면 교환일기도 오늘로 끝이었던 거네.

그런데 마음을 전하는 게 어렵다느니, 온통 내 고민뿐인 상담만 했다. 그런 이야기가 교환 일기의 마지막이 되고 말았다. 선배가 노랫말에 관한 의견을 물었는데.

미안함과 쓸쓸함, 허전한 감정이 나를 덮쳤다.

"뭐, 또 올 거지만."

"네?"

무심코 목소리가 튀어나오자 선배가 눈이 커졌다.

"그렇게 기뻐할 줄은 몰랐네? 웬일이야?"

"딱히 그런 건 아닌데. 왜 오는지 궁금했을 뿐이에요."

고개를 홱 딴 쪽으로 돌려 얼굴을 감췄다.

분명 지금 나는 기뻐하고 있다. 틀림없이. 선배가 학교에 온다는 건 교환 일기를 계속할 수 있다는 뜻이니까. 어쩌면 선배도 교환 일기 때문에 학교에 오려는 걸까.

그거야말로 너무 나 좋을 대로 해석한 건지도 모른다. 하지만 뭔가 다른 목적이 있고 그 김에 노트를 주고받는다고 해도 좋다. 교환 일기를 계속 쓸 수 있다면. 선배를 만날 수 있다면.

…아니, 만나지 못해도 상관없지만.

"매일 교실로 만나러 갈까?"

"필요 없어요."

입 밖에 내서 말한 건가 싶어 당황했지만 아무렇지도 않은 척하고 쌀쌀맞게 대답했다. 교환 일기 속에서는 그렇게나 솔직해졌으면서, 선배 앞에서는 거짓말만 하고 있다.

선배에게, 나는 어떤 성격으로 보일까.

"참, 졸업식 전에는 그림을 줄 수 있을 거야."

"정말 그려주는 거예요?"

"난 거짓말 안 해."

선배는 내 이미지를 그림으로 그리는 중이라고 설명했다.

"선배는 어릴 때부터 그림 그리는 걸 좋아했어요?"

"응, 그렇지. 공부보다는. 아무 생각 없이 몰두할 수 있다는 점도 좋고."

내가 자수에 빠져 있을 때 같은 느낌인 걸까. 다만 난 정해진 패턴대로 그저 한 땀 한 땀 수를 놓을 뿐이어서 독창성은 없다. 창의력을 살려 작품을 만드는 일은 아니다.

"혼자 하나부터 다 만드는 거죠?"

"그렇게 말하면 그렇긴 하지만… 자신이 말하고 싶은 거라든가 보여주고 싶은 걸 구체적으로 표현한다고 할까."

뭔가 멋진 말이다.

"풍경을 말로 전하기보다 그림으로 전하는 게 더 빠르니까."

"그거, 그림 그리는 사람밖에 사용할 수 없는 스킬이잖아요."

내가 그리면 상대에게 혼란만 주겠지.

선배는 손잡이에 체중을 싣듯이 몸을 기울이더니 "나는 운이 좋았어." 하며 웃었다.

"혼자 있는 시간이 많다 보니까 관찰하거나 생각하는 걸 좋아해. 그래서 그걸 누군가에게 전할 때, 내 경우는 말보다 그림이나 음악이 더 편했던 거고."

"…아, 그렇군요."

"에리노짱이 말한 대로, 그 바탕에 나의 재능이 있지만."

재능이라고까지 말하진 않았지만, 부정할 수는 없다.

선배에게는 그림과 음악이 상대에게 생각을 전하기 위한 수단인 거구나. 말이 아니라.

듣고 보면 당연하지만, 정말 그러네. 언어만이 아니었구나. 새삼 깨달았다.

"실은 마침 창작곡을 만드는 중인데 말이지."

"…그래요?"

알고 있어요. 무심코 그 말이 튀어나올 뻔해서 당황해 입을 다물었다.

"그 곡에서 내 마음이 전해질 수 있으면 좋겠어."

아마도 선배는 아무에게도 들리지 않을 정도로 작게 중얼거렸다고 생각하겠지. 하지만 그다음에 이어진 말은 내 귀에 똑똑히 들렸다.

"결과가 어떻게 되든."

선배는 단지 좋아하는 사람에게 자기 마음을 전하고 싶은 거다. 설령 거절당한다 해도.

"왜 그래?"

벙벙해진 내게 니노미야 선배가 얼굴을 기울이며 물었다.

"전해지면, 좋겠네요."

나도 모르게 눈을 피하면서 대답했다. 하지만 마음에 없는 말을 툭 내뱉은 느낌이다. 어디에도 와닿지 않는, 영혼 없는 말.

이건 선배에게 전해지지 않기를.

그런 마음이 하늘에 통했는지, 전철 안에는 정차역 안내 방송이 흘러나오고 전철 속도가 차츰 느려졌다.

역에 도착해 문이 열리자 사람들이 우르르 쏟아져 내렸다. 그 무리에 섞여 계단을 올라가 개찰구를 빠져나왔다. 바로 옆이 지하상가여서 무척 많은 사람이 오가고 있었다. 평일에 이 역에 오는 일은 거의 없지만 교복을 입은 학생도 꽤 많았다. 이 근처 학교 학생들일까.

"늦었지만, 몸은 어때?

"진짜 늦었지만, 괜찮아요."

"그럼 슬렁슬렁 걸어 다니면서 단것도 먹고 웃고 떠들면서 놀까?"

결국, 그 말은 아무것도 계획하지 않았단 거네요. 하지만.

"좋아요."

그렇게 시간을 보내는 일도 가끔은 좋지 않을까. 혼자가 아니니까, 옆에 있는 사람이 선배니까.

선배는 밖으로 나가자고 하더니 인파를 헤치며 계단 쪽으로 갔다. 가장 가까운 계단을 오르자 바로 옆이 대로변이어서 차가운 바람과 자동차 엔진 소리, 떠들썩한 소리가 덮쳐왔다. 추위를 피하려 다시 샛길로 들어서 상점가를 걷기 시작했다. 양옆에 있는 가게에서 따뜻한 공기가 이따금 흘러나왔다.

어디로 갈지 턱에 손을 대고 고민하는 선배를 따라가는데 앞에서 오던 사람과 어깨가 부딪혔다. 서로 "미안합니다." 하고 머리를 숙이고서 다시 걸어가려는데 오른손이 훌쩍 들렸다.

"자, 에리노짱, 내가 에스코트해 줄게."

내 손을 잡은 선배가 나를 향해 돌아보았다. 지금까지 사귀던 남자 친구랑 이렇게 손을 잡고 걸었던 적은 몇 번 있다. 처음이 아니다. 그런데….

'심장이, 터질 것만 같다.'

선배와 잡은 손을 타고 이 심장 떨림이 선배에게 전해질지도 모른다. 주변 소음이 귀에 들어오지 않을 정도로 심장 고동 소리가 고막을 흔들어대고 있으니.

큼지막한 손, 약간 울퉁불퉁하고 긴 손가락. 내 신경이 온통 그곳에 쏠리고 말았다. 선배와 닿은 부분만이 민감해지고 다른 부분은 마비된 듯했다.

안 되겠다. 잘 모르지만, 안 되겠어. 뭔지 모르겠지만, 무리다.

"아, 여기 들어가 봐도 될까?"

오른쪽 길에서 악기점을 발견한 선배가 눈을 반짝 빛냈다. 진짜 무리라고 생각했는데, 선배가 좋아하는 모습에 그마저도 마음이 편해지다니 지금의 나는 진짜 이상하다.

그다지 넓지 않은 가게의 안쪽 입구에는 전자 피아노가 여러 대 놓여 있었고 안으로 들어가자 기타가 빼곡히 진열되어 있었다. 베이스 기타도 있었으나 통기타가 압도적으로 많은 까닭은 뭘까.

다양한 디자인의 기타를 쳐다보는데 선배가 그 가운데서 오렌지색 같기도 하고 핑크 같기도 한 기타 한 대를 집어 들었다. 옆에 있던 의자에 앉아 팅팅, 기타 줄을 튕기자 신기한 색이 퍼지는 듯했다. 선배가 기타의 색으로 물들어갔다. 예전에는 새잎 같은 연둣빛으로 보였는데. 지금은 오렌지 같기도 하고 핑크 같기도 한 따뜻한 색으로 보였다.

"듣고 싶은 곡 있어?"

"네? 아, 뭐가 좋을까."

갑작스러운 질문에 머리가 빨리 돌아가질 않는다. 선배는 그런 내 모습에 전혀 개의치 않고 "그럼 에리노짱의 이미지대로 연주해 볼게." 하더니 경쾌한 멜로디를 연주했다.

픽을 위아래로 움직이는 오른손과 여러 가지 모양으로 바꿔가며 기타 줄을 누르는 왼손이 마치 마법을 부리는 듯 보였다.

"어때?"

"…그거 무슨 곡이에요?"

"내가 만든 곡."

즉흥적으로 연주한 걸까.

"멋있어요."

솔직히 대답하자, 선배는 안심한 듯이 웃으며 같은 곡을 한 번 더 연주했다.

"에리노짱의 성실하고 올곧으면서 거짓말하지 못하는 느낌을 표현해 봤어."

선배에게 나는 그런 이미지인 모양이다. 물론 틀리지 않겠지. 많은 사람에게 지금까지 숱하게 들었던 말이다. 하지만 마음에 걸린다.

"그렇군요." 하고 애매한 대답을 하고 나자, 가방 안에 든 교환 일기가 머릿속을 스쳤다. 하지만 그런 내색은 하지 않고 "그런 느낌이군요." 하고 다시 한번 비슷한 대답을 되풀이했다.

좋아하는 사람에게 선물할 거라는 곡은 어떤 느낌일까.

들어보고 싶다. 하지만 듣고 싶지 않은 마음도 있다.

선배 마음이 담긴 곡을 받아들이고 싶지 않다. 그건 내가 아닌 다른 누군가를 향한 곡이니까. 그렇게 생각하는 건 지극히 당연하다.

분명 그림을 그리는 모습도 이렇게 사람을 사로잡을 게 틀림없다.

"이제 갈까?"

한차례 기타를 연주한 데 만족했는지 선배가 일어섰다. 열심히 기타를 치고 다른 기타도 들여다보기에 사려는 건가 했지만 가격표를 보고서 그리 쉽게 살 만한 물건이 아니라는 걸 알았다. 집에 있던 기타는 작년 여름 방학 때 아르바이트해서 산 거라고 했다. 패밀리 레스토랑 주방에서 일했다는데 그 모습도 봤으면 좋았을 텐데. 또 다른 선배의 모습이 거기에 있었겠지.

"시원하게 스트레스 좀 풀까?"

그러더니 기타를 들여다보던 선배가 나를 게임 센터로 데리고 갔다. 태어나서 처음으로 카레이싱 게임이며 슈팅 게임을 하고 펀칭 머신도 해보았다. 어떤 게임이든 여지없이 결과는 형편없었다. 선배는 그런 나를 보더니 배를 잡고 웃었다.

"에리노짱, 진짜 못하네."

그 말에 오기가 생겨서 몇 번이고 도전했지만 결국 한 번도 제대로 된 점수를 내지 못했다. 나는 초보자인데 조금도 봐주지 않는 선배도 좀 너무하다.

점심을 먹지 않았다는 사실이 생각나서 도중에 크레이프를 사 먹었다. 잡화점에도 들어가 보고 서점도 기웃거렸다. 어쨌든 그 순간, 눈에 들어오면 멈춰 섰다. 그런 식으로 아무 생각도 하지 않고 즐겁게 시간을 보내기는 처음이다.

지금까지는 전혀 관심이 없었던 화방도 선배가 함께하니 모든 게 신선했다. 수채화 물감 하나하나에도 그렇게 세세한 이름이 붙은 줄 몰랐다. 그 밖에도 다양한 그림 도구가 있다는 사실을 알게 되었다.

선배는 테스트용 작은 종이에 쓱쓱 내 얼굴을 그려주었다. 연습용으로 써보는 종이에다가 그림을 그리면 어떡하냐고 살짝 눈치를 주었지만, 선배는 입술에 검지를 갖다 대더니 그 종이를 찢었다. 그러고는 내게 내밀면서 "데이트 기념이야." 하고 귓속말을 속삭였다.

…아무한테나 이렇듯 기대하게 하는 멘트를 던지는 걸까.

내가 특별한 사람이 아니라는 사실은 알지만, 괜히 과잉 반응하게 되니까 이러지 말아요. 심지어 내가 마음속으로 기뻐한다는 걸 믿을 수가 없다.

"왜? 저 가게 들어가고 싶어?"

"아뇨, 아무것도 아네요."

문득 눈에 들어온 수예점으로 무심코 다가갈 뻔했다. 재빨리 시선을 돌려 다른 가게 쪽으로 걸어갔다.

선배에게 자수가 취미라고 감출 필요도 없고 어떤 반응을 보일지도 궁금하다. 하지만 교환 일기에 그 이야기를 한 듯해 지금은 말하지 않는 게 좋겠지.

선배에게 또 거짓말을 했다. 이제 셀 수도 없네.

니노미야 선배와 보낸 시간은 순식간에 흘러가 어느새 해가 완전히 저물었다. 이제 슬슬 돌아가지 않으면 버스가 끊길지도 모른다. 집이 시골이어서 버스 운행이 빨리 끝난다는 사실이 오늘만큼 원망스러운 적은 없었다.

기분 전환은 충분히 했다. 그렇기에 오늘이 끝났다는 쓸쓸함과 또 다가올 내일의 우울함에 온몸이 땅으로 꺼져 들어갈 듯 기분이 가라앉았다.

"벌써 시간이 이렇게 됐나. 슬슬 가야겠네."

"그러, 네요."

헤어지기 아쉬운 마음이 얼굴에 드러나지 않도록 조심하면서 니노미야 선배를 올려다보았다. 그때 선배의 등 뒤로, 중학교 시절 본 적이 있는 여자가 서 있는 걸 알아차리고는 숨이 멎었다.

가슴 부근까지 오는 긴 머리에 큰 키, 늘씬하게 뻗은 팔다리. 코트를 입고 있어도 근사한 스타일임을 고스란히 알 수 있었다.

왜. 왜 여기에, 하필 이 타이밍에.

얼른 눈을 돌렸는데도 몸이 움직이질 않는다. 손가락 하나도 꼼짝할 수가 없어 눈을 크게 뜬 채 그 자리에 굳어지고 말았다. 그 모습이 너무나 부자연스러웠는지 걸어가던 그 여자가 시선을 천천히 내게로 보내더니 멈췄다.

시선이 부딪혔다. 그리고 동시에 경직되었던 몸이 풀어졌다. 얼른 눈길을 돌리고 선배의 손을 잡아끌어 역 쪽으로 걸었다.

"에리노짱?"

선배에게 설명할 짬이 없다. 한시라도 빨리 이 자리에서 떠나야 한다. 상점가에서 옆길로 빠져서 대로변으로 나오자, 올 때는 잎이 없는 나무들만 서 있던 거리가 일루미네이션으로 반짝였다.

"에리노짱, 무슨 일이야?"

"아, 그게, 죄송해요."

돌아보고 사과하면서 선배의 등 뒤에 그 여자가 없다는 걸 확인하자 안도의 한숨을 내쉬었다. 당연하다. 그 여자가 눈이 마주쳤다고 해서 일부러 나를 쫓아올 리가 없다.

나와 마찬가지로, 아니 어쩌면 그 여자는 나보다 더, 날 만나고 싶지 않아 할 거다.

"죄송해요."

선배에게 연신 머리를 숙이고는 천천히 발걸음을 옮겼다. 역으로 이어진 길은 마치 크리스마스 때처럼 불빛으로 반짝이고 있었다. 지나가는 사람들에게는 당연한 광경인지 아무도 나무를 올려다보지 않았다. 휘익, 공기를 가르는 듯한 바람이 우리 사이로 빠져나갔다. 반사적으로 몸에 힘을 주어 웅크렸다.

지금 혼자가 아니어서 다행이다.

"…누가, 있었어?"

뭐라고 대답해야 할까. 하지만 선배에게 얼렁뚱땅 둘러댈 말이 떠오르지 않아 "그러게요." 하고 힘없이 대답했다.

"중학교 동창이에요."

한때는 절친이라고 불릴 정도로 종일 붙어 다녔는데 지금은 단순히 동창 그 이상도 이하도 아니다. 그렇게 설명할 수밖에 없는 관계라니, 자조 섞인 웃음이 흘러나왔다.

"같은 배구부였는데요, 의견이 좀 안 맞아서."

그러고 나서 설명을 어떻게 이어가야 할지 몰라 머뭇거렸다.

그 동창은 배구부 부주장이면서 에이스 공격수였다. 세터였던 나와 그 아이는 매일 콤비처럼 합을 맞추며 연습했다. 부주장은 키가 커서 어른스러워 보였지만 막상 대화를 해보면 무척

털털했고, 또한 뭐든 귀찮아하고 대충대충 하는 성격이었다. 물건을 잃어버렸을 때, 숙제를 잊고 해오지 않았을 때, 청소를 땡땡이쳐 선생님에게 야단맞을 때면 언제나 내게 "도와줘!" 하며 안겼다. 그러면 나는 언제나 "어쩔 수 없네." 하며 그 애를 도와주었다.

긍정적인 말만 하는 아이였다.

"괜찮아!", "이길 거야.", "할 수 있어." 이게 그 아이의 입버릇이었다.

운동 신경이 뛰어나고 뭐든지 쉽사리 하는 편이라 그다지 연습하기를 좋아하지 않았다. 그런 부주장에게 나는 항상 "그러면 안 돼!", "좀 더 정확도를 높여야지.", "지면 분하잖아.", "더 노력하자." 말하고는 했다. 그 아이가 게으름을 피우면 후배들도 덩달아 나태해져서 내가 주장이 되고 나서는 상당히 엄격하게 한 점도 사실이다.

필요하면 후배를 꾸짖는 게 내 역할이고 챙겨주는 건 부주장의 몫이라고, 그렇게 역할을 효율적으로 분담하고 있다고, 적어도 나는 그렇게 생각했다.

하지만 내 착각이었나보다.

"내가 거치적거리는 존재였던가 봐요."

어느 날, 체육관에서 불만이 쌓인 부원들에게 둘러싸였다.

"에리노 주장 밑에선 못하겠어."

"다른 사람도 너랑 똑같다고 생각하지 마."

"에리노 때문에 그만두겠다는 애들도 있어."

"좀 더 다른 사람의 기분도 생각해 줬으면 좋겠어."

부주장을 대표로 하여 모두가 내게 불평을 쏟아냈다. 내가 너무 깐깐하고 무섭고 배려가 없다는 내용에 솔직히 두 손 두 발 다 들었다. 그렇게 안일하고 나태해서 어떻게 하나 싶었다.

우리 학교 배구부가 강한 팀이 아니라고 해서 져도 그만이라는 마음가짐으로 연습할 거라면 하지 않는 게 더 낫다. 어제까지 하지 못했던 리시브를 멋지게 해내고 싶은 마음이 없나. 다음 대회에서 한 경기든 두 경기든 더 오래 뛰고 싶지 않은가.

나는 오히려 그런 부원들의 마음 상태를 이해하기 어려웠다.

"에리노는 유리 같은 사람이야."

"차갑고 딱딱해. 그러니까 그 너머에 사람이 보여도 느끼지 못하는 거야."

지금까지 웃으며 대했던 부주장의 울 듯한 얼굴과 차가운 시선, 가시 돋친 목소리를 나는 지금도 똑똑히 기억한다.

"그래서 동아리를 그만두게 된 거예요."

내가 그만두지 않으면 모두 더는 배구부에 나오지 않겠다고 고문 선생님에게 호소했다는 말을, 다음 날 체육관에서 혼자 서성이는 내게 고문 선생님이 전해주었다.

과거 이야기를 하다 문득 깨닫고 보니 내 시선이 줄곧 발밑으로 떨궈져 있었다. 보도를 걷는 내 신발 끝을 바라보다가 균형을 잃을 뻔했다. 땅바닥에서 올라오는 냉기가 몸속으로 스며

들어와 체온을 뚝뚝 떨어뜨려 감각을 빼앗아 갔다. 선배의 온기도 잃을 것만 같았다.

"바른말은, 다들 싫어하니까."

"왜?"

"왜라뇨, 원칙이나 바른말이 꼭 옳은 건 아니니까요."

자조하듯이 웃으며 중얼거리자 니노미야 선배가 헛기침을 했다. 그러고는 "그렇게 생각하지 않으면서." 하고 나를 들여다보기라도 하듯 한쪽 뺨을 끌어올리며 말했다.

여느 때 같은 밝은 목소리가 아니라 엄격한 음색이어서 약간 흠칫했다. 반사적으로 몸을 뒤로 빼자 선배가 잡고 있던 손에 힘을 줘 내 손을 꽉 붙잡았다.

"에리노짱이 하는 행동은 단지 원칙을 말하며 도망치고 있을 뿐이야."

선배가 무슨 말을 하려는 건지 도통 알 수가 없다. 어째서 내가 도망친다는 거지? 왜 선배에게까지 그런 말을 들어야 하는 걸까? 갑자기 드넓은 바다에 혼자 내던져진 듯 실망스러웠다.

"에리노짱은 바른말을 해서 질책받았다고 생각하는 거지? 본인이 틀린 말을 했다고는 생각하지 않잖아?"

그건 그렇다. 선배 말대로다.

"그러니까 에리노짱은, 상대가 틀렸다고 생각하는 거 아냐?"

그 말을 듣고 몸을 약간 움찔했다. 선배가 한 말이 맞으니까. 왜냐하면, 내가 옳은 말을 했는데도 질책당한다면 그건 상대가 틀렸기 때문, 아닌가?

그런데 대답할 수가 없었다.

"나는 그 부주장이라는 친구가 틀린 건 아니라고 생각해."

선배가 한 말에 머리를 세게 한 대 얻어맞은 듯한 충격을 받았다.

"…제가, 틀렸다는 뜻, 인가요?"

"그게 아니야. 전에도 말했잖아. 원칙이나 바른말은 옳다고."

세키타니에게 던졌던 선배의 말.

'원칙이나 바른말은, 올바른 논리니까 옳은 게 당연하잖아.'

나도 그렇게 믿고 있다. 그렇다면, 나는 어째서 매번 같은 일을 반복하는 걸까. 왜 똑같이 질책당하는 걸까.

"…그럼, 왜요?"

"에리노짱은 바른말을 한다는 이유로 자신을 지키고 상대를 부정하는 거야."

"그렇다면 왜! 제가 질책받아야 하는 거죠? 선배가 그랬잖아요. 바른말이 옳다면서요. 왜 상대가 틀리지 않는다는 거예요? 그건 말이 안 되잖아요!"

분해서 선배가 잡은 손을 뿌리치려고 힘을 주었지만, 선배의 힘이 더 강했다. 절대 놓지 않았다. 놔주질 않는다.

뭐야, 무슨 말이 하고 싶은 거야. 어떻게 하고 싶은 건데!

가슴이 죄어와 호흡이 거칠어지고 있다는 걸 자각했다. 그 변화를 선배가 눈치채지 못하게 하면서 선배를 노려봤다.

"옳다, 잘못됐다, 그런 것만이 분쟁의 원인은 아니야."

그렇다면 사람은 왜 다투는 건지, 도대체 왜 싸우는 건지 물어보려 했지만, 입술이 떨려서 말이 나오질 않았다.

"원칙이나 바른말은 옳아. 하지만 그 말을 하는 사람은 에리노짱이잖아?"

입을 다문 채 고개를 끄덕였다.

"그러니까 사람들이 싫어한 건 바른말이 아니라, 에리노짱인 거야."

단호한 선배의 말을 듣고 몸에 전기가 통하는 듯했다.

내가 원인이라고, 선배가 그렇게 말했다.

그 말에 나는 할 말을 잃을 정도로 큰 충격을 받았다. 선배에게 그런 말을 들을 거라고는 생각도 해보지 못했다. 그만큼 나도 모르는 사이에 내가 선배의 호의에 너무 안일하게 기대고 있었다는 걸 깨달았다.

목이 타들어 가는 듯해서 목소리가 나오지 않았다. 조금만 힘을 주면 눈물이 왈칵 쏟아져나올 것만 같았다. 눈도 깜빡이지 못하고 망연히 서 있자 선배는 축 늘어뜨리고 있던 나머지 한쪽 손을 잡았다.

"나, 시험공부 안 해서 이번 성적 엉망일 거야."

긴장을 풀어주는 해맑은 목소리가 귀에 들어왔다.

무슨 이야기를 하기 시작하는 건지 의아해 미간을 살짝 찌푸리며 시선을 들어 올렸다.

"그런 말을 들으면 에리노짱은 뭐라고 말할래?"

"뭐라고…라니…, 그야 '당연하지 않아요?'라고 하겠죠."

"그렇지!"

선배가 눈을 크게 뜨고 내게로 얼굴을 가까이 들이대는 바람에 반사적으로 몸을 뒤로 뺐다. 놀라서 쏟아지려던 눈물이 쏙 들어갔다.

"그 앞뒤에 조금 더 말을 덧붙여 표현하면 좋지 않을까? 에리노짱의 마음을."

내 마음?

미간을 더 찌푸리면서 생각해 보았다. 앞뒤에 조금 더 말을 덧붙인다면?

"괜찮아요?… 이런 걸까요?"

"한마디 더."

스무고개라도 하자는 건가. 무심코 마음속으로 선배가 한 말에 트집을 잡았다.

"그건 당연하지 않아요? 아 그리고 다음에 덧붙일 말은, 꼭 공부하실 거죠?"

마지막으로 의문 부호를 붙였다. 이걸로 된 걸까.

"에리노짱의 답은 70점이야. 모범 답안은 '어머, 괜찮아요? 왜 공부 안 했어요? 앞으론 꼭 해야 해요. 걱정되니까!' 정도려나."

"아니, 원래 문장이 없어졌잖아요?"

"세세한 건 그냥 놔두고."

선배가 천천히 걷자, 그 옆으로 나란히 섰다. 한쪽 손은 여전히 잡고 있다. 옆 도로로 큰 트럭이 지나갔다.

"상대가 누구냐에 따라서 그 앞뒤 말이 달라지겠지, 아마도."

"…하긴 그럴지도 모르겠네요."

노조미에게 말하는 거라면 "무슨 일 있었어?" 하고 걱정할지도 모르고, 유코한테 말하는 거라면 "다음에는 열심히 해!" 하고 말하려나. 싫어하는 상대라면 더 냉정하게 말할지도 모른다.

"상대를 알면 자기 마음도 다 같지 않잖아."

노트에 써진 선배의 글이 떠올랐다. 상대를 알려고 하지 않으면 전해지지 않는다. 그건 이런 의미였던가.

"에리노짱이 하는 바른말은 표준 매뉴얼 같거든. 누구라도 말할 수 있고 누구나 생각하는 올바른 의견. 그래서 마음이 전달되지 않는 거지. 그걸 특별한 사양으로 바꿔보는 거야."

어쩌면 나는 줄곧 표현이 부족했던 걸까.

"에리노짱이 생각하는 바른말에 마음을 덧붙여 말해봐."

마음을, 덧붙이라고?

- '말을 전하기만 해서는 그 의미가 제대로 전해지지 않거든.'

'자신이 생각하는 만큼 전하지 못하는 경우가 있을지 몰라.'

나는 여태껏 내가 의견을 확실히 표현하는 성격이라고 생각했다. 또 내 생각을 확실하게 말로 전해왔다고 믿었다.

"백 명이 있으면 백 명이 모두 각자 생각하는 방식이 있는 거야. 또 그 백 명에 대해서 에리노짱이 대하는 마음도 똑같지 않지. 그러니까 전하는 방법도 백 가지가 있다고 생각해 보면 어떨까?"

중학교 때 마음을 되새겨보았다. 연습을 더 하고 싶었던 까닭은, 모두와 함께 배구를 더 하고 싶었으니까. 나태한 친구를 용납할 수 없었던 건 부주장인 그 아이라면, 조금만 더 하면 잘할 수 있다고 믿었으니까. 힘을 합쳐 전보다 더 좋은 기록을 낼 수 있다고 생각했으니까. 배구부에 속한 모두를 신뢰했으니까. 모두와 함께 시합에서 이기고 싶었으니까. 기쁨을 모두와 함께 맛보고 싶었으니까.

나는 그렇게 말했어야 했던 걸까.

하지면 그렇게 말했다고 해서 결과적으로 잘되었을지 아닐지는 알 수 없다. 어떤 식으로 말했든 우리는 서로를 이해하지 못했을지도.

"사람과 사람이니까. 의견이나 감정이 엇갈려 싸우기도 할 거고 서로 이해하지 못하는 일도 있지. 양쪽 다 옳다는 건 양쪽 다 틀렸다고도 말할 수 있고. 하지만 무언가에 책임을 강요하는 태도는 오히려 무책임하다고 생각해."

내 생각을 꿰뚫어 보기라도 하듯 니노미야 선배가 말했다.

옆에 있는 커피숍에서 쌉싸름한 커피 향이 났다. 그것만으로도 가슴이 따뜻해져 몸에서 힘이 빠져나갔다.

"원칙이나 바른말은 옳아. 하지만 그걸 말로 표현하는 사람은 에리노짱이니까 사람들이 그 말을 듣고 싫어한다면 그 원인은 에리노짱이야."

선배는 아까 한 말을 되풀이했다.

"여기에 내 마음을 덧붙이면 '바른말은 옳지만 에리노짱이 말로 다 표현하지 못해서 친구에게 오해를 샀을지도 몰라. 에리노짱은 정이 많고 모두를 굉장히 좋아하니까.'가 되겠지. 봐, 들어보니까 어때, 다르지?"

선배가 나를 돌아보았다.

같은 말인데 선배의 자상한 마음이 덧붙여지자 아까와 다른 감정으로 내 눈물샘을 자극했다. 이를 악물지 않으면 눈물이 금방이라도 쏟아질 것만 같다.

"…울어도 괜찮은데 어떻게 할래?"

"안 울 거니까 앞을 보고 있어요."

가까스로 울음 섞인 목소리가 나오지 않게끔 대답했다. 내가 울 것 같다는 걸 알아차리고 일부러 그렇게 말하다니, 선배도 심술궂다. 내 대답이 허세를 부리고 있을 뿐이라는 사실도 다 눈치챘겠지.

선배는 "알았어." 하고 말하더니 뒤를 돌아보지 않고 내 손을 잡은 채 걸어갔다.

지나쳐가는 자동차의 꼬리등 불빛이 선배의 머리칼을 비췄다. 그 모습은 참던 눈물 때문에 번진 나의 시야 속에서 일루미

네이션보다 더 아름답게 빛났다. 선배의 그런 모습을 계속해서 보고 싶다.

그런 소망이 가슴에 싹트고, 그 소망은 다시 작은 불빛이 되어 나를 비췄다.

사랑이란 그렇게 시작되는 건지도 모르겠다.

오렌지색 같기도 핑크색 같기도

\- 고마워요.

어쩌면 그랬을지도 모르겠어요.

앞으로는 전할 수 있도록 노력하려고요.

선배는 언어의 마술사 같아요.

그런 선배의 노래라면 분명 마음도 전해질 거예요.

오늘은 아침부터 아무 데도 아프지 않았다. 어젯밤에 노조미가 내 가방과 코트가 보건실에 있었던 이유를 메시지로 알려주었다. 노조미와 유코가 점심시간이 끝날 때 만약을 대비해 가져왔다고 한다. 그리고 보건실에 이미 와 있던 선배에게 내 상황을 전한 모양이었다.

세키타니와의 대화를 들었던 선배는 내가 아픈 원인을 알아차렸던 건지도 모른다. 그래서 다른 날보다 조금은 강하게 이끌어 나를 밖으로 데리고 나간 게 아닐까. 선배는 상상보다 더 다른 사람의 감정을 잘 알아차리는 사람인 걸까.

나도 그런 선배에게 조금이라도 다가갈 수 있을까.

아침부터 단단히 마음먹었지만 역시 별렀던 점심시간이 되자 긴장이 최고치에 달했다. 코로 숨을 들이마시고 천천히 입으로 뱉어냈다. 조금 약해질 듯한 마음을 필사적으로 다잡고 학생회실 문을 쳐다보았다. 터질 듯한 심장을 진정시키려고 한 번 더 심호흡하고 등을 쭉 편 다음, 손으로 문을 열었다.

안에 있던 세키타니와 사사키의 시선이 내게로 쏠렸다.

"마쓰모토?"

"왜, 왜!"

놀라는 두 사람에게 "갑자기 미안." 하며 방으로 들어섰다. 너무 긴장해서 심장이 터질 것만 같았다.

"지난번 얘기를 한 번 제대로 해야 할 것 같아서."

책상 위에 놓인 자료를 보고 역시 나 없이 일을 진행할 계획이었다는 걸 알았다. 나는 필요 없다는 목소리가 들려오는 듯해 목이 바짝 타들어 갔다.

서로 이해하지 못할지도 모른다. 이미 늦었는지도 모른다. 하지만 그렇다고 원칙이니 바른말의 탓으로 끝내고 싶지는 않다.

"내가 말로 표현하는 게 서툴러서…."

"왜 왔어요? 마쓰모토 선배!"

내 말을 가로막으며 사사키가 외쳤다. 그 말투는 책망하는 듯하기도 하고 풀이 죽은 듯 들리기도 했다. "아!" 하고 말이 끊어졌다.

"완벽히 해내서 보여주고 싶었는데!"

완벽히 보여주겠다고? 나한테? 사사키가? 왜 그런 생각을?

"그러니까…."

내가 당황한 걸 알아차린 세키타니가 난처한 듯이 얼굴을 찌푸리며 웃었다.

"사사키랑 얘기해 봤더니 자기가 부탁받은 일의 중요성이 약간 와닿지가 않았던 모양이야. 뭐가 중요하고 뭐가 필요한지 그런 게."

세키타니가 하는 말을 듣고, 하긴 그럴지도 모르겠다는 생각이 들었다. 물론 그때마다 설명했지만, 사사키에게 직접 내 작업을 도우면서 익히게 한 적은 없었다. 그래서 내가 어떤 흐름으로 일하고 있는지 알지 못했던 건 아닐까.

나도 작년에 사사키와 똑같은 일을 했지만, 내 경우는 선배에게 듣거나 곁에서 보기도 하고 상상도 하면서 일을 했다. 그랬기에 나도 모르는 사이에 사사키도 나처럼 할 수 있을 거라고만 생각해 일을 맡겼다. 내가 할 수 있는 일, 내가 한 일은 당연히 사사키도 할 수 있다고 여긴 셈이다. 할 수 없는 이유를 생각해

보지도 않았다.

"저, 저도 하면 할 수 있다고요!"

사사키는 자료를 찌부러뜨릴 기세로 손에 힘을 꽉 준 채 그 말을 자기 자신에게 들려주는 듯했다.

사사키를 그렇게 만든 건, 나다.

"미안해. 내가 말로 표현하는 게 서툴러서, 엄격하고 다그치는 말투가 되어버렸어."

사사키에게 다가가 고개를 떨군 사사키의 손을 잡았다.

"사과만 하지 말고 앞으로 어떻게 할 건지를 생각해 주기를 바랐던 거야. 그렇지 않으면 내가 시킨 대로만 하게 될 테니까."

월요일에 사사키에게 한 말을 떠올리면서 마음을 담아서 다시금 새로 전했다.

"언제까지나 똑같은 실수를 되풀이하다가는, 만약 사사키가 내년에도 학생회를 계속할 때 곤란하겠다고 생각했어."

여느 때 같았으면 더 확실히 말할 텐데 횡설수설하다 보니 시선이 갈 곳을 잃고 학생회실 안을 방황했다. 사사키와 세키타니의 얼굴을 똑바로 바라볼 수가 없다.

마음을 말로 표현하는 건 이렇게 어렵고 용기가 필요하구나.

솔직한 마음이기에 더욱더 상대의 반응이 궁금하다.

"일을 부탁하지 않겠다고 말한 건 화를 낸 게 아니라, 그렇게 해야 스스로 어떻게 하면 좋은지를 깨달을 수 있지 않을까 싶어서였어."

다 말하고 나서 "아니, 솔직히 말하면 화난 거였지만." 하고 정정했다. 상대를 위한답시고 상냥하게만 말하면 그 의미가 분명하게 전해지지 않는다.

"나는 내가 한 말의 내용이 틀렸다고는 생각하지 않아. 하지만 그 내용을 말로 표현하는 방식은 좋지 않았어. 게다가 사사키에 대한 배려가 부족했던 거야. 미안해."

꾸벅, 고개를 숙이고 그 외에 할 말이 더 없었는지 머릿속으로 줄곧 생각했다. 그러는 동안에 두 사람은 아무런 반응도 보이지 않았다.

조용해진 학생회실에 복도에서 나는 소란스러운 소리가 어렴풋이 들려왔다. 누군가의 발소리에 웃음소리, 그런 소리가 멀어져가기를 기다리는 듯이 아무도 입을 열지 않았다.

"죄송해요."

이 침묵을 깬 사람은 사사키였다. 나는 천천히 얼굴을 들고 사사키를 바라보았다.

"저는 선배가 한 말을 곧이곧대로 받아들이고는 짜증이 났던 거예요."

"저기, 내가 미안해."

말을 덧붙이고 보니, 그동안 내가 얼마나 표현이 부족하고 말투마저 깐깐했는지 깨달았다.

나는 너무 사무적으로 짧게만 말했었다.

"사실은 선배가 그렇게 생각해 준다는 걸 눈치채고 있었어요.

저 때문에 선배가 곤란해진 사실도요. 하지만 선배라면 어떻게든 해내니까 괜찮겠지, 그랬어요."

늘 기운 넘치던 사사키가 풀이 죽어 어깨를 축 늘어뜨렸다.

"그날 화가 나서 돌아가는 걸 보고, 더 말해도 소용없구나, 포기했구나, 생각했어요."

"응? 돌아가지 않았는데? 돌아간 건 너희들이잖아."

학생회실로 돌아오니까 아무도 없었던, 바로 그날이다.

그때 나는 구와노 선생님에게 자료를 받으러 갔을 뿐이다. 자료를 받으면 넣을 게 필요하니 가방을 들고 간 거고, 추우니까 코트도 가지고 나간 거다. 하지만 그날, 바로 직전에 나눴던 대화를 떠올리면 사사키가 오해한 것도 무리는 아니다.

"그 일을 선배가 했다는 걸 다음 날 학생회실에서 알아차렸어요. 두고 갔던 자료가 정리되어 있더라고요. 사실은 그걸 저 혼자 하려고 했던 건데."

"그래서 마쓰모토에게는 당분간 쉬어도 좋다고 말한 거야."

세키타니가 어깨를 움츠리더니 사사키의 말에 설명을 덧붙였다.

"그날은 사사키도 기가 죽어 있어서 일단 돌아가자고 했던 거지. 마쓰모토가 다시 올 거라고는 생각하지 않았으니까. 분명 화가 단단히 났다고만 생각하고 설명하지 않았던 거야."

그렇게 된 거였구나. 몸속에 가득 차 있던 불안이 스르르 풀렸다. 서로 엇갈렸을 뿐인가.

"하지만 역시 혼자 하려니 잘 모르겠어서 점심시간에 세키타니 선배에게 물어봤어요."

사사키는 분하다는 듯이 입매를 일그러뜨렸다.

"나도 할 수 있다고 보란 듯이 보여주고 싶었는데, 그동안 마쓰모토 선배에게 얼마나 의지했는지만 알게 되었을 뿐이에요."

그렇게 말하고는 "죄송했어요." 하고 사사키가 깊이 머리를 조아렸다.

"사사키, 나랑 같이 작업할까?"

"네, 잘 부탁드려요."

"엄격할지도 모르니까 각오해 둬. 하지만 내 말투가 영 아니다 싶으면 너도 화를 내. 그때는 내게 다시 말할 기회를 줘."

사사키는 "지금까지 선배가 지시한 내용 중에서 가장 난도가 높은데요." 하며 후훗, 웃음을 보였다. 사사키의 미소에 마음이 편안해져서 내 몸도 덩달아 가벼워졌다.

- 마술사였나, 내가!

아, 그리고 답장해 줘서 안심했어.

3학년은 곧 졸업이라 이제 안 보낼 줄 알았거든.

노래 연습하러 앞으로도 학교에 올 거야.

아, 마술사라도 역시 가사는 자신이 없네.

- 요전번에 학교에서 선배를 봤거든요!

마술사 선배라도

마음을 가사로 표현하는 건 어려운가 보군요.

어떤 마음인지 물어도 돼요?

- 마음이라, 글쎄.

나, 실은 가족이 꽤 방임주의라

혼자 지내는 시간이 많아서 말이지.

그럴 때 만난 아이야.

함께 있으면 마음이 편하다고 할까.

음… 글쎄. 감사와 소망, 이랄까.

학생회실에서 일을 마치고, 답장을 받아 들은 건 방과 후였다.

"큰일 날 뻔했어…."

집에 돌아와 교환 일기를 다시 펼치고서 중얼거렸다.

3학년은 이미 자유 등교 체제가 되었지만, 전에 선배가 계속 학교에 올 거라고 해서 아무 신경도 쓰지 않고 답장을 써서 신발장에 넣었다. 선배의 편지를 읽고 핏기가 가시는 사람처럼 당황했지만 어쨌든 잘 둘러댔다.

선배는 정말로 거의 매일 학교에 오는 듯, 예전과 다름없이 이따금 운동장에서 놀고 있었다.

하지만 함께 외출했던 날 이후, 선배와는 스쳐 지나가면서 인사만 나눌 뿐이다. 그게 조금 서운했고 선배 얼굴을 보면 기분이 한껏 부풀어 올랐다가 가라앉았다가 기복이 심했다.

선배를 떠올리기만 해도 배 속에서 무언가가 움직였다. 파드득파드득 날갯짓하는 듯한, 그대로 날개가 생기는 게 아닐까 싶을 정도로 희한한 통증이 덮쳐왔다.

바닥에 앉은 채로 침대에 기대 천장을 바라보다가 노트를 펼쳐 얼굴 위에 올려놓았다. 내가 어떤 표정을 짓는지 알 수 없어서, 그 모습을 드러내고 싶지 않아 감췄다.

선배가 학교에 오는 건 기쁘다. 하지만 그 이유는 어쩌면 혼자 집에 있고 싶지 않아서일지도 모른다. 선배가 보낸 글에는 쓸쓸함이 밴 듯 느껴졌다.

"누나! 밥 아직이야?"

"…그럼 아직이지. 조금만 더 기다려."

노크도 하지 않고 방 안으로 들어온 남동생은 배가 고파 쓰러질 것 같다고 어필하려는 듯이 등을 꾸부정하게 구부리고 있었다.

한창 성장기인 남동생은 내가 선배와 나갔다가 늦게 들어왔더니 미리 연락하지 않았다고 화를 냈다. 돌아오는 길에 편의점에서 산 디저트를 주니 금세 풀어졌지만.

"이제 한 시간 안에 엄마도 오실 거니까."

관현악부 동아리 활동으로 바쁜 여동생도 이제 곧 돌아올 시간이다. "조금만 더 기다려." 하고 한 번 더 말하자 남동생은 입술을 삐죽거리며 "그럼 게임 한판 해도 돼?" 하고 물었다.

"어쩔 수 없네." 하고 일어나서 남동생과 함께 거실로 나갔다.

부모님은 맞벌이여서 집에 좀 늦게 오시는 편이다. 동생들이 어렸을 때는 저녁 시간에 맞춰 돌아왔지만 내가 중학생이 되고부터는 "에리노가 잘 챙기니까." 하면서 야근을 하셨다. 부모님과 얼굴을 마주하는 건 아침과 저녁뿐이다. 휴일에도 동아리 지도니 뭐니 해서 자주 집을 비우신다.

그런 상황을 불만으로 여겨본 적은 없다. 동생들 챙기고 집안일 하는 게 싫지 않다. 하지만 남동생은 아직 초등학생이다. 게다가 나 또한 외로움을 전혀 느끼지 않는 건 아니다. 아마 중학생인 여동생도 마찬가지겠지.

남동생이 텔레비전 게임의 전원을 켰다. 동생 뒤에 있는 소파에 앉아 만들다 만 행주를 꺼내 들었다. 자수라는 취미가 생긴 건 필요하기도 했지만, 시간을 때우는 데 안성맞춤이어서다. 잡념도 생기지 않을뿐더러 열중하다 보면 시간이 무척 빨리 지나간다.

텔레비전 화면을 마주하고 앉아 컨트롤러를 조작하는 남동생의 뒷모습을 보면서 천에 바늘을 꽂았다. 지금 여기에 나 혼자 있었다면 얼마나 쓸쓸했을까. 상상만 해도 실내 온도가 뚝 떨어지는 것 같다.

선배는 지금 어떤 심정으로 지내고 있을까. 나를 구원해 준 선배에게 나는 뭘 해줄 수 있을까. 니노미야 선배가 없었다면 나는 지금도 학생회에 얼굴을 내밀지 못했을 테고 복통을 견디며 계속 무리하고 있었을 텐데. 사사키의 마음도 끝까지 알 수 없었을 게 분명하다.

선배는 나의 현재도, 미래도 구원해 주었다. 너무나도 고마운 이 마음을 선배에게 어떻게 갚으면 좋을까.

계속해서 천에 바늘을 콕 찔러넣었다. 빨려 들듯이 자수 실이 천 위를 지나고 또다시 바늘을 찌르면 찔렀던 자리에서 바늘과 실이 나온다. 그 행위를 반복하다가 때로는 실을 바늘에 꿰어 모양을 만들어간다. 분홍색 실이 천 위에서 그림을 그린다.

선배가 좋아하는 사람은 그 외로움을 달래줄 수 있겠지. 어쩌면 지금도 곁에서 함께 웃고 있을지 모른다. 상상하자 조금 가슴이 술렁거렸다. 몸속, 손이 닿지 않는 어딘가가 쓰라렸다.

선배의 마음을 가져간 사람은 어떤 사람일까. 머리를 한쪽 아래로 묶은 그 여학생일까. 아니면 다른 사람일까. 선배가 특별한 감정을 품은 걸 보면 분명 멋진 사람일 텐데.

나 같은 사람보다 훨씬 더.

알지도 못하는 사람과 비교하면 울고 싶어진다. 부러워서, 손을 뻗쳐 갖고 싶어진다. 상대를 상상조차 하기 싫은데 이미지를 마구 부풀려서 나와의 차이를 하나하나 확인하게 된다. 그 사람에 대해 모르니 아무 의미 없는 짓인 줄 잘 알면서도.

하지만 그래도 좋다. 그래도, 선배가 외로움을 잊고서 지내기를, 바란다.

감사 그리고 소망.

이 마음이 어떤 이름으로 불리는지 알면서도 깨닫지 못한 척, 수놓는 손을 바삐 움직였다. 깨달은들 아무런 기대도 할 수 없는 비참하고 허무한 감정에 지배될 뿐이니까.

막 피어나려는 꽃봉오리도 물을 주지 않으면 덧없이 죽어가기 마련이다.

- 감사와 소망이라니 멋지네요.
  그렇게 마음을 주고받을 수 있는 사람을 만나고 싶어요.

"으악, 살았다."

헉헉, 숨을 헐떡이며 교실로 들어섰다. 항상 아무도 없었는데 오늘은 반 아이들이 거의 다 와 있다. 그야 당연하다, 지금은 수업 시작종이 울리기 1분 전이다.

"안녕, 웬일이야, 에리노가 수업 시간이 다 돼서 오다니!"

"노조미, 안녕. 느, 늦잠 잤어… 조마조마해서 혼났네."

비슬거리며 자리로 가 앉아 호흡을 가다듬었다.

설마 내가 평소 집을 나서는 시각에 눈을 뜨다니. 다행히 다음 시간대 버스를 타서 가까스로 지각은 면했지만.

"에리노가 늦잠을 다 자다니! 너도 드라마 보다가 멈출 수 없었던 거 아냐?"

"뭐, 비슷한 거지. 어쩌다 보니까."

하하하, 하고 어색하게 웃으며 유코에게 대답했다.

교환 일기에 답장을 쓰고 나서 그만 자려고 잠자리에 들었지만, 선배가 좋아한다는 사람 생각이 머릿속에서 지워지질 않았다. 이래서는 안 되겠다 싶어서 이불을 박차고 다시 일어나 자수를 놓았다. 결국, 졸음이 올 때까지 쉼 없이 손을 놀리다가 동이 튼 아침이 다 되어서야 잠이 들었다.

어째서 이렇게 나답지 않은 일을 하고 만 걸까. 게다가 교환 일기에도 그렇게 부끄러운 말을 쓰고 말았다. 아슬아슬하게 등교한 바람에 답장을 신발장에 넣지는 못했지만, 결과적으로는 잘된 건지도 모른다. 나중에 그 글을 지우고 다른 말로 다시 써야지.

하지만 가능하면 오늘은 선배 생각을 하고 싶지 않다. 그러지 않으면 생활 패턴이 전부 깨질 게 분명하다. 자꾸만 이상해질지도 모른다.

그런데….

"에리노짱! 오늘 데이트하지 않을래?"

수업이 끝나자마자 니노미야 선배가 교실로 찾아와 내게 커다란 목소리로 말했다. 데이트라는 단어에 유코가 "뭐? 뭐야, 뭐야? 그렇게 된 거였어?" 하고 내 어깨를 타다닥, 마구 때리며 호들갑을 떨었다. 그 덕분에 당황해서 덩달아 허둥댈 뻔한 나를 추스를 수 있었다.

"대체 무슨 일이에요, 갑자기?"

"모처럼 같이 돌아갈까 하고."

모처럼이란 말의 의미를 모르겠다.

오늘은 학생회 모임이 없고 노조미와 유코도 다 남자 친구와 약속이 있다고 해서 혼자 돌아갈 생각이었다. 하지만 왜 나한테 같이 가자는 거지? 의문이 들면서도 거절할 마음은 들지 않아 "괜찮긴 하지만." 하고 고개를 끄덕였다.

선배는 "이것도 데이트 아냐?" 하고 또 나를 헷갈리게 했다. 나를 놀리면서 재미있어하는 거라고 결론짓고 무표정한 얼굴로 "빨리 가요." 하며 교실을 나섰다. 선배가 하는 말과 행동 하나하나에 더는 휘둘리고 싶지 않다.

학교 건물을 나오자 선배가 "앗, 추워!" 하며 얼굴을 찡그린 채 어깨를 기대어왔다. 선배가 두른 진회색 목도리가 펄럭였다. 선배는 추위로 움츠러든 손끝에 입김을 불더니 주머니에 집어 넣었다.

"아, 바다 보러 가고 싶네!"

"네? 싫어요. 춥잖아요."

믿을 수 없는 말에 깜짝 놀랐다. 한겨울인데 바다라니, 제정신이 아니다.

"그럼 바다는 여름에 갈까?"

그건… 정말 올해 여름에 가자는 약속인 걸까. 아니면 그냥 빈말인 걸까? 어떻게 받아들여야 할지 몰라서 "에에?" 하고 어물쩍하게 대답했다. 선배는 "바다 좋지." 하고 하얀 입김을 내보내며 머릿속으로 바다를 그리는지 눈을 가느다랗게 하고는 미소를 지었다.

선배는 바닷가에 가면 분명 신이 나서 뛰어다니겠지. 수박 깨기도 할 테고. 아, 어쩌면 비치발리볼을 하자고 할지도 모른다. 그리고 수북하게 담은 야키소바를 손에 든 모습도 자연스레 떠올랐다.

하얀 모래사장, 푸르른 하늘, 투명하게 빛나는 바다. 그 속에서 태양처럼 웃는 선배. 무척이나 잘 어울리는 그림이다.

"하지만 선배는 산이 더 어울려요. 초록색 이미지 말이에요."

"그럼 산에도 갈까?"

답이 너무 가벼워서 결국 그 정도의 마음으로 가자고 한 거구나 싶었다. 분명 아무한테나 똑같은 멘트를 날리는 거겠지.

"그런데 에리노짱이 그렇게 말하니 이번에는 초록색으로 염색해 볼까?"

"졸업식도 얼마 안 남았는데, 그러지 말아요."

구와노 선생님이 울지도 몰라. 게다가 우리는 선배를 잘 아니까 괜찮지만, 학부모들은 눈이 휘둥그레질지도 모른다. 중요한 졸업식인데 선배의 초록색 머리만 기억에 남지 않을까.

"그래야 눈에 띄잖아."

"지금 카페오레 같은 연갈색 머리도 충분히 눈에 띄니까 괜찮아요."

"진작 이 색으로 염색할 걸 그랬어."

선배는 자신의 머리카락을 몇 가닥 집어 올리더니, 햇빛에 비춰보았다.

"이 연갈색으로 물들이고 나서 에리노짱이랑 친해졌으니까 말이야."

듣고 보니 선배와 친해진 계기가 된 노트를 주운 날은, 선배가 머리를 염색하고 온 바로 그날이었다. 실제로 관계가 가까워진 건 그로부터 얼마 지나지 않아서였고. 하지만 내게는 그날이 모든 일의 시작이었는지도 모른다.

"머리가 검은색이었을 때는 날 송충이 보는 듯한 눈으로 봤잖아."

"…그렇게까지는 아니에요."

단지 다른 행성에 사는 존재라고 생각하긴 했지만.

"선배를 처음 봤을 때 창으로 뛰어들어서, 또 무슨 일을 벌일까 늘 경계했을 뿐이라고요."

"나는 그전부터 에리노짱을 알고 있었는데. 학생회 선거 때라든지 가끔 복도에서 뛰는 애들한테 주의 주는 모습도 봤고."

그런 모습을 봤다니 조금 부끄럽다.

"자신에게도 타인에게도 엄격한 아이구나 싶었지."

"그런 말 자주 들어요."

일부러 그러려던 건 아니지만. 모두 비슷하게 말하는 걸 보면 그 말이 맞는 거겠지.

특히 선배 덕분에 '마음을 담는다'라는 의미가 뭔지 깨달은 지금은, 그동안 내가 엄격하게 보였다는 말도 수긍이 간다. 사귀던 남학생들한테 들었던 삼단 콤보 불평도, 지금은 그 이유를 잘 안다.

"더 일찍 이 색으로 염색했더라면 에리노짱이랑 더 많은 시간을 함께할 수 있었을지도."

그건 무슨 의미일까.

아무 대꾸도 못 하고 멍하니 있었다. 그 순간, 선배 얼굴에 긴장감이 돌더니 진지한 표정으로 바뀌었다. 그리고 선배의 손이 내 어깨를 감싸안았다.

"으아!"

훽, 갑자기 끌어당기는 바람에 쓰러지듯이 선배 가슴에 안기고 말았다.

뭐, 뭐야, 뭐야! 이게!

머릿속이 혼란스러워서 목소리조차 나오지 않았다. 우와아아, 마음속에서 소리치는데 등 뒤에서 자동차가 휘익, 지나가는 엔진 소리가 들렸다.

"큰일 날 뻔했네. 괜찮아?"

"아, 네. 고마워요."

뭘 착각한 거니, 나. 선배가 날 안았다고 생각한 거야? 선배는 얼빠진 채 서 있던 나를 자동차로부터 지켜준 거다. 부끄럽기 짝이 없어서 당장 쥐구멍이라도 찾고 싶었다.

혼란스러운 마음을 진정시키면서, 다시 걷기 시작한 선배를 뒤따라갔다.

"역시 혼자보다는 둘이 좋군."

"뜬금없이 무슨 말이래. 근데 선배는 늘 누군가랑 같이 있지 않아요?"

니노미야 선배가 혼자 있는 모습은 오히려 보기 드물 정도다.

"혼자 있으면 쓸쓸하니까 누군가랑 같이 있으려는 거지."

선배는 돌아보지 않고 앞을 바라본 채로 대답했다.

"하지만 결국 혼자가 되겠지. 언젠가는."

"그렇, 겠죠."

종일 누군가와 지내기는 어렵다. 물론 그렇지 않은 사람도 있겠지만 적어도 선배는 혼자 보내야 하는 시간이 반드시 있다.

"그 외로움을 어떻게 없애면 좋을까?"

"…없어지지는 않는 거 아닐까요?"

아차, 싶었다. 안 하느니만 못한 말을 내뱉고 말았다.

하지만… 그 말밖에는 어떤 말도 떠오르지 않았다. 외로움이 제로(0)가 되는 일은 없으니까.

나도 종종 외로움을 느낀다. 다양한 원인으로 누구나 겪는 감정일 테고. 아마도 해결책은 없다. 외로움을 제거할 수는 없다. 그래서다.

"그보다도 다른 시간에 즐거움을 충분히 느끼면 되지 않을까 해서요."

잡념 없이 자수에 열중한다든가 추억 상자의 뚜껑을 열어본다든가. 그런 일이 하나가 아니라 둘, 셋 늘어나면 외로움을 느끼는 시간이 줄어들지 않을까.

이런 대답으로 괜찮을까. 생각에 잠겨 있는데 선배가 휙, 하니 뒤를 돌아보았다.

따뜻하고 부드러운 눈빛에 심장이 오그라드는 줄 알았다.

"그럼 에리노짱이 함께 있어 주면 되겠네."

코가 새빨개진 선배는 활짝 웃더니 주머니 속에 든 내 손을 꺼내 잡고 다시 앞을 보며 걸어갔다.

혹시….

내가 너무 자만하는 걸 수도 있지만…. 그래도 그렇게밖에 생각할 수 없다.

선배가 좋아하는 사람이….

시야에서 무언가가 번쩍번쩍 터졌다. 선배가 빛을 쏘는 듯 보였다.

선배가 좋아하는 사람이… 혹시… 나 아냐?

정말? 잘못 생각한 건가? 왜? 언제부터? 어떻게 된 거지?

선배가 교환 일기에 쓴 상대가 나를 말하는 건지는 알 수 없다. 선배가 그렇게 좋아할 만한 뭔가가 나한테 있는지는, 잘 모르겠다.

하지만… 아무리 생각해 봐도 나 아닐까?

그런 생각이 지워지질 않았다.

그게 사실이면 너무 기쁠 테니까.

선배를 좋아해도 부질없다고 생각했다. 선배에게는 따로 좋아하는 사람이 있다. 그런 사람을 좋아해 봐야 아무런 가망도 없다.

그렇다면 내 마음을 깨닫지 못한 척, 회피할 수 없을 정도로 싹튼 감정을 애써 외면하고 부정하면서 없었던 일로 해야 한다고 스스로 일렀다. 그렇게 할 수 있다고 믿고서.

하지만 만약에… 혹시나 선배가 좋아하는 사람이 나라면?

그렇다면 선배를 좋아하는 내 마음을 인정해도 되지 않을까?

그건, 서로 좋아하는 거니까.

그러자, 가슴에서 사랑하는 마음이 흘러넘쳐 멈출 수가 없었다. 선배와 마주 잡은 손에서 형형색색의 꽃이 피어나 퍼져갔다. 내 세계가 갑작스럽게 아름다운 빛깔로 물들어갔다. 선배와 헤어져 혼자가 되어서도, 집에 돌아와서도 마찬가지였다. 주체할 수 없이 흘러넘치는 마음을 고이 모아서 펜에 담았다.

- 선배, 저도 이제 알 것 같아요.
  저도 그런 마음이 드는 사람이,
  좋아하는 사람이 생겼어요.

4장

잿빛으로 타버린 마음

당신의 완벽한

이상형

- 오오, 드디어!

이제 나나짱도 어엿한 어른이네.

다음은 고백인가.

아, 하지만 내가 먼저 할 거니까

앞지르지는 말라고!

나를 향한 '고백'이라는 단어에, "못 해, 못 해, 난 못 해." 하고 아무도 없는 신발장에 대고 소리쳤다. 그런 건 절대 못 한다. 그러게 왜 나는 지난번 노트에 쓸데없는 말을 덧붙였을까. 좋아하는 사람과 주고받는 교환 일기인데.

어리석게도 들떴다고밖에 설명할 길이 없다.

"어, 어떡해. 어떡하면 좋아!"

붉어졌을 내 얼굴을 양손으로 감싸고 그 자리에서 발을 동동 굴렀다.

침착해. 침착해라, 에리노!

마음속에서 천천히 열을 세고 나서 "좋았어!" 하고 입을 앙다물며 냉정을 되찾았다. 하지만 금세 스르르 표정이 풀어졌다.

내가 왜 이러지? 어떡해야 할지 모르겠다. 내 감정인데도 감당할 수가 없다.

이게, 사랑인 걸까.

선배를 좋아한다는 사실을 스스로 받아들인 어제 방과 후부터, 뭘 해도 선배를 생각하게 된다. 자꾸만 떠오르는 '좋아한다.'라는 말에 마음이 달떴다. 너무 설레서 내가 지금 어디에 있는지조차 모를 정도였다.

며칠 전부터 어렴풋이 알아차리고 있었다. 하지만 외면하고 존재하지 않는 감정으로 여기려 했다. 한 번 인정하면 다시는 없던 일로 되돌릴 수 없을 테니까. 실연으로 끝날 게 분명한 이 감정은 존재하지 않는 게 낫다고 여겼다.

설마, 말로 표현했을 뿐인데 이렇게 마음이 달라질 줄이야. 몸 안에 있던 세포가 한 개도 남김없이 점령당한 것 같다.

이번에는 벽에 손을 짚고 고개를 숙였다. 사랑을 너무 우습게 봤다. 견딜 수 없다. 하지만 행복감 같기도 하고 만족감 같기도 한, 자꾸만 날아오를 듯한 이 감정이, 아니 이름 붙일 수 없는 다채로운 감정이 내 안을 헤집고 다녔다.

벽에 기댄 채 스르륵 주저앉았다. 그리고 다시 교환 일기를 읽었다.

앞지르다니, 그런 게 가능할 리가 없다. 나는 아직 그럴 용기도 없다. 게다가.

…선배가 좋아하는 사람이 정말로 나라면.

생각만 해도 단박에 온몸이 달아올라 이번에는 노트로 얼굴을 가렸다.

선배가 좋아하는 사람이 나라면, 선배가 내게 고백을 한다는 거 아닌가.

하지만 아직 확실하지 않다. 제대로 확인한 건 아니다. 감정이 앞서가는 바람에 내 마음을 인정했을 뿐만 아니라 교환 일기에도 쓰고 말았지만.

착각이라면 그거야말로 부끄럽기 짝이 없어 죽고 싶을지도 모른다.

일단 여기서 상상을 멈추자. 적어도 이 교환 일기 속 '나나짱'은 선배가 좋아하는 사람이 누군지 모른다. 물론 내가(이 경우 '나나짱'이지만) 좋아하는 사람이 니노미야 선배라는 사실도 들킬 리가 없다.

주위를 둘러보고 두방망이질하는 가슴으로 답장을 썼다. 쓸데없는 생각을 던져버리고 '나나짱'으로서.

- 고백 같은 건 아직 못해요!

자신이 없어서….

역시 고백한다는 건 대단한 일이네요.

선배처럼 잘될지도 모른다는 자신이 없으면

저는 고백하지 못할 것 같아요.

다 쓴 다음… 그러고 보니… 하고 페이지를 앞으로 넘겼다.

- 분명 잘되지 않을까 싶기도 해.

틀림없이 그렇게 쓰여 있었다. 선배는 예전에 고백할 사람과의 관계를 그렇게 말했다. 그러고 나서 바로 '아니 어떨까. 어떻게 되려나.' 하고 덧붙이긴 했지만. 그 시점에 선배와 선배가 좋아하는 사람은 나름 꽤 가까운 사이였나 보다.

선배와 내가 그 정도로 가까운 관계였나?

그저 안면이 있는 정도였고 선배는 나를 보기만 하면 반드시 말을 걸어왔다. 하지만 지금 같은 가까운 관계가 된 건 이 교환일기를 쓰기 시작하고 나서부터다. 적어도 그때까지 나는 선배에게 특별한 감정을 품지 않았다.

다른 페이지에 쓰인 내용도 확인해 보았다. 어쩐지 니노미야 선배는 좋아한다는 그 사람에게 고마운 마음을 품은 듯하다.

혼자 있는 게 외로울 때 만났다고 하니 처음 제대로 대화를 나눴던 일 년 반 전의 일을 말하는 걸까. 내가 선배에게 고맙다는 인사를 받을 만한 일을 한 게 있었나? 선배네 가정 환경도 얼마 전에야 알았는데. 게다가 그때 구원받은 사람은 나다.

그날 느닷없이 창문으로 뛰어 들어온 선배가 씩씩하게 나를 구하러 온 어떤 특별한 존재처럼 느껴졌던 기억이 생생하다.

그날은 세키타니에게 이별을 통보받은 날이었다.

울고 있지는 않았다. 아, 또 이렇게 됐네, 싶었을 뿐이다. 고등학교에 들어가서 처음 사귄 남자 친구에게도 중학교 때랑 똑같은 이유로 차이는구나. 단지 그뿐이었다.

"무슨 일이야?"

그때 선배는 내게 그렇게 물었고, 나는 "아무것도 아니에요." 하고 대답했다. 이야기를 나눠본 적 없는 사람에게 실연했다고 말할 수는 없었다. 게다가 나는 슬픔에 잠기지도 않았다.

하지만 누군가가 나의 상황을 눈치채주었다.

그 사실만으로도 구멍이 뻥 뚫린 듯했던 마음이, 메워졌다. 그 이상 선배와 대화를 나눈 기억은 없다. 그때 니노미야 선배는 깊은 사정을 캐물으려 하지도 않았고 나도 당연히 선배가 느끼는 외로움을 알아차리지 못했다. 선배가 땀투성이이길래 "닦아야겠어요." 하고 말한 것 같지만, 그게 다였다.

선배에게 고맙다고 인사받을 만한 일은 아무것도 짚이는 게 없다.

그렇다면, 선배가 좋아하는 사람은 누구지?

어쩌면 내가 말도 안 되는 착각을 한 건지도 모른다. 하늘 높은 데서 커다란 돌이 떨어진 듯한 충격에 머리가 흔들려 초점이 맞질 않았다.

이럴수록 빨리, 확실히 해야 한다.

"확인해야 해."

이 교환 일기에서 '좋아하는 사람이 누구예요?' 하고 물을 수는 없다. 무례한 질문이다. 게다가 아는 게 두렵다. 마음의 준비가 아직 덜 되었다. 지금은 우선 답장을 쓴 노트를 신발장에 넣고 다시 선배에게서 답장이 되돌아오기를 기다리자.

하지만 그날 선배에게서 답장은 오지 않았다.

점심시간에 신발장을 살펴보러 가봤지만, 교환 일기는 내가 넣어둔 상태 그대로였다. 선배가 꺼내서 본 흔적이 없어 어깨를 축 늘어뜨리고 교실로 돌아왔다.

오늘은 한 번도 마주치질 못한 걸 보면 학교에 오지 않았는지도 모른다. 원래는 안 와도 상관없는 기간이니까, 언제 학교에 오든 오지 않든 선배의 자유다.

머리로는 그런 사실을 잘 알고 있는데도….

'온다고 했잖아요?' 하고 선배에게 다그치고 싶다. 어쩌면 또 감기라도 걸린 건 아닌지 걱정되기도 했다. 하지만 그보다 불만이 더 크다. 어린아이처럼 삐지고 말았다. 선배에게 불평하고 싶다. 그런 나 자신이 너무 싫어서 견딜 수가 없다. 나는 왜 이렇게 내 멋대로일까. 이런 내가 싫다.

눈앞에서는 유코가 노조미에게 요네다에 대한 불만을 쏟아내고 있었다. 원인이 뭔지는 잘 모르지만, 또 싸운 모양이다. 얼마 전까지만 해도 왜들 자꾸 싸우는 건지 이해할 수 없었는데. 서로 양보하면 될 일이고 감정적으로 번지지 않도록 대화를 나누면 된다고 생각했다.

하지만 지금은 왠지, 그 마음을 알 것도 같다.

어떻게 하면 되는지, 그런 건 누구나 다 잘 알고 있다. 다만 알면서도 잘 안 되는 건지도 모른다. 지금의 나처럼.

"연애란 게 참 힘드네…."

중얼거렸다가 "에리노는 또 쿨한 소리나 하고 말이지!" 하고 유코한테 핀잔을 들었다.

- 어제는 집에서 노래를 만드는 데 열중했어.

난 적극적인 기질인 데다 졸업도 앞두고 있으니까.
이대로 있다가 후회할 게 뻔해서,
그게 고백하려는 가장 큰 이유야.

하지만 지금은

앞으로도 함께 있고 싶어서,

고백하려고 해.

- 함께 있고 싶어서…라면

역시 잘될 가능성이 높은 사이인 거군요?

고백하지 않으면 후회할 정도로 좋아한다니,

정말 대단한 일이에요.

선배가 그렇게 좋아하는 사람이 누군지 궁금하네요.

"에리노, 왠지 요즘 안절부절못하는 거 같은데 혹시 무슨 일 있어?"

도시락을 먹는데 노조미가 느닷없이 물어보기에 깜짝 놀라 움찔 몸이 떨려왔다. 노조미의 질문에 옆에 있던 유코도 "맞아. 요즘 이상해." 하고 내 얼굴을 들여다보았다.

말끄러미 관찰하듯 바라보는 유코의 시선을 피해 눈을 돌리고는 "아무 일도 없어." 하고 대답했다.

"아냐, 진짜 수상해! 특유의 날카로움이 없어."

"뭐야, 날카로움이라니."

"평소에 보이는 그 뭐랄까, 똑 부러지고 단호한 그런 느낌 말이야."

뭐야… 그게.

"정말로 아무 일도 없다니까. 기분 탓일 거야."

헛기침하고 나서 등을 쭉 폈다. 이제 와서 얼렁뚱땅 넘어가려고 해봐야 두 사람이 이해할 리가 없다. 특히 유코는 "아냐, 진짜 수상해." 하며 의심스러워하는 눈초리로 나를 뚫어질 듯 바라보고 있었다. 그러거나 말거나 무시하고 아무 말도 없이 밥을 먹었다. 두 사람이 이상하게 여겨도 어쩔 수 없다.

선배가 좋아하는 사람이 누구인지 줄곧 신경 쓰여서 자꾸 그 생각에 빠지는 바람에, 더는 참지 못하고 그 사람이 누구냐고 묻고 말았다. 노트에 그런 말을 쓰는 게 아니었는데. 분명 의아하게 여길 거다. 교환 일기를 되찾아와서 내가 쓴 페이지를 찢어버리고 싶다.

어제부터 계속 이런 마음 상태이다 보니 시험 기간이 다가오는데도 수업에 도통 집중이 되질 않는다. 이 정도면 중증이다.

- 앞으로도 함께 있고 싶어서.

노트에 쓰인 문장을 떠올리자 추위가 잊힐 만큼 따뜻함으로 마음이 가득 찼다. 그건 역시 나를 두고 한 말일까.

아니, 잠깐만. 만약 그렇다고 하면… 선배에게 내 마음을 들킨 건 아닐까. 어, 왜? 언제부터? 나조차 내 감정을 알아차린 지가 며칠 되지도 않았는데. 선배는 그전부터 눈치챘다는 건가?

그렇다면 어쩌지!

아아, 너무 부끄럽다. 혼자 당황스럽고 고민이 되어서 심호흡을 하고 마음을 진정시켰다. 이러한 상황이 되풀이되니 정신적으로 피로가 쌓였다.

선배는 교환 일기에서 좋아하는 사람의 이름을 알려줄까. 내 이름이 쓰여 있기를 속으로 기대하고 있다. 하지만 어쩌면 다른 사람일지도 모른다고 생각하자 가슴이 찢어질 것만 같았다.

그나마 지금이라면 상처가 깊지 않은 채로 끝낼 수 있을 텐데. 이 마음에 단단히 뚜껑을 덮고 잊을 수 있겠지.

"잠깐 학생회실에 다녀올게."

"요즘 맨날 가네?"

자리에서 일어서는데 유코가 묻기에 "그렇지 뭐." 하고 애매한 대답을 하고 나서 도망치듯이 교실을 나왔다. 선배와 쓰는 교환 일기를 가지러 가려고 거짓말을 자꾸 하는 게 꺼림칙하다. 언젠가는 들키지 않을까 두렵기도 하고. 언제까지 이 거짓말을 계속해야 할까.

…선배의 고백이 끝날 때까지다. 만약 선배가 좋아하는 사람이 나라면 교환 일기에 관한 이야기를 털어놓고 사과하자. 그렇지 않더라도 선배가 졸업하면 교환 일기는 끝난다. 굳이 털어놓지 않아도 언젠가 거짓말은 끝이 난다.

하지만 정말로 그렇게 될까.

문득 그런 의문이 들었을 때, 어디선가 음악이 들려왔다. 어렴풋하게 들려오는 그 음색을 좇다가 창밖으로 보이는 니노미야 선배를 발견했다. 가운데뜰에 놓인 벤치에서 혼자 기타를 안은 채 앉아 있었다. 선배의 머리칼은 쏟아지는 햇살을 받아 반짝반짝 빛나고 있었다. 마치 스포트라이트를 받는 듯했다.

밖은 아직 한겨울인데 선배를 보고 있자니 봄이라고 착각할 뻔했다. 코트도 목도리도 두르고 있지 않아서 그렇게 보이는지도 모른다.

"뭐 하고 있어요, 선배?"

신발장으로 가다 말고 실내화를 신은 채로 가운데뜰로 나가 기타를 치던 선배에게 말을 걸었다. 선배는 놀라지도 않고 손을 멈추더니 나를 올려다보았다.

"어? 에리노짱 어쩐 일이야?"

"어쩐 일이긴요. 또 그렇게 얇게 입고 있으면 감기 들어요."

태평스러운 대답에 어이가 없다. 선배는 벤치 옆자리를 탁탁 두드리며 내게 앉으라는 시늉을 했다. 벤치에 살짝 걸터앉자 선배는 다시 기타를 치기 시작했다.

들은 적이 있는 멜로디다.

"그거, 전에 악기점에서 들려줬던 곡이군요."

"맞아, 에리노짱의 테마. 잘 만들어졌어."

가운데뜰에 기타 소리가 울려 퍼졌다. 가게에서 집어 든 전자기타가 아니라 통기타여서인지, 전에 들었을 때보다 음색이 부드럽게 느껴졌다.

"이제 한 달 있으면 졸업이야."

선배가 기타의 머리 부분으로 시선을 옮기면서 중얼거렸다.

그렇구나. 다음 달 이맘때면 선배는 없는 건가.

"쓸쓸하네요."

"내가 없으면 쓸쓸해지겠지, 맞아. 그럴 거야."

"…3학년 선배들이 떠나면 쓸쓸하죠."

비시시 웃으면서 말하기에 담담하게 대답했다.

맞아요. 쓸쓸해요. 차마 그렇게 말할 수는 없으니까.

"다음 주에는 이사 준비도 해야 해서 학교에 오지 못할 거야."

"네? 이사 가요?"

"지금 집에서는 입학하는 대학교까지 편도로 거의 두 시간 가까이 걸리거든."

"아무래도 여기서 통학하기는 힘드니까." 선배가 덧붙였다. 그 대답에 안심했다. 먼 곳으로 가게 되는 건가 싶었다. 편도로 두 시간이라면 매일 오가기는 고되겠지만 결코 먼 거리는 아니다.

이사 준비로 학교에 오지 못한다니 교환 일기도 더는 주고받지 못하는 건가. 편안한 음악에 몸을 맡기고 있다가 "선배가 떠나고 없는 건 쓸쓸하네요." 하고 속마음을 터놓고 말았다. 아차 싶어서 바로 "그게, 선배가 꽤 눈에 띄었으니까." 하고 당황해하며 말을 덧붙였다.

"하하, 에리노짱이 그렇게 말해주니 자신감이 생기는걸."

무슨 자신감이지?

"이번에 고기 먹자. 내가 살게."

"선배를 치켜세워서 얻어먹으려고 내가 거짓말하는 걸 수도 있어요."

고기를 사준다니 기쁘지만.

그러자 선배는 손을 멈추고 웃으면서도 확실하게, 그야말로 자신만만하게 부정했다.

"그럴 리가 없어."

내 얼굴을 똑바로 보면서 딱 잘라 말했다.

"에리노짱은 거짓말하지 않아."

순간 사고가 멈췄다. 표정이 굳어진 채 "글, 쎄요." 하고 대답했다. 마치 로봇처럼 감정 없는 목소리로 들렸을 거다.

"에리노짱을 신뢰하고 있거든."

뭘 근거로 거짓말하지 않는다고 말하는 걸까. 나를, 어떤 점을, 신뢰한다는 걸까. 선배에게서 시선을 거둔 다음 땅바닥으로 떨궜다. 뭔가 대답해야 하는데 도저히 입을 열 수가 없었다.

나는 지금까지 얼마나 많은 거짓말을 거듭해 온 걸까. 한 가지 거짓말을 감추려고 또 얼마나 숱한 거짓말을 해왔나.

선배와 주고받는 노트를 모르는 척 숨기고, 이름도 밝히지 않은 채 교환 일기를 계속하면서 지금도 여전히 아무것도 모르는 척하고 있다. 지금 선배가 보는 나는 거짓말투성이인데

선배가 그 사실을 알게 된다면 어떻게 생각할까. 내게 실망할지도 모른다.

다시 선배가 치는 기타 소리가 내 귀에 들어왔다.

"어머, 니노 선배 뭐 해요?"

기타 소리를 싹 지우는 듯한 발랄한 목소리가 들려와 고개를 들자, 연결 통로에서 머리를 한쪽 옆으로 묶어 내린 여학생이 경쾌한 발걸음으로 다가왔다.

니노미야 선배는 작은 목소리로 "앗, 이런!" 하더니 기타 연주를 멈췄다.

"어어!"

"미모의 학생회 부회장이랑 뭐 하고 있어요? 기타 치면서 꼬시는 중이에요?"

어머머, 하면서 그 여자애가 나를 보았다.

"아, 제대로 얘기하는 건 처음이지, 우리? 사와모토 아이야. 나도 같은 2학년."

"아, 그렇구나."

옆으로 묶은 머리를 내린 여학생, 사와모토 아이는 스스럼없이 내게 말을 붙였다. 역시 같은 학년이었던 모양이다.

"이과반이라 모르겠지만 난 마쓰모토 부회장을 알고 있어."

하지만 앞으로 잘 부탁한다면서, 사와모토가 웃어 보였다.

외모도 말투도 사교적이고 밝은 여학생이다. 그런데 사와모토의 두 눈에서 어떤 강한 의지가 느껴졌다. 기가 센 느낌이 아니라 자기 의지가 강해 보였다.

우리가 이야기를 나누는 동안 선배는 기타를 케이스에 넣었다. 그 모습을 알아차린 사와모토가 목소리를 높이며 물었다.

"어, 왜 그만 치는 거예요?"

"왜라니, 네게 들려주고 싶지 않으니까."

선배의 말투는 나를 대할 때와 조금 달랐다. 더 친근하고 자연스러운, 선배 본연의 모습이 드러난달까.

"뭐야, 들려줘요."

"싫어, 웃을 게 뻔해."

선배와 사와모토가 나누는 대화를 옆에서 듣는데, 뭔가가 걸렸다. 그게 뭔지 알고 싶지 않아서 생각하기를 멈췄다.

"그럼 전 가볼게요. 학생회실에 들러야 해서."

"어? 아아, 응 또 봐."

가려는 나를 붙잡지도 않고 선배가 손을 흔들었다. 고개를 바짝 들고 발걸음을 돌리자 사와모토가 따라왔다.

"학생회실은 이과반 건물이지? 나도 교실로 가려던 참인데 같이 가자."

"어, 응."

잘못했다. 후회했지만 이제 와서 말을 바꿀 수는 없다. 신발장에 들렀다가 교실로 돌아갈 생각이었지만 어쩔 수 없이 사와모토와 함께 이과반 건물로 향했다.

"마쓰모토가 니노 선배랑 가까운 사이라니 뜻밖이걸. 언제부터 알게 된 거야?"

선배 이름이 나오는 바람에 살짝 몸이 움찔했다. 혹시 우리의 관계가 신경 쓰이는 건가, 억측하게 된다.

"나, 1학년 때부터 학생회여서 늘 눈에 띄는 니노미야 선배와 얼굴 정도는 아는 사이였어."

"아아, 그렇구나. 하긴 선배가 눈에 띄긴 하지."

"그 머리 색깔도 있을 수 없는 일이고."

사와모토가 큭큭, 입을 다물고 웃었다.

"너는? 언제부터 선배랑 알게 됐는데?"

"아, 나는 작년 가을쯤이야. 전에 사귀던 사람이랑 선배가 친해서 여러 가지 신세 좀 졌거든. 헤어지고 우울할 때 선배가 다독여주기도 했고."

이과반 건물 계단을 올라가면서 사와모토는 옛일이 떠오르는지 먼 곳을 바라보았다.

우울해하던 사와모토를 다독여주는 선배를 상상하자 얼굴이 찌푸려졌다. 보고 싶지 않은 모습을 본 듯 불쾌감이 밀려왔다. 뭐지 이 감정은!

"아, 여기 있었네. 아이, 어디 갔었어?"

건물 계단을 내려온 여학생 두 명이 사와모토를 보더니 말을 걸었다.

"오늘 미팅 있는데 인원이 모자라서. 너 남친 없지?"

"없지만 미팅은 안 가. 좋아하는 사람이 있거든."

사와모토는 조금도 머뭇거리지 않고 확실하게 거절했다.

좋아하는 사람. 사와모토에게는 좋아하는 사람이 있다.

"좋아하는 사람인데 뭐 어때?"

"안 돼. 좋아하는 사람이 있는데 미팅이라니. 게다가 미팅 같은 데서 운명적인 만남이 있을 리도 없고."

운명…?

사와모토의 말에 한 여학생이 "거봐, 내가 소용없을 거라고 했지?" 하고 말하자 또 다른 여학생이 "알았어, 알았다고." 하며 이해할 수 없다는 듯이 어깨를 떨구고 돌아갔다.

"그래서, 무슨 얘기를 하다 말았지?"

돌아가는 친구들의 뒷모습이 멀어지자 사와모토가 나를 보았다.

"어? 뭐였더라. 그보다 사와모토, 좋아하는 사람이 있다는 말을 들었는데."

"어? 아아, 아까 애들하고 말한 거? 들어도 상관없어. 감출 일도 아니고."

감출 일이 아니라고 확실히 말할 수 있다니, 대단해 보였다.

"대단하네. 그렇게 확실히 말하다니."

"그래? 좋아한다는 건 그런 거 아닌가?"

어리둥절해서 애매하게 웃을 수밖에 없었다.

"혹시 넌 아직 운명의 상대를 만나지 못한 거야?"

"우, 운명?"

그러고 보니 사와모토는 아까도 그런 말을 했다. 혹시 운명적인 사랑 같은 걸 믿는 걸까.

"누구한테나 운명의 상대가 있어."

사와모토가 하도 자신만만하게 말하기에 "진짜?" 하고 얼빠진 듯한 소리가 튀어나왔다.

눈을 반짝거리며 말하는 사와모토는 진심으로 그렇게 믿는 듯했다.

약간 무섭네, 이 애.

아니, 너무 솔직한 건지도 모른다. 사와모토에게는 거짓말이나 숨기는 일, 얼버무리는 행동이 어울리지 않는다. 그야말로 순수하고 열심이다.

"전에는 실패했지만, 이번에는 진짜라고 믿어!"

"이번이라면, 지금 좋아하는 사람?"

"응, 이번에야말로 운명의 상대가 틀림없어."

"그런 걸 어떻게 알아?"

확신하는 건지, 꽤 진지하게 설명하는 사와모토에게 궁금한 걸 묻고 말았다.

"좋아하니까, 운명인 거지."

"…아, 그런 거구나."

너무도 명료한 대답에 더는 뭐라 할 말이 떠오르지 않았다.

"근데 전에는 실패했다고?"

"응, 운명이 아니었던 거지. 전에는 나를 좋아하지 않는 사람을 좋아해서 적극적으로 내가 먼저 고백해 사귀었는데, 그게 패인이었던 모양이야. 이번에는 상대도 나를 좋아하는 듯하니 아마 잘될 거야."

자신을 좋아하지 않는 사람은 운명이 아닌 건가 보다.

그렇군, 그런 거였어. 아니, 잘 모르지만. 나름대로 일리가 있는 말 같기도 하다. 그런 사고방식도 있겠지.

다시 말해 그건.

"큐피드 화살이 서로를 향한 거구나."

"너는 지금 좋아하는 사람 없어?"

"어? 아, 아니, 글쎄."

여기서 "있다."라고 솔직하게 대답하지 못하는 사람이, 바로 나다. 그 점이 나와 사와모토의 차이겠지. 나는 솔직함과는 꽤 동떨어진 사람이라는 걸 다시금 확인했다.

몇 가지 자꾸만 걸렸던 일들이 퍼즐 조각처럼 딱딱 맞춰져 갔다.

선배는 사와모토 앞에서 기타를 치지 않았다.

두 사람은 사이가 무척 좋다.

사와모토에게는 좋아하는 사람이 있다.

그리고 방과 후에 선배에게서 돌아온 교환 일기를 읽고서 확신했다.

- 아직 누군지 알려줄 순 없어.

하지만 무척 예쁜 아이야.

솔직하고, 열심이고.

숨기는 건 잘하지 못할 정도로 너무 올곧아서

함께 있으면 나도 거짓말을 하지 못하게 되거든.

'선배가 좋아하는 사람은, 내가 아니었어.'

흑백으로 변한 첫사랑

- 무척 멋진 사람이군요.

- 답장이 왜 그리 짧아! 갑자기 무슨 일이야?

나나짱이 좋아하는 사람은?
어떤 사람이고 어디가 좋아?

어디가, 좋으냐고? 그러고 보니 어디가 좋은 걸까.

점심시간에 신발장에 갔다가 답장을 받아 들고서 혼자 멍하니 복도를 걸었다. 이대로 교실로 돌아가면 노조미나 친구들하고 웃고 떠들지 못할 게 분명해 학생회실에서 시간을 보내려고 계단을 올라갔다. 4층에 도착해 복도로 나오자 밝은 머리색을 한 남자가 눈앞으로 튀어나오는 바람에 반사적으로 벽 쪽에 붙어 몸을 숨겼다. 그리고 들키지 않도록 몰래 훔쳐보았다.

2학년 이과반 교실 앞에 몇 명이 모여 서서 웅성대고 있었다. 그 가운데 한 명이 니노미야 선배였다. 머리가 카페오레 같은 연갈색이니 잘못 봤을 리가 없다. 이럴 때 선배의 머리색은 도움이 된다. 뒷모습만으로도 누군지 금방 알아볼 수 있다.

2학년 복도에서 뭘 하는 걸까. 그 복도 끝에는 학생회실이 있다. 지금까지의 나라면 상관하지 않고 지나갔을 테지만 지금은 선배 얼굴을 마주 보고 싶지 않다.

게다가 선배 옆자리에는 사와모토가 있었다. 그리고 다른 남학생 세 명과 여학생이 두 명 더 있다.

"그럼 오늘 방과 후에는 위로 모임이군."

니노미야 선배 목소리가 내게까지 들렸다.

"시끄러워! 니노미야, 네가 쏴! 제대로 위로하라고! 그렇게 웃지만 말고!"

"그건 안 되지. 자업자득으로 차인 건데 위로할 게 뭐 있냐."

그런 대화가 들려왔다. 아마 저들 중 누군가가 연인에게 차인 모양이다. 낙담한 그를 위로하려는 거겠지. 자업자득이라고 하는 걸 보니 그걸 빌미로 모여 놀려고 하는 것뿐일지도 모른다.

하지만 선배는 역시, 위로해 주려는 게 아닐까?

어떤 이유가 있든, 설사 그게 자신의 탓이라 해도 낙담한다는 사실은 변함없다. 그 증거로 차인 당사자로 보이는 남학생은 어깨를 축 늘어뜨린 채 풀이 죽어 있다.

선배는 다정다감하다. 선배랑 가깝다고 위로하려는 게 아니다. 누가 되었든 낙심하면 위로하는 사람이다. 내게 라무네를 주었듯이. 보건실에서 나를 데리고 놀러 나갔듯이. 마음을 담아야 한다는 걸 내게 가르쳐주었듯이.

선배는 언제나 많은 사람에게 둘러싸여 있다. 그건 누구나 선배의 인품을 좋아해서다.

모두 선배의 다정다감한 성격을 겪어 알고 있으니까.

내가 특별한 게 아니었어.

오히려 나는 그저 후배에 지나지 않는다. 거리로 따지면 나보다 사와모토가 훨씬 더 선배와 가까운 곳에 있겠지. 선배가 좋아하는 사람의 조건을 생각하면 사와모토는 모든 게 들어맞는다. 좋아하는 사람과 분명 서로 좋아하는 관계라고 한 데다 솔직하고 열심이며 너무 순수한 사람. 친해진다면 나도 사와모토에게 거짓말은 할 수 없을 것 같다. 그만큼, 부러워 견딜 수가 없을 정도로, 사와모토는 외곬으로 좋아하는 사람을 마음에 품는 아이였다.

나는 사와모토처럼, 좋아한다고 확실히 말하지 못한다. 마음속에서조차도.

그건 사와모토와의 성격 차이인 걸까, 좋아하는 마음의 크기 차이인 걸까.

눈을 감고 천천히, 막 올라온 계단을 다시 내려갔다.

사와모토는 좋아하게 된 사람이 운명의 상대라고 말했다. 그 사람도 자신을 좋아한다고 확신하고 있었다. 그러니까 운명인 거라고. 그렇다면 내가 좋아하는 사람은 내 운명의 상대가 아니다. 내가 좋아하는 사람은 내가 아닌 다른 사람을 좋아하니까.

내가 선배를 좋아한다고 여긴 이 감정은 대체 뭘까.

내가 선배를 좋아하게 된 계기를 기억 속에서 찾았다.

전부터 선배를 알고는 있었다. 그리고 이 교환 일기를 통해 선배와 이어졌고 평소에 선배와 이야기할 기회가 늘어났다. 그러는 동안 알지 못했던 선배의 모습을 차츰 알게 되었다.

선배에게 구원받았다.

그래서.

…그래서, 일까.

선배가 보여준 미소라든지 선배가 한 말이라든지, 맞닿았던 손. 그 기억 하나하나에 가슴이 아려왔다. 나만이 특별하다고 믿었기에 기뻤다.

하지만 그건 단순히 착각이었다. 그럼 내가 좋아한다고 여겼던 감정도 착각인 걸까.

며칠 전에는 확실하게 좋아한다고 믿었던 감정에, 문득 자신이 없어졌다.

- 다정하고 곁에 있으면

너무 행복해서 괴로워지는 사람이에요.

하지만 역시

잘 모르겠어요.

- 나도 그래.

깊이 생각하지 않아도 괜찮지 않을까?

선배가 건넨 위로에, 뭐라고 대답하면 좋을지 모른 채로 며칠이 지났다. 선배가 재촉하든 하지 않든 다 싫어서 신발장 근처에도 가지 않았다.

"고마워요." 이 한마디만 해도 될 텐데 기쁘지도 않은 상태에서 그 말을 글로 쓸 수는 없었다. 그게 또 미안해서 선배가 보여도 말을 걸지 않고 마주치지 않도록 피해 다녔다.

물론 선배에게 그건 신경 쓸 만한 일도 아니겠지. 언제나 웃는 얼굴로 누군가와 이야기하고 있으니까. 혼자 있어도 잠시 후면 선배 주변으로 사람들이 모여들었다.

선배의 일상에 나는 아무런 영향도 미치지 않는다. 그렇게 생각하자 지금까지 우쭐하던 나 자신을 지우고 없었던 일로 하고 싶어졌다. 분하고 비참해서, 내 세계에서도 선배를 지워버리고 싶었다. 이런 건 그저 말도 안 되는 원망이라는 걸 잘 알면서도.

나 자신의 이런 추한 면은 알고 싶지도 않다.

"그럼 갈게."

수업이 끝나고 교실에 남은 노조미와 유코에게 손을 흔들었다. 두 사람은 오늘도 남자 친구랑 데이트가 있다고 했다. 이과반 수업이 끝날 때까지 교실에서 기다리려나 보다.

노조미가 약간 걱정스러운 표정으로 "응, 내일 봐!" 하고 대답했다.

평소처럼 행동하려고 했는데도 노조미는 내 상태를 눈치챈 듯싶었다. 그저 더는 아무 말도 캐묻지 않는 노조미의 배려가 고마울 뿐이다.

하다못해 오늘 학생회 모임이 있으면 얼마나 좋을까. 그럼 아무 생각 없이 일에 몰두할 수 있었을 텐데. 어쩔 수 없이 돌아가는 길에 수예점에 들러 자수 재료라도 잔뜩 사서 가야지.

그런 생각을 하는데 연결 통로 맞은편에서 세키타니가 다가오더니 "마쓰모토!" 하고 나를 불렀다.

"어, 왜?"

"빨리 알려주는 게 좋을 것 같아서."

학생회 일로 뭔가 문제라도 생긴 걸까. 하지만 세키타니의 표정은 조금도 어둡지 않았다. 전에 데이터가 날아갔을 때는 얼굴이 창백하게 질려 있었다.

"실은 사사키랑 나, 사귀고 있어."

그 말에 그만 “아!” 하고 얼빠진 소리가 새어 나왔다.

대체 무슨 의도로 나한테 이런 말을 하는 거지? 나는 어떤 반응을 보여야 하는 걸까.

세키타니와 사사키가 사귄다는 말은 확실히 놀랍기는 하다. 두 사람이 그런 사이라니, 지금까지도 몰랐으니까.

하지만 왜 굳이 나를 찾아다니기까지 하면서 알려주는 걸까. 축하해줘야 하는 건가.

세키타니는 아무 말 없는 날 보며 괜히 미안하다는 듯한 표정을 지었다.

“무, 물론 학생회 일에는 지장이 없도록 할게.”

“아니, 그건 걱정 안 해.”

세키타니가 그럴 사람이 아니라는 것쯤은 잘 알고 있다. 나와 사귈 때도 철저히 했으니까. 물론 나도.

“뭔가… 전 여친이랑 현 여친이 같은 조직에 있어서 불편할 수도 있겠지만.”

그 말에 겨우 세키타니의 의도를 이해했다. 나를 배려하기 위함이다. 듣고 보니 미묘한 관계일지도 모르겠다. 하지만 나와 세키타니 사이에는 아무것도 없다. 친구 사이와는 약간 다르지만, 그렇다고 그 이상의 관계도 아니고 둘 다 아무 감정두 남아 있지 않다는 사실은 명백하다.

“상관없어.”

“여전히 쿨하네.”

내 대답에 세키타니는 어딘가 실망한 듯이 어깨를 늘어뜨렸다. 그 정도로 깔끔하게 대답해야 세키타니도 편할 거라 믿었는데, 잘못 짚은 모양이다. 이런 미묘한 감정을 읽어내는 건 너무 어렵다.

"하지만 그런 점이 너답지. 내가 생각을 너무 많이 한 것뿐이겠지만 그래도 일단 말해둬야 할 것 같아서니까 신경 쓰지 마."

"응. 고마워."

그 마음이 고마워서 솔직하게 전했다. 하지만 세키타니는 미소를 지으며 고개를 끄덕이면서도 어딘가 씁쓸해하는 듯했다. 왜 난 세키타니가 그런 표정을 짓도록 했을까.

사귈 때부터 세키타니는 자주 그런 표정을 지었던 것 같다. 내게 등을 돌리고 걸어가는 세키타니를 바라보았다. 잠시 후 복도 끝에서 코너를 돈 세키타니가 보이지 않게 되었다. 그리고 이제야 나는, 사귀다 헤어졌을 때도 세키타니가 오늘처럼 쓴웃음을 짓고 있었을지도 모른다는 걸 깨달았다.

역시 말로 전하는 표현이 부족했다. 사귈 때도, 헤어질 때도 그리고 어쩌면 지금도.

"에리노짱!"

등 뒤에서 나는 소리에 깜짝 놀랐다.

"무슨 일 있어?"

뒤돌아보니 니노미야 선배가 나를 내려다보고 있었다. 바로 뒤에 있었는데도 부를 때까지 전혀 알아채지 못했다.

"아무것도 아니에요."

눈을 피하며 분명하게 대답했다. 선배의 시야에 지금의 나를 보이고 싶지 않았다.

"뭐 안 좋은 말이라도 들은 거야?"

"…언제부터 보고 있었어요?"

선배가 던진 질문은 조금 전까지 세키타니와 내가 함께 있던 걸 알고 있기에 가능하다. 선배의 대답을 듣기 전에 다시 한번 "아무것도 아녜요." 하고 말했다.

"왜 날 안 보는 거야?"

"딱히, 이유는 없어요."

선배에게 보이고 싶지도 않고 선배를 보고 싶지도 않다.

선배는 알아차리고 말 테니까. 내게 '무슨 일이 있다'는 사실을 눈치챌 테니까. 그러면 선배는 분명 또 내게 손을 내밀어줄 테니까.

코까지 가려질 정도로 목도리를 당겨 올리고 나서 휙 몸을 돌려 선배를 마주 보았다.

"정말로 아무 일도 아니에요."

방긋 미소를 지어 보이며 선배와의 사이에 높은 벽을 세웠다.

하지만 그런 건 통하지 않아.

선배는 아주 손쉽게 내가 세운 높은 벽을 뛰어넘어 내 손을 잡았다.

"지금 집에 가려던 참이지?"

절대 놓치지 않겠다고, 선배의 손이 말하고 있었다. 얼음처럼 차가운 손에 꼼짝도 할 수 없었다. 어지간한 힘으로는 뿌리칠 수도 없다.

"모처럼 만났으니 같이 갈까?"

더는 선배에게 도움받고 싶지 않은데.

"오늘은 아쉽게도 과자가 없지만."

더는 착각하고 싶지 않은데.

"보여주고 싶은 것도 있고."

"그만, 하세요!"

내 목소리가 차가운 공기 속에서 팽팽하게 긴장감을 드리웠다. 순간 주변이 조용해졌다. 조금 전까지 학생들이 오가고 있었는데 지금은 아무도 보이지 않았다.

아까까지 빛이 비추는 듯 보였던 선배의 모습은 아무 색도 없는 모습으로 바뀌었다. 한순간에 색을 잃었다. 허무함이 그렇게 생각하게 만든 걸까.

"누구한테나 이러는 거라고 오해받는다고요!"

선배의 손에서 살짝 힘이 빠지는 틈을 놓치지 않고 쓰윽, 내 손을 빼냈다. 그리고 반걸음 뒤로 물러나 시선을 선배의 발밑으로 떨어뜨렸다.

"누구한테나? 내가 오해받아도 딱히 곤란할 일은 없지."

"내가 곤란해요."

자꾸 이렇게 나한테 마음이 있다고, 기대하게 하면 말이에요.

착각하고 싶지 않은데, 착각이라는 걸 알면서도 거기 매달리게 된다. 그리고 상처받는다.

나를 좋아하는 게 아니라면 그냥 날 좀 내버려둬요.

"왜 그렇게 고집을 부려?"

선배의 목소리 톤이 평소보다 낮게 느껴졌다. 어떤 표정으로 나를 내려다보고 있는지 확인하기가 두려워서 눈을 감은 채 귀를 기울였다.

"딱히 오해하게 할 만한 행동을 한 건 아닌데."

"…그렇군요. 그렇지만 난, 싫어요."

선배가 그렇게 대하니까 착각한 거다. 선배가 나를 좋아할지도 모른다는 생각이 들지 않았더라면 나는 내 마음을 절대로 인정하지 않았을 텐데.

그 순간, 바람이 가운데뜰의 나뭇잎을 바스락 울리며 불어왔다. 그리고 우리 사이로 빠져나갔다. 마치 내 머리를 식혀주려는 듯이.

"자자, 조금만 진정해 봐. 무슨 말인지 잘 모르겠으니까."

의아해하는 선배의 목소리에 몸이 약간 떨렸다.

싫다, 이제 다 싫어. 모든 게 엉망이다.

"일단 같이 가줬으면 하는 데가 있는데."

"싫어요. 안 되겠어요."

제발 부탁이니까 지금 혼자 있게 해줬으면.

이런 내 모습을 선배에게만은 보이고 싶지 않다. 더는 선배를 실망시키고 싶지 않다.

"미안하지만 오늘은 혼자 가세요."

고개를 푹 숙인 채 선배와 눈을 마주치지 않고 지나쳐갔다.

붙잡지 않아서 다행이다. 하지만 붙잡아주길 바랐다.

말을 걸어주고 내게 무슨 일이 있다는 걸 눈치채주었다. 하지만 눈치채지 못하길 바랐다.

상반된 감정이 머릿속에서 뒤엉키고 말았다. 그 탓에 신발장으로 향하려다가 무심코 교실로 가고 있었다는 걸 계단에 이르러서야 깨달았다.

왜 이렇게 멍청하냐, 난.

하지만 아직 신발장으로 돌아갈 수는 없다. 선배가 있을지도 모른다. 이 상태에서 또다시 얼굴을 마주하게 되면 이번에야말로 아무렇지도 않은 척 허세를 부릴 수 없을 거다. 나인 채로 버틸 수 없게 된다. 나를 잃고 말 거다.

이미 눈물샘이 터져버리기 직전인데.

참고 버틸 만한 장소를 찾으려고 교내를 돌아다니다가 층계참에서 발을 멈췄다. 건물 현관에서 가장 먼 계단인 데다 가장 높은 층이다. 아직 학교에 남아 있는 학생은 있지만, 이곳을 드나드는 사람은 거의 없을 거다.

계단에 걸터앉아, 여태껏 숨을 참았던가 싶을 정도로 지금 내가 숨을 헐떡인다는 걸 알았다. 헉헉, 거친 숨을 내쉬며 쭈그리고 앉아 두 눈을 감았다.

선배는 내 말과 행동에 불신감을 느꼈겠지. 하지만 나는 깨달았다.

"…난 비겁해."

비참한 마음을 선배 탓으로 돌렸다. 선배가 내게 다정하게 굴지 않았더라면 좋아하지 않았을 거라고. 돌아보면 나는 언제나 상대의 태도에 맞췄다. 고백받았으니까 사귀었고, 다정하게 대해주니까 나도 좋아했다. 그리고 차였으니까 헤어졌다.

세키타니만 해도 그랬다. 사귀기 전부터 호감이 있었다. 하지만 그 애가 고백하지 않았더라면 사귀지 않았을 거다. 내가 먼저 고백한다는 건 상상도 하지 못했다.

데이트를 청하는 일도 항상 상대였고 나는 그에 맞춰서 "좋아!", "여기는 어때?" 하고 대답할 뿐이었다. 거의 싸운 적이 없었던 까닭도 내 솔직한 감정을 표현하며 똑바로 마주하지 않아서다. 마음을 담지 않고 원칙이나 바른말만 내세우던 나는, 확실히 애교도 없고 깐깐하며 상대에게 마음을 제대로 전하지 못했던 게 틀림없다.

하지만 좋아했다.

그렇다면 왜, 좋아하는 사람이 고하는 이별 통보를 그냥 순순히 받아들였을까.

언제나 "알겠어." 하고 짧게 대답했다. 사실 슬프기도 했고 화도 났으면서.

하지만 포기하는 마음이 컸다. 포기는 납득과도 비슷하다.

만약 노조미나 유코가 요네다나 세토야마에게 "애교가 없다.", "깐깐하다.", "나를 좋아하는 건지 모르겠다." 이런 말을 들었다면 어땠을까? 유코라면 화를 냈겠지. 노조미라면 슬퍼했을 테고.

하지만 나는 포기했다. 바로 납득하고 받아들였다.

사귈 때부터 알고 있었기 때문에, 화낼 일도 슬퍼할 일도 생기지 않도록 그런 식으로 사귀었다. 내가 상처받지 않으려고.

니노미야 선배에 대한 마음도 마찬가지다. 선배가 좋아하는 사람이 나라고 생각했기에 나는 선배에 대한 내 마음을 인정했다. 만약 선배가 좋아하는 사람이 나라고 착각하지 않았다면 나는 결코 내 감정을 인정하고 받아들이려 하지 않았을 거다.

내 마음이 보상받을 거라고 확신하지 않고서는 내 마음과 솔직히 마주하지 않았다. 무의미한 짝사랑을 하지 않으려고 도망쳐 나를 지키려 했다.

"최악이군…."

하하, 웃으며 혼잣말로 내뱉은 말이 바닥에 떨어져 그대로 덩그러니 남겨졌다. 언제까지나, 사라지지 않고 그곳에 있는, 진짜 내 모습.

정말로 나란 사람은, 얼마나 비열하고 나약한가. 노트 속 '나나짱'은 그렇게 솔직하기만 한데 실제 나는 거짓말투성이다. 나 자신에게도, 주변 사람들에게도.

그런 나를, 선배가 좋아할 리 없다.

자신의 추한 모습을 알아챘으면서도 여전히, 좋아하는 마음을 빨리 멈추고 싶다고, 어떻게 하면 이 감정에서 해방될 수 있을지 그 생각만으로 꽉 차 있는 나 자신이 한심해서 실소가 비어져 나왔다.

선배가 졸업하고 나면, 얼굴을 마주 볼 일이 없어지면, 이 감정이 자연스럽게 사라질까. 그렇다면 선배가 빨리 졸업했으면 좋겠다는 생각마저 든다.

이렇게 나 자신이 싫어지기는 처음이다.

좋아하는 사람을 운명의 상대라고 자신 있게 대답한 사와모토가 떠올랐다. 선배가 사와모토를 좋아한다 해도 나는 어쩔 수 없다. 내가 사와모토를 당해낼 수 있을 리가 없다.

선배가 인정하는, 솔직하고 거짓말하지 않는 사와모토라면 이럴 때 어떤 마음으로 어떻게 행동할까. 나도 사와모토 같았다면 선배는 나를 좋아했을까.

이렇게 누군가가, 아니 사와모토가, 부럽기는 처음이다.

- 나는 비열하고 거짓말쟁이고
  나약하고 고집스럽고 자존심이 세서
  그래서 내 감정에도 자신이 없어요.

  선배가 좋아하는 사람 같은,
  그런 사람이라면 좋았을 텐데.

포기하고 싶지 않은 고백

- 왜 그래? 무슨 일 있어?
  내가 본 나나짱은
  그렇지 않은데.

"노조미, 미안."

책상에 엎드린 채로 옆에 있는 노조미에게 말했다. 최근 들어 쉬는 시간에 교실에 있을 때는 늘 이렇게 얼굴을 감추고 있다. 처음에는 평소처럼 말을 걸던 노조미와 유코도 무슨 일이 있다는 걸 알아차렸는지 아무 말 없이 그냥 옆에 있어 주었다.

친구들이 마음 써준다는 걸 알면서도 분위기에 맞추거나 아무렇지도 않게 대할 수가 없다. 그런 내가, 시간이 지날수록 싫다.

"왜 그러는데? 뭐가 미안해?"

교실 안을 돌아다니는 소음에 가려져 들리지 않을지도 모른다고 생각했지만, 노조미의 당황해하는 목소리를 듣고서 내 말이 제대로 전해졌다는 사실을 알았다. 그리고 노조미가 내 앞자리로 옮겨오는 기척이 느껴졌다.

나는 아직도 어중간한 상태다. 아무것도 할 수 없는 채로 시간만 흘려보내고 있다. 최소한 그날 일을 선배에게 제대로 사과해야 하는데도.

하지만 도저히 얼굴을 마주할 수가 없다. 선배의 모습을 보아도 말을 걸 수 없다. 지난번 같은 태도를 보이지 않을 자신이 없어서다. 게다가 학교에 올 날이 거의 끝나가고 있어서인지 선배의 주위에는 언제나 사람들이 모여 있었다.

그렇다면 적어도 교환 일기에 답을 쓰면 되겠지 싶다가도 펜을 움직일 수가 없었다. "아무것도 아니에요, 죄송해요, 조금 약해졌더랬어요." 하고 쓰면 그만일 텐데.

다만, 그건 거짓말이다.

지금까지 교환 일기에는 거짓말이 없었다. 실제 내가 말하지 못하는 속마음만을 털어놓았다. 그렇기에 어떤 이유로든 이 노트에는 거짓말을 쓰고 싶지 않다.

한마디로, 모든 게 어중간하다. 도망칠 속셈으로 변명만 하고 여전히 같은 장소에 멍하니 서 있기만 할 뿐이다. 생각을 행동으로 옮기지 못한 채 우물쭈물하는 내가 너무나도 싫다. '알면 어떻게든 좀 해!' 하고 지금까지의 내가 다그쳤지만 공허함만 이 늘어날 뿐이다.

그렇게 되풀이하고만 있다.

내 머릿속에는 줄곧 선배가 있다. 그리고 선배의 옆에는 내가 아닌 다른 사람이 있다. 그런 모습을 상상하고 싶지 않은데 계속 머릿속에 자리를 잡고 앉아 나가질 않는다.

질투로 미치겠다. 선배가 좋아한다면 응원해 줘야 하거늘, 그렇게 할 수가 없다.

차이면 좋을 텐데. 잘되지 않았으면 좋겠다.

그렇게 바랄 때마다 나 자신이 싫어진다. 그런데, 바라지 않고는 견딜 수가 없다.

내가 이 상황이 되어보고 나서야 비로소 노조미의 마음이 이해되었다.

"노조미, 나랑 세토야마는 아무 사이도 아니야… 정말로 걱정할 일 없다니까."

"어? 뭐야? 왜 그래?"

"신경 쓰였지? 나, 지금까지 제대로 노조미의 마음을 헤아리지 못했어. 그렇게 걱정해 봐야 아무 소용없는데 왜 쓸데없는 걱정을 하나 싶었거든."

우물우물 말하는 내 목소리가 얼마만큼이나 노조미에게 전해졌을까.

"왜 그래, 에리노!"

이번에는 유코의 목소리가 들려왔다.

"미안해 유코."

노조미에게 그랬듯이 유코에게도 사과했다.

"갑자기 왜 이래? 어딘가 내 욕이라도 써놨어?"

"그럴 리가 있니?"

우울해 있었는데도 후훗, 하고 웃음이 나왔다.

"예전에 요네다랑 대화한 일로 유코가 질투했을 때, 내가 심한 말 했잖아."

그때의 얘기를 꺼내자 유코가 "응?" 하고 의아하다는 듯이 중얼거렸다. 그리고 한참 뜸을 들이더니 "아아!" 하고 두 손을 탁, 쳤다.

"언제 적 얘길 하는 거야? 지금까지 잊고 있었는데. 근데 왜 그래 진짜?"

"…혹시 에리노, 누군가 좋아하는 사람 있어?"

노조미가 내게 물었다.

뭐라고 대답할까, 잠깐 망설이다가 살짝 고개를 끄덕였다. 엎드려 있었는데도 두 사람은 바로 알아차린 모양이다. 유코가 "진짜? 누군데?" 하고 의자를 바짝 당겨와 앉았다.

"미안해, 에리노. 너한테 질투한 건 내가 잘못한 거야."

노조미가 자신의 손을 내 손 위에 얹었다.

"세토야마도, 에리노도 믿어. 단지 내가 나한테 자신이 없어서 두 사람한테 실수한 거야."

나는 그런 노조미의 마음을 알아주지 못했다. 마음 어딘가에서 노조미가 보이는 질투에 진저리 치면서 어리석다고 여겼다. 어떤 이유가 있든 그때의 노조미는 질투라는 감정으로 괴로웠을 텐데. 이유 같은 건 둘째치고, 노조미의 마음을 상상조차 하지 못했다.

그런 나 자신을 용서할 수 없다. 내가 경험하기 전에는 이해하지 못했다. 나는 그러지 않을 거라고 믿었다.

"세토야마랑 에리노를 너무 좋아해서 질투한 거야. 그러니까 에리노 네가 사과할 일이 아니지."

"…그럼 내가 더 형편없네."

지금 나를 괴롭히는 감정은 결코 노조미처럼 다정함이나 소중함에서 비롯된 게 아니다. 갖지 못한다는 이유로 분하고 시샘하는, 추한 감정이다.

"아아, 정말 싫다. 이런 건 줄 알았다면 좋아하지 말걸."

나다움을 잃는 사랑이라니, 괴롭기만 하다.

"이럴 줄 알았으면 지금까지 그랬듯이 날 지키는 게 나았어."

나약한 속내를 토해내는 나를, 두 사람은 어떻게 생각할까. 상상하니 한심하기 짝이 없다. 뭐가 똑 부러지고 야무진 부회장이냐고. 우물쭈물 멍청하지 않은가.

"감정을 조절할 수가 없어. 너무 싫다, 왜 좋아하게 된 거냐고. 아아아!!! 싫어."

주절주절 한심한 소리를 토해냈다.

한 번 입을 여니 그다음은 술술 쏟아져나왔다. 브레이크가 걸리지 않는다. 계속 쏟아내고 있다.

"나는 여태까지, 나한테 고백한 사람이나 서로 좋아한다고 쌍방의 감정을 확신한 사람밖에 좋아하지 않았어. 게다가 사귀어도 분명 언젠가는 차일 거라고 짐작했고. 그렇게 생각하면 나중에 충격을 받지 않으니까."

"뭐? 서로 좋아하는지 아닌지 그런 걸 미리 알 수 있어? 초능력이잖아!"

유코가 감탄했다.

"이번에도 서로 좋아하는 거라고 생각해서 내 마음을 인정했는데 나중에서야 그 사람은 나랑 같은 마음이 아니란 걸 알았거든. 그래서 지금 이 모양이 된 거야."

하지만 이유가 그뿐일까. 나 자신이 싫어서 견딜 수 없는 건 사랑에 빠졌기 때문만이 아니다. 지금의 나와 과거의 나를 비교해서이기도 하다. 왜 이번에는 이렇게 된 거지!

이번이 특별한 게 아니라 지금까지가 잘못되었던 걸까.

"이런 적이 처음이라서 마치 첫사랑 같아. 하지만 그렇다면 지금까지는 사랑이 아니었던 걸까. 그냥 그 정도의 마음이었던 걸까. 그럼 난 좋아하지도 않으면서 사귀었던 걸까. 그런 생각을 하니까 더 우울해져."

"정말 형편없어." 하고 어깨를 축 늘어뜨리며 중얼거리자, "어? 뭐가?" 하고 유코가 의아하다는 듯이 내게 물었다.

그 말에 얼굴을 살짝 들어 올렸다.

“잘은 모르겠지만 비교할 필요는 없잖아. 지금까지 만난 사람들보다 좋아하든 아니든 그게 무슨 상관이야? 지금까지 사귄 사람도 좋아했다고 생각하는 거지? 그럼 좋아했으니 됐잖아.” “그치?” 유코가 동의를 구하자 노조미도 고개를 끄덕였다.

“맞아. 그때그때 상대가 다르고 자신도 바뀌니까. 지금 에리노가 하는 사랑의 방식이 잘못된 것처럼 느껴져서 그렇게 힘들어하는 거 아닐까?”

잘못된 것처럼 느껴져서 힘들어하는 건가!

역시 그렇다.

노조미가 말하면 ‘그렇구나.’ 하고 새삼 깨닫게 된다.

“에리노는 생각이 너무 많아. 자신에게 좀 더 너그러워도 될 텐데.”

선배한테도 그런 말을 들었던 적이 있다.

우열을 가릴 필요는 없는 걸까.

어느 쪽을 선택하든 답이 나올 리가 없다. 과거의 나는 지금의 나와는 다르니까.

“게다가 지금의 에리노도 평소의 에리노도, 나는 다 좋아.”

그 말에 유코도 “음, 그건 그래. 어느 쪽이든 다 에리노니까.” 하고 이를 드러내며 웃었다.

“에리노는?”

두 사람이 묻는데 정작 나는 아무런 대답도 하지 못했다.

선배를 본 건 그날 점심시간이었다.

코트를 교실에 놔둔 채 목도리를 두르고 자판기에서 따뜻한 음료를 뽑으려고 밖으로 나왔다. 그런데 가운데뜰에서 기타 소리가 들려왔다.

발길을 멈추고 보이지 않는 곳에서 얼굴을 내민 채 바라보니 오늘도 선배는 남녀 여러 명에게 둘러싸여 있었다. 때때로 커다란 웃음소리가 나한테까지 와서 닿았다.

선배는 나와 반대로 코트를 입고 목도리는 하지 않은 채 기타를 들고 이야기하며 팅팅, 기타 줄을 튕기고 있었다. 한겨울 추위 속에서 어쩌면 저리도 매끄럽게 손가락을 움직여 부드러운 소리를 내는 걸까.

그러고 보니 고백할 때 부른다던 노래는 과연 어떤 곡으로 완성되었을까. 결국, 나는 무엇 하나 선배에게 도움이 되지 못했다. 선배도 나중에 분명 그 교환 일기는 뭐였냐고 생각할 게 틀림없다.

어떤 가사로, 어떤 멜로디로, 그리고 언제, 상대에게 전하려는 걸까.

그런 상상을 하자 어느새 인상이 찌푸려지고 가벼운 두통이 몰려왔다.

"니노 선배, 이사 준비 다 했어요?"

"응, 그럭저럭."

"놀러 갈 테니까 깨끗하게 정리해 놔요."

두 사람의 대화가 들려왔다.

사와모토는 어쩌면 저렇게 집에 가겠다는 말을 자연스럽게 할 수 있는 걸까. 나는 절대 못 한다. 사와모토의 말에서 언어 이상의 것은 느낄 수 없다. 그래서 더 대단하다. 계산하려는 수가 보이거나 밀당이 엿보였다면 그 정도로 사와모토가 부럽지는 않았을 거다.

아아, 또 이런다. 내가 자꾸만 이상해진다.

창유리에는 미간을 찌푸린 채 입을 앙다문, 뿌루퉁한 내 모습이 비쳤다. 시선을 돌리며 손가락 끝으로 찡그린 이마를 폈다. 그러는 동안에도 니노미야 선배의 모습을 바라보았다. 마치 스토커 같다. 마음 같아서는 다가가 말을 걸고 싶지만.

그때 친구들과 이야기를 나누던 선배의 표정에 문득 그늘이 드리워졌다. 그렇게 생각한 순간 "자 그럼, 이만." 하면서 선배 옆에 있던 사람들이 그만 가려는 듯 손을 들어 선배에게 인사를 건넸다. 주위 사람들이 훌훌 사라지고 선배 혼자만 남았다.

그 옆얼굴에는 덩그러니 남겨진 사람의 어떤 쓸쓸함이 배어 있었다. 저녁놀을 바라보는 선배의 두 눈이 텅 비어 있었다. 그저 시간을 소비하려는 듯 보였다.

홀로 있는, 선배.

선배는 외롭다고 했었다.

그렇지 않을 때도 있다. 그렇기에 외로워질 때가 있다고.

나는 그 말을 직접 들었다. 그런데.

"혼자 가세요."

얼마 전에 선배에게 그런 말을 내뱉었다. 그때 선배의 표정이 어땠는지 떠오르질 않는다. 내 감정만 생각하느라 선배를 신경 쓸 마음의 여유가 없었다. 그리고 그날 선배가 어떤 하루를 보냈는지 지금까지 한 번도 생각해 보지 않았다.

나는 그렇게나 선배에게 위안을 받았는데.

나를 좋아하지 않는다는, 그런 이유로. 얼마나 이기적인가.

땅을 힘차게 딛고 연결 통로로 뛰어나갔다.

"선배!"

달려가며 부르자 선배는 눈을 크게 뜨고 나를 보았다. 그 시선에 몸이 살짝 움츠러들었지만 스스로 용기를 북돋우면서 다가갔다. 선배는 내 눈을 피하지 않고 가만히 바라보았다.

"요전번에는 미안했어요."

머리를 숙이고는 "아, 그리고." 하고 말을 덧붙이며 얼굴을 들었다.

"약간 짜증이 나서 괜히 화풀이한 거예요."

"나도 억지로 가자고 했으니까 괜찮아, 그런 거."

하하, 하고 선배가 힘없이 웃었다. 평소보다 생기가 느껴지지 않는, 마치 공기를 뱉어내는 듯한 웃음이었다.

"죄송해요. 정말로."

"…지금 시간 괜찮아?"

예전에 그랬듯이 선배는 벤치를 톡톡 두드리며 옆에 앉으라고 했다.

선배가 하라는 대로, 천천히 다가가 앉았다. 고분고분한 내 태도에 선배는 후훗, 하고 웃음을 터뜨렸다.

"왜…."

"아냐, 미안, 미안. 에리노짱이 풀이 죽어 있어서. 귀가 축 늘어진 것 같네."

"동물 보듯이 말하지 말아요."

새쭉 입을 내밀자, 선배는 한 번 더 "미안." 하고 웃으며 휴대폰을 꺼냈다.

한동안 뭔가 만지작거리더니 선배는 "이것 봐." 하고 내게 화면을 보여주었다.

거기에는 일러스트 하나가 그려져 있었다. 기하학적이면서도 따뜻한 분위기가 느껴지는 건 배경에 옅은 오렌지와 핑크, 그린이 어우러져 있기 때문일까. 디지털로 그린 뚜렷한 부분도 있고 수채화 물감을 사용한 듯 자연스럽게 번진 부분도 있었다.

디지털과 아날로그가 혼재해 있으면서도 균형이 잘 잡혀 있었다.

그림에 대해서는 잘 모르지만, 여하튼 모르는 내가 봐도 이 그림은 멋있다.

"이게 뭐예요? 멋있어요."

"내가 그린 그림. 이걸 보여주고 싶었어."

"…아."

퍼뜩 얼굴을 들자 선배가 "데이터로 필요해?" 하고 별일 아니란 듯이 말했다.

아뇨, 그보다는. 아니…, 실은 데이터도 갖고 싶지만.

"저한테, 주는 거예요?"

"그러려고 그린 거니까. 실제로는 A3 크기만 해."

"받아도 돼요?"

정말로 그려줄 줄은 몰랐다. 게다가 이렇게 빨리. 선배는 그날 이걸 보여주려고 나보고 같이 가자고 했던 게 아닐까. 분명 나를 집으로 데려갈 생각이었나 보다.

그런 선배에게 나는 "혼자 가세요." 하고 말했지.

그 넓은 집으로.

"고마워요."

"받아준다면 그때 거부한 건 용서해 줄게."

다시 머리를 깊숙이 숙였다. 선배는 "잘 간직해!" 하고 농담하듯이 말했다.

"그렇게 계속 뿌루퉁한 얼굴로 있을 거야?" 하고 내 등을 가만가만 두드렸다.

"엄청 비통한 표정으로 말을 걸길래 무슨 일인가 했다."

"아뇨, 그건, 미안하니까."

"나보다 자신을 먼저 생각하면 좋을 텐데."

선배가 큭큭, 웃었다. 어쩔 수 없다는 듯한 웃음이었지만 그게 선배의 자상한 배려다.

나는 이 사람에게 뭘 해줄 수 있을까. 얼마 안 있으면 떠날 선배에게 그저 학교 후배에 지나지 않는 내가 해줄 수 있는 건 별로 없다.

선배를 응원하는 일뿐이다.

지금 아무리 괴로워도, 도망치고 싶어도, 나는 선배를 응원하는 일만을 생각해야 한다.

"이사 준비도 바쁠 텐데 저까지 신경 써주고 고마워요. 하지만 무리는 하지 말고요."

"이 정도는 아무것도 아냐. 밤새는 건 익숙하거든."

"…밤새운 거예요? 잠자는 시간을 줄이면 안 돼요. 그러다 쓰러질지도 몰라."

내가 잔소리를 시작하자 선배는 "에리노짱이네." 하고 씁쓸히 웃더니 "네네." 밉살스럽게 대답했다.

"정말 고마워요."

고작 후배인 내게, 이렇게 멋진 그림을 그려주었다는 게 기쁘다. 물론 나는 또다시 선배에게 내가 특별한 사람인가, 기대하게 되었지만.

하지만.

그렇기에.

"답례로."

선배의 스마트폰 화면을 바라보면서 말을 이었다.

"선배의 사랑이 이루어지기를 응원할게요."

마음이 닿기를. 이루어지기를. 그리고 선배가 언제나 웃을 수 있기를. 누군가와 함께 있기를. 외로움이, 조금이라도 선배에게 다정해지기를.

솔직히 너무 싫지만.

하지만 선배가 항상 웃을 수 있다면, 나도 아쉽지만 웃을 수 있을 것 같다.

아니, 울게 되려나, 역시.

하지만 언젠가는 사라지겠지.

후회도, 고통도, 사랑하는 마음도.

주스만 사서 들어갈 생각으로 코트를 입지 않고 나와서 몸이 부르르 떨렸다. 게다가 이제 수업을 알리는 예비 종이 울릴 때가 되었다.

"그럼 가볼게요."

자리에서 벌떡 일어나 선배에게 인사했는데 선배는 왠지 당황한 표정으로 아무 대답도 없었다.

"선배?"

"저, 갈게요."

"아, 응."

"그럼 이만."

끄덕끄덕하기만 하는 선배에게 다시 인사하고 나서 등을 돌리려다가 내 목도리를 풀었다. 목덜미에 찬 공기가 닿아 체온이 약간 내려가는 듯했다.

"이런 데서 있을 거면 목도리라도 두르고 있어요. 귀랑 코랑 얼굴이 새빨개요."

만지면 아플 정도로 빨개진 선배의 얼굴을 감추듯이 목도리를 선배의 목에 둘러주었다. 회색과 하얀색이 적절히 섞인 목도리라 남자가 해도 이상하지 않다.

선배는 놀라서 목도리를 잡았다. 그리고 훅, 하얀 김을 내뿜으면서 곤란한 듯이 웃었다.

"에리노짱은 언제나 자기 마음보다 상대를 먼저 생각해."

"…네?"

"그런 면이 에리노짱답구나, 싶어서."

잘 모르겠지만 칭찬이려니 하고 "고맙습니다." 인사했다. 선배는 살짝 웃어 보이며 "나야말로." 하고 대답했다.

뭔가 아쉬워 발걸음이 떨어지지 않았지만 가운데뜰을 뒤로 하고 걸었다.

계단을 오르며 교복 치마 주머니에 든 교환 일기 노트에 손을 갖다 댔다.

이대로 답장하지 않을 수는 없다. 하지만 답장을 한들 선배는 이제 곧 졸업한다.

"끝을 맺어야지."

제대로 끝내자. 그러려면 성심껏 답장을 쓰자.

선배도 이 교환 일기가 있어서 학교에 오는 걸지도 몰라.

확실히 마지막 인사를 전하면 선배도 이사 준비며, 언제로 예정됐는지 모르지만 좋아하는 사람에게 고백할 준비에 전념할 수 있겠지.

내가 시작한 일이다. 존재하지 않는 '나나짱'으로서 제대로 전해야 한다.

선배는 안심하고 작별의 말을 해주겠지.

"이제, 이걸로 끝인가!"

세키타니가 복합기에서 자료를 출력하며 말했다. 시간은 6시를 지나 있었다. 이걸로 일단 3학기에 학생회가 해야 할 일은 거의 끝났다. 이제 3학년 송별회와 졸업식만 남았다. 일도 일단락된 셈이다.

"이 자료 선생님께 드리고 올 테니까 잠깐 기다려."

세키타니가 가방을 싸며 사사키에게 말했다. 그리고 막 출력한 프린트를 들고 학생회실을 나갔다. 뒤를 이어 다른 아이들도 돌아갔다.

"마쓰모토 선배!"

둘만 남게 되자, 사사키가 내 이름을 부르기에 "응?" 하고 가방을 챙기면서 대답했다.

"마쓰모토 선배가 최근 이상해 보이는 건 저희 때문인가요?"

…으, 응?

필통을 집어 들다 말고 사사키의 말을 되짚어보았다. 그리고 천천히 사사키 쪽으로 얼굴을 돌렸다.

"역시, 저랑 세키타니 선배 일이…."

"아니, 잠깐만. 아니야, 그건 아냐."

혼자 앞서나가는 사사키가 당황스러워 일단 다급히 말렸다. 오해는 빨리 풀어야 한다.

"그럼 다행이지만요."

그런데도 사사키는 어딘가 석연치 않은 표정이다. 입을 옴츠리고 탁자로 시선을 떨군 모습은 삐졌다고밖에 볼 수 없다.

"신경 쓰는 건 내가 아니라 사사키 자신이 아닐까?"

"…마쓰모토 선배, 정말로 사람의 마음을 후벼 파는군요."

힐끗 올려보는 두 눈에 아련히 눈물이 맺힌 듯했다. 아차, 또 말을 잘못 골랐다. 당황해서 만회할 말을 찾았다.

"아, 그런 뜻이 아니라. 신경 쓰지 않아도 된다는 의미로."

수습하려는 노력도 소용없이 사사키는 "괜찮아요. 선배 말이 맞으니까." 하고 기운 없이 고개를 숙였다.

"지금은 사귀지 않아도 세키타니 선배는 마쓰모토 선배를 좋아한다고 생각했어요. 사이가 좋다고 할까 신뢰하는 관계 같아서. 잘 어울리고요."

"아니, 그건 같은 학생회 임원이어서 그래. 그뿐이야. 게다가 난 헤어지고 나서 다른 남자 친구도 있었고, 아마 세키타니도 누군가랑 사귀었을 거야. 애초에 차인 사람은 나였고."

지금 둘이 사귄다면서 왜 그런 이야기를 하는 걸까.

"세키타니 선배는 자기가 차였다고 하던데요."

"뭐?"

사사키는 천천히 시선을 들어 나를 바라보았다.

"마쓰모토 선배는 처음부터 자기를 좋아하지 않아서, 그래서 함께 있는 게 괴로웠다고."

그럴 리가 없다. 하지만 사사키가 거짓말할 이유도 없다. 그럼 세키타니가 거짓말한 걸까. 하지만 뭐 때문에?

"계속 벽이 있었다고 했어요."

벽. 중학교 때 친구가 내게 말했던 '유리'와 같은 의미겠지.

세키타니와 사귈 때의 나를 떠올려보았다. 그 무렵, 나는 세키타니를 정말로 좋아했다. 그런데 또 차일지도 모른다는 불안에, 가까이 다가가지 못하고 거리를 두었던 건 맞다.

그 결과, 세키타니에게 상처를 주었다. 그래서 날 떠난 걸까. 지금까지의 남자 친구도, 중학교 때의 친구도.

"그랬구나."

생각해 보면 당연하다. 내가 어리석었다는 걸 깨달았다.

"하지만 지금은 사사키 네 남자 친구잖아?"

"그야 그렇지만…."

"나처럼 생각을 너무 많이 하면 자신을 지키는 데만 정신을 쏟게 돼. 그러면 마음이 전해지지 않는다고 하니까 그러지 마."

"물론 사사키라면 그렇게 되지 않겠지만." 씁쓸하게 웃으며 말하자, 사사키는 "역시 사귈 때는 좋아한 거잖아요!" 하고 울 듯한 목소리로 말했다.

"그렇게 말하면…. 아무튼 그때 어땠든 간에 지금은 관계없어. 사사키가 있으니까. 사사키랑 나 둘 중에 누굴 고른다면 당연히 사사키지."

"비꼬는 거예요, 그거?"

왜 그렇게 의심이 많은 거지?

가만히 노려보는 바람에 멈칫했다.

"아니, 그게 아니라."

"알아요. 선배가 빈말하거나 대충 얼버무리려고 그런 말 하지는 않는다는 거. 그래도 신경이 쓰이니까요. 질투가 심해요, 나."

빰이 뿌루퉁한 채로 휙, 시선을 돌리는 사사키가 귀여워서 웃음이 새어 나왔다.

"사사키 네 감정을 세키타니한테 전한 거지?"

"밑져야 본전이라고 생각했어요. 세키타니 선배가 누굴 좋아하든 아무래도 상관없으니까 솔직히 고백할 수밖에 없다고 생각했죠. 결과적으로 잘한 일이지만요."

"…누굴 좋아하든?"

차일 걸 각오하고 고백하다니, 세상이 뒤집힌다 해도 나는 할 수 없는 일이고, 하고 싶지도 않다.

"어째서 다들 그렇게 대단한 일을 할 수 있는 걸까."

차일 거니까 아무것도 달라지지 않는다. 고백하든 하지 않든, 짝사랑이다. 그렇다면 나는 이대로 감정이 사그라들기를 기다리는 쪽을 선택하겠다.

"고백할 수 있느냐 없느냐는 사람마다 다른 거니까 잘 모르겠지만 저는 그저 후련해지고 싶었어요. 어떻게 할까, 고민한다는 건, 하고 싶은 거 아닐까요?"

고민하는 건, 하고 싶기 때문이라고?

포기할 수 없으니까, 결심이 서지 않으니까.

…좋아하는 사람에게 고백하는 일 말고 다른 이야기라면, 나도 같은 말을 할 수 있을 텐데.

하지만 나는 니노미야 선배를 응원하겠다고 마음먹었다. 결코, 고민하는 게 아니다. 단지 대단하다고 느낄 뿐이다.

"사사키, 오래 기다렸지?"

세키타니가 돌아오자 사사키는 기쁜 표정을 짓더니 행복한 듯이 세키타니의 옆에 나란히 서서 학생회실을 나갔다. 세키타니도 사사키를 향해 웃어 보였다.

두 사람, 얼마나 행복해 보이는지.

두 사람의 모습에 나와 니노미야 선배가 겹쳐 보여서 너무 괴로운 나머지 얼굴이 일그러졌다.

여느 때와 다름없는 아침, 하지만 오늘은 집을 나서면서부터 줄곧 심장이 두근두근했다. 그 상태로 학교까지 갔다. 전철 안에서도 계속 숨이 막히는 듯했다. 역에서 학교까지 가는 동안 몸이 긴장한 탓에 몇 번이나 비틀거렸다.

가방 속에는 선배에게 이별 인사를 적은 교환 일기, 그리고 내가 자수를 놓은 손수건이 들어 있다. 지금까지 고마웠다는 인사의 의미로, 선배를 생각하면 떠오르는 어린 나뭇잎 모양을 수놓았다. 시중에서 산 손수건에 한 점 자수를 놓았을 뿐이니 그다지 부담스럽지는 않을 거야. 선배는 전에 손수건을 찾아다녔으니까 소모품으로 사용해 주면 좋겠다. 물론 사용하지 않더라도, 받아주기만 해도 기쁠 것 같다.

하지만 역시, 긴장된다.

노트에는 '나약한 소리를 해서 미안해요.', '이제 괜찮아요.', '지금까지 고마웠어요.', '선배를 응원할게요.'라고 적었다. 그리고 덧붙여서 '손수건은 지금까지 고마움에 대한 인사예요.'라고 써놓았기 때문에 이제 와서 건네지 않을 수는 없다.

동생들 외에 수놓은 물건을 누군가에게 주는 건 처음이다. 어떻게 생각할까. 걱정되지만 '답장은 안 하셔도 돼요.'라고 적었으니 소감을 들을 일은 없을 거다.

오늘은 송별회가 있어서 3학년이 모두 학교에 나온다. 오늘 전하지 못하면 선배는 내일 이후로도 답장하려고 학교에 올지도 모른다. 이사 준비에 집중해야 하는데.

받아주기를 간절히 바라면서 가방을 꼭 끌어안았다. 그리고 선배와 교환 일기를 주고받는 신발장 앞에서 양손에 대고 입김을 불었다.

두 손을 맞비비며 가방 안에서 투명한 비닐 봉투에 든 손수건을 꺼냈다. 너무 요란스럽지 않으면서도 너무 밋밋하지 않도록 한쪽 귀퉁이에 작은 리본도 붙여놓았다. 아, 교환 일기도 잊지 말아야지.

내 손끝이 가늘게 떨리는 건 물론 추위 때문이 아니다. 재빨리 넣고 바로 이 자리를 떠나는 거야. 한순간이라도 주저하면 용기가 사라지고 말 테니까.

"좋았어."

신발장에 손을 댔다. 하지만 좀처럼 결심이 서질 않는다.

그래도, 마음을 다잡고 신발장 문을 열었다.

"어?"

텅 비어 있을 줄 알았는데. 신발장 안에는 과자가 가득히 차 있었다. 여러 종류의 사탕과 라무네, 구움 과자, 초콜릿 과자, 심지어 화과자까지 들어 있었다.

"뭐, 뭐야 이게!"

'누가?'라는 질문은 멍청하다. 선배밖에 없다. 내가 답장하지 않아 걱정되어서 과자를 채워놓은 걸까. 사용하지 않는다고는 하지만 신발장에 과자라니! 하지만 그런 점이 선배다웠다. 풋, 하고 웃음이 나와서 그 순간 긴장이 풀어졌다.

우선 이 과자를 어떻게든 하지 않고는 노트를 넣을 수가 없다. 그렇다고 가방에 넣을 만한 양도 아니다. 어떻게 해야 하나 고민하면서 눈앞에 있는 사탕을 집어 들자 그 옆에 놓인 노트 조각이 하나 보였다.

- 나는 나나짱을 좋아해.

단것 먹고 기운 내.

입가가 떨리면서 울고 싶어졌다.

좋아한다는 말을 듣고 기쁘면서도 동시에 슬펐다.

선배가 말한 "좋아해."는 나와 같은 감정이 아니니까. 그리고 이건 이름도 얼굴도 모르는 '나나짱'한테 하는 말이고, 그런 사람에게조차 다정한 선배에게는 나도, '나나짱'도 비슷한 존재가 아닐까. 그런 생각을 지울 수가 없다.

선배의 세계는 내가 아닌데, 왜 선배는 내 세계가 된 걸까.

"이걸 다 어떻게 먹으라고!"

흩어져 떨어지는 사탕과 초콜릿, 쿠키를 보면서 눈물 어린 눈으로 웃었다. 아무도 없는 신발장 주위에 눈물 섞인 내 웃음소리가 울렸다.

결심이 점점 흔들린다. 선배를 응원하고 싶은데, 내 감정을 죽이고서라도 선배를 위한 일을 하고 싶은데, 그렇게 할 수 없게 된다. 하고 싶지 않아진다.

아아, 나는 그런 거, 하고 싶지 않은 거다.

나는 선배를 좋아하니까.

'에리노는 생각이 너무 많아. 자신에게 좀 더 너그러워도 될 텐데.'

유코에게 들은 말을 떠올렸다.

'지금의 에리노도 평소의 에리노도, 나는 다 좋아.'

노조미가 한 말이 머릿속에 되살아났다.

'에리노는?'

나 자신을 지키는 데만 급급한, 나약한 인간이면서 똑 부러지고 야무진 사람처럼 행동하던 나.

그리고 있는 그대로의 감정을 받아들였지만, 그 감정에 휘둘리게 된 지금의 나. 좋은 면과 나쁜 면은 어느 쪽에나 있다.

다시 말해 어느 쪽이어도 좋고, 뭐든 좋은 걸지도 모른다.

사랑은, 감정은, 흑백처럼 선명하게 가를 수 있는 게 아닌 모양이다. 쓸데없다고 하며 명쾌하게 결론을 내리기도 어렵다.

'충분히 생각해서 결정한 행동이라면 그걸 정답이라고 여겨도 되지 않을까?'

나는 어떻게 하고 싶은 걸까.

포장지를 벗기고 사탕을 입에 물었다. 새콤달콤한 딸기 맛이 입안 가득히 퍼졌다.

'상대가 누굴 좋아하든 아무래도 상관없으니까 솔직히 고백할 수밖에 없다고 생각했죠.'

'어떻게 할까 고민한다는 건, 하고 싶은 거 아닐까요?'

행동할 수 없는 건 고민해서일까. 결심해도 바로 또 마음이 흔들리는 건 그 탓인 걸까.

고백 같은 거, 하고 싶지 않다.

상처받고 싶지 않다. 두렵다. 소용없다.

그런데 고백은 하지 않겠다는 결심도 하지 못하고 있다.

선배가 졸업하면 나와 선배 사이에는 아무런 연결 고리도 남지 않는다. 마음을 꼭꼭 숨기든 그렇지 않든.

"지금 이런 내 모습 진짜 싫어…."

마치 계속 한밤중에, 어둠 속에 갇힌 듯한 기분이다.

그러니까.

손에 든 교환 일기와 손수건을 다시 주머니에 넣었다.

"좋아하고 싶어."

5장

하늘빛, 당신이란 세계

둘이서 완성한 하나뿐인 주제곡

- 지금까지 고마웠어요.
선배와 이렇게 노트를 주고받으며
이야기할 수 있어서 좋았어요.

이제 고백하려고요.

나, 마쓰모토 에리노는
니노미야 선배를 좋아합니다.

지금까지, 다들 어떻게 좋아하는 사람에게 고백하는 건지 이해할 수 없었다. 서로 좋아한다면 모를까, 마음을 확실히 모르는 상대에게 고백하다니 도박을 거는 거나 다름없다고 생각했다. 하지만 이제는 조금 알 것 같다.

솔직히 이 고백은 얼마나 무의미한가. 그래도 내 감정을 전하는 쪽을 선택한 그 순간, 마음이 홀가분해졌다.

그렇게 생각한다.

지금 당장 결심을 무르고 싶을 정도로 긴장했지만. 주머니 속에 손을 넣어 송별회 날에 전하려다 못 준 손수건과 노트를 만지작거리며 마음을 진정시켰다.

처음부터 나는 비열했다.

선배가 나를 좋아한다고 생각했기에 내 마음을 받아들이려고 했고, 선배가 내게 고백해 준다면 교환 일기 비밀을 털어놓으려고 했다. 그러다 선배가 날 좋아하지 않는다는 걸 알자 이대로 내가 누군지 밝히지 않고서 끝내려고 했다. 뭐든 상대가 결정하도록 맡기고 내가 상처받지 않는 편한 길만 골랐다.

니노미야 선배는 나를 '성실하고 똑 부러지고 언제나 자신보다 남의 마음을 헤아릴 줄 아는 자상한 아이'라고 말했다. 거짓말하지 않는다고도 했던가.

하지만 실제로 나는 선배가 생각하는 이미지와 동떨어져 있다. 늘 고민하면서도 아무에게도 말하지 못했다. 사실은 다 털어놓고 싶은 여린 마음을 감추고 원칙이나 바른말을 방패막이 삼아 몸에 걸치고 있었다. 그렇게 함으로써 나는 강하다고, 믿었다.

진짜 내 모습은 이 교환 일기 속 '나나짱'이었다. 선배가 그렇게나 칭찬해 주었는데, 사실 선배가 보고 있던 나는 거짓말투성이다.

모든 사실을 털어놓으면 선배는 내게 무척 실망하겠지. 거짓말하고 교환 일기를 주고받았다는 사실에 화를 낼지도 모른다. 아니면 크게 실망할지도 모른다. 어쩌면 그 정도로 내게 관심이 없어 깔끔하게 받아들일지도 모르지만 그 상황은 그것대로 가슴이 아프다.

그래도, 결심했다.

나 자신이 더 싫어지기 전에, 매듭을 지어야지. 그렇게 해야 나 자신을 조금은 좋아할 수 있을 것 같다. 지금까지의 나와 지금의 나를, 가식적이던 나와 '나나짱'을.

오늘, 선배를 마주하고 내 마음을 전하려고 한다.

두려움은 있지만 망설임은 없다.

니노미야 선배는 그때부터 한 번도 학교에 오지 않은 모양이다. 아마도 바빠진 거겠지. 그사이에 어쩌면 고백 이벤트를 끝내고 여자 친구와 함께 시간을 보내고 있을지도 모른다. 그런데… 우연히 사와모토와 마주쳤을 때, "아무렴 선배도 계속 놀 수만은 없게 된 거 아닐까?" 하고 말하는 게 아닌가. 선배가 좋아하는 사람이 사와모토라면 고백은 아직 하지 않은 듯하다. 다른 사람이라면 어쩔 도리가 없다. 다시 말하자면, 이런 건 신경 써도 아무 소용없다.

오늘은 졸업식 전날로, 예행연습이 있다. 2교시에 시행되므로 재학생은 출석하지 않고 자습을 하게 된다. 하지만 학생회 임원들은 각자 맡은 역할이 있어서 3학년과 함께 예행연습에 참가하기로 되어 있다. 내가 할 일은 단상에 서 있는 교장 선생님 앞으로 졸업증서를 가져다드리는 일이다. 그리고 행사장을 오가며 필요한 일을 지시하거나 학생들 안내도 해야 한다.

예행연습은 한 시간도 걸리지 않는다. 3학년이 먼저 퇴장하지만 바로 뒤쫓아가면 선배와 이야기할 시간은 있을 거다. 그 타이밍에 맞춰 쫓아 나가지 않으면 3학년은 그 길로 집에 돌아간다. 그렇게 되면 내일 졸업식 때밖에 기회가 없는데, 내일 그럴 틈은 없을 거다.

그러니까 오늘이 마지막 기회다. 졸업식 예행연습이 끝나면, 나는 고백할 거다.

주머니 속을 확인하려고 몇 번이나 교복 치마 위로 손을 갖다 댔다.

입장부터 연습하므로 체육관에 있던 학생회와 관현악부의 준비가 끝나자 뒤쪽 문으로 예비 졸업생들이 들어왔다. 그 가운데서 니노미야 선배를 찾았다. 한 사람, 단연 튀는 머리색을 하고 있어서 누구보다 눈에 띄었다. 구와노 선생님은 뭔가 못마땅한 듯 콧잔등을 찌푸리며 어깨를 움츠렸다.

태어나 처음으로 고백할 시간이 점점 다가오고 있다. 눈을 감고 이미지 트레이닝을 반복했다. 물론 결과도.

거절당하고 나서 울기라도 하면 선배가 신경 쓸 테니 아무 일도 아닌 듯 받아들여야 한다. 결코 눈물을 흘려서는 안 된다. 그러기 위한 시뮬레이션이다.

3학년 전원이 체육관으로 들어오자 사회를 보는 교사가 우렁찬 목소리로 식을 진행하기 시작했다. 식은 개회사, 국가와 교가 제창, 졸업증서 수여로 이어진다. 니노미야 선배는 크게 하품을 하고 졸린 표정으로 지루한 듯이 앉아 있었다.

졸업증서를 수여하는 데 절반 정도의 시간을 보냈다. 이제 남은 절차로 식의 순서를 마이크로 공지하기만 하면 예행연습은 모두 끝이 난다.

"졸업생 퇴장!"

그 목소리와 동시에 관현악부의 연주가 이어졌다. 그리고 3학년이 일제히 일어서서 입장할 때 지나온 길을 순서대로 되돌아 나갔다.

"저기, 나 먼저 나갈게."

마지막 한 사람이 나가자, 동시에 옆에 있는 세키타니에게 말하고 몰래 체육관 뒤쪽으로 달려 나갔다. 밖으로 나가자 체육관 주위에는 아직 3학년들이 잔뜩 있었다.

예상 외로 많은 인파에, 니노미야 선배를 찾을 수가 없었다. 게다가 관현악부도 줄줄이 체육관에서 나오고 있었고 마침 수업 시간이 끝나 쉬는 시간이 된 탓에 매점이나 자판기로 가는 재학생들까지 뒤섞이기 시작했다.

“잠시만요, 죄송합니다.”

사람들 사이를 가르면서 선배를 찾았다. 사람들이 무리 지어 모여 있는 한가운데까지 들어가 두리번두리번 주위를 살폈지만 선배가 한 연갈색 머리는 보이지 않았다. 못 보고 지나친 게 아닐까 싶어 다른 방향으로 돌아섰다.

그때 가운데뜰 벤치에 앉아 멍하니 허공을 바라보는 선배가 눈에 들어왔다. 옆에는 기타 케이스가 놓여 있다. 체육관에서 봤을 때는 없었는데 바로 교실로 가서 가지고 나온 걸까.

어쨌든 가운데뜰이라는 장소는 내게도 아주 감사하다. 이야기하기에 딱 좋다.

“선…”

연결 통로로 뛰어나가 선배를 부르려던 목소리가 쓰윽, 힘없이 사그라들었다.

하늘을 보던 선배 얼굴이 누군가에게로 향했기 때문이다. 여어, 하고 가볍게 손을 드는 선배에게 다가가고 있는 사람은 다름 아닌 사와모토였다.

마치 약속하고 기다린 듯 자연스럽게 두 사람이 나란히 있다. 선배는 벌떡 일어서더니 옆에 놓여 있던 기타 케이스를 들어 어깨에 멨다. 그리고 어딘가를 가리키면서 함께 걸어갔다.

선배가 고백하려고 한 날이 오늘이었나.

벽에 손을 짚고서 내가 한발 늦었다는 걸 깨달았다. 선배는 이제 줄곧 좋아하던 사람에게 고백을 한다. 그러기 위해 곡을 만들고 가사를 고심했다. 그러니 응원해야만 한다. 선배가 얼마나 용기를 내 결심했는지, 지금의 나는 너무나 잘 안다.

하지만.

걸어가던 선배가 인파 속으로 빨려 들어갔다.

"니노미야 선배! 좋아해요!"

깨닫고 보니 어느새 목청껏 소리치고 있었다. 그러자 시간이 멈추기라도 한 듯이 주위가 단번에 조용해졌다. 아까까지 그 북적거리던 소음이 저 멀리로 날아갔다.

시선의 끝에 있던 선배가 뒤로 돌더니 눈도 깜빡이지 않은 채 나를 바라보고 있었다.

…나, 지금 뭐라고 한 거야?

삐질삐질 땀이 엄청난 기세로 흘러내렸다.

제멋대로, 입이! 이렇게 많은 사람들 앞에서, 지금 내가 무슨 짓을 한 거지.

이 정도까지 하겠다고 결심한 건 아니었다.

선배가, 움직였다. 그 모습을 보고 내 다리가 움찔, 한발 뒤로 물러났다. 다가오는 선배에게 맞춰 나는 뒷걸음질을 쳤다. 주위의 시선이 사정없이 내게 와 꽂혔다.

여기 있으면, 안 된다.

…도망치자!

몸을 돌리자마자 앞으로 뛰어나갔다.

왜, 이렇게 된 거지? 원래 예정과, 내 계획과, 완전히 다르다. 왜 그런 짓을 저질렀을까.

단지, 싫었다.

두 사람이 사귈지도 모른다는 생각에.

두 사람이 마음을 확인하고 나서 내가 고백하게 된다는 생각이 들자 머릿속이 새하얘졌다.

그렇다고 이렇게 사람 많은 곳에서 고백을 하다니, 이성을 잃었다고밖에 생각할 수가 없다.

그 상태에서 도망치는 나약한 내 자신이 밉다. 하지만 어떤 표정을 지어야 할지 모르겠다. 한 시간 정도 혼자서 생각을 좀 정리하고 싶다.

"에리노짱!"

등 뒤에서 내 이름이 들려오자 순간 온몸에 돌던 핏기가 싹 가시는 듯했다.

그만! 내 이름 부르지 마요. 조금 전 일을 기억에서 없애고 지금 당장 나를 잊어줘요. 나중에 열심히 시뮬레이션한 대로 다시 고백할 테니까. 그렇게 하게 해줘요.

선배를 한 대 때리면 기억 상실이 되어주려나.

사람들 사이를 가르고 어디로 도망쳐야 좋을지를 생각하자.

이대로 2학년 교실로 가면 그야말로 대참사가 벌어지는 거다. 하지만 이미 계단을 뛰어오르고 있었기에 그대로 돌진하는 수밖에 없다. 계단을 두 칸씩 뛰어 올라가려고 발을 내밀었다.

그 가을날부터 너는 나의 세계가 되었어.

하늘에 물빛으로 젖은 그녀의 옆모습이 떠오르네.

너는 내게 화를 냈고 나는 네게 웃었지.

내 사랑 썰물처럼 멀어지지 말아줘.

거짓말하는 사람을 나는 그저 좋아하며 살고 싶어.

노랫소리에 발길을 멈췄다. 들은 적 있는 가사에 머릿속이 새하얘졌다.

천천히 뒤를 돌아보자 선배가 노래를 부르며 내게 다가오고 있었다. 갑작스러운 상황에 주위에 있던 학생들이 웅성거렸다. 그리고 왠지 선배 앞으로 길을 터줬다.

기타는 아직 케이스에 들어 있었기에, 선배는 반주 없이 노래를 부르며 고백했다. 악기 없이 오직 선배의 목소리로만, 큰 소리로 외치듯이, 내게 닿을 수 있도록 오로지 그것만을 위해 노래 부르고 있었다.

들은 적이 있는 멜로디에 실어서.

선배가, 나를 똑바로 바라보면서 다가왔다.

…왜, 지금 노래를 부르는 거지?

그 노래는 무얼 위해서, 누굴 위해서, 있는 거지.

"왜."

"…이렇게까지 해도 모르겠어?"

눈앞에 서서 나를 내려다보는 선배의 눈빛은, 따뜻했다.

알아차려도 되는 걸까. 자신해도 되는 걸까. 지금도 착각하는 거라면 이젠 다시 일어설 수 없을지도 모르는데.

"선배, 날… 좋아하는 거예요?"

빙글빙글 머릿속에서 감정이 넘쳐나는데 입술을 비집고 나온 말은 의외일 정도로 솔직한 질문이었다.

"응, 좋아해."

선배는 깔끔한 대답으로 인정했다. 환한 웃음을 보이며 "나, 에리노를 좋아해." 하고 되풀이했다.

선배가, 나를.

교환 일기에서 말한 '좋아하는 사람'이 나였다.

"거짓말!"

"아니, 왜?"

선배가 곧바로 되물었다.

"왜냐면, 내가 아니잖아요. 난 전혀 그렇지 않은 걸요. 솔직하고 열심이고 숨기는 건 하지 못할 정도로 너무 올곧다고, 그랬잖아요. 근데 나는."

말하면서 슬픔이 북받쳐 올랐다.

기쁘면서도 좋아할 수 없어 괴롭기만 했다.

교복 치마 안에 있는 노트와 손수건을 옷 위로 잡았다. 그런 내게 선배는 "바보 아냐!" 하며 웃었다. 그리고 내 머리에 손을 얹었다.

"에리노는 솔직하고 열심이고, 숨기는 건 할 수 없는 순수한 사람이야."

"…아니에요. 난 비열하고 거짓말쟁이고 나약하고 고집스럽고 자존심 세고, 선배가 좋아하는 사람하고는 조금도 닮지 않았어요."

"그렇지 않은데. 자신을 모르는 거야? 나나짱!"

…나나짱?

선배는 나를 보며 그렇게 말했다. 눈을 동그랗게 뜨고 선배를 바라보았다. 왜, 지금 여기서 그 이야기가 나오는 거지? 왜, 왜!

혼란스러워하는 나를 놀리기라도 하듯이 선배가 입을 크게 벌리고 웃었다.

"거봐, 에리노는 솔직하고 열심이고 숨기는 건 할 수 없는 순수한 사람이잖아."

"아니, 의미를, 모르겠어요."

선배는 머리에 올렸던 손을 내 손으로 가져왔다. 그리고 허리를 굽히더니 내 눈높이에 시선을 맞췄다. 선배의 눈동자에, 눈을 깜빡이는 내가 비쳤다. 선배가 말하기로는 솔직하고 열심이고 숨기는 건 할 수 없는 순수한 사람인, 내가.

모르겠다.

뭐가 뭔지 하나도 모르겠다.

그런데… 너무나도 기쁘다.

"앞지르기 금지라고 말했을 텐데."

눈물로 시야가 뿌예졌다. 흘러내리는 눈물을 감추려고 선배의 가슴에 얼굴을 묻었다. 선배는 내 머리를 끌어당겨 가만히 안아주었다. "어쩔 수 없네." 하면서.

내 세계가, 선배가 되었다.

우리를 축복하는 환호성이 휘파람과 박수 소리와 함께 터져 나왔다.

그 후 니노미야 선배와 나는 구와노 선생님에게 푸념을 잔뜩 들어야 했다. 잔소리는 아니었지만 구와노 선생님의 마음이 어떤지를 느낄 수 있었다.

"왜 그렇게 소란을 피운 거니, 마쓰모토까지 왜 그러는 거야, 내일 졸업인데 설마 졸업식에서도 뭔 일을 저지를 생각은 아닌 거지?" 하고 구와노 선생님은 걱정스럽다는 말을 되풀이했다. 당장이라도 울 듯 얼굴을 일그러뜨리고서.

하지만 주변에 있던 다른 선생님들은 좋을 때네, 하고 말하는 듯한 시선으로 우리를 보고 있었다.

물론, 나는 그 후 종일 전교생의 주목을 한눈에 받았다. 노조미와 유코에게도 꼬치꼬치 질문을 받았지만 아직 머릿속이 정리되지 않아서 좀 기다려 달라고 간청했다. 며칠 안으로는 두 사람에게 제대로 이야기를 해줘야겠지. 아마 유코는 그렇게 오래 기다리지 못하겠지만.

정말로 어떻게 이런 일이 일어난 걸까.

"미안하게 됐어."

선배는 뭘 떠올렸는지 푸하하, 웃으며 말했다.

방과 후, 내 수업이 끝나기를 기다려준 선배와 함께 선배의 집으로 갔다. 가자고 해서 오긴 했지만 그럼 둘만 있게 되는 거 아닌가?

하지만 지금은 사귀고 있는, 아니 그런 거나 다름없는 상태니까 괜찮겠지. 나쁠 건 없지만 가족이 아무도 없는 집에 사귀는 첫날 오는 건 좀 그렇지 않나.

선배의 방에서 머리가 터질 정도로 이런저런 생각을 하고 있는데 선배가 "자, 이거." 하더니 뭔가를 건네주었다.

"이거…."

선배가 그려준, 전에 스마트폰으로 보여줬던 일러스트다. 화면으로 볼 때보다 훨씬 예쁜 색들이 종이에서 튀어나와 나의 세계를 환하게 비췄다.

"요전번 방과 후에 같이 가자고 했던 날, 이걸 주면서 고백하려고 했던 거야."

"그날요?"

내가 선배를 거부한 날이던가.

"완벽한 상황을 상상했는데 에리노에게 거절당했지, 느닷없이 응원하겠다고 그러지, 날 마음에 두고 있다고 여겼던 건 착각이었나 했어."

그건, 내 마음을 이미 눈치채고 있었다는 거네.

그날부터 서로 어긋났던 모양이다. 나 때문에.

"…언제부터, 눈치챘어요?"

내 마음도, 교환 일기 속 '나나짱'이 나라는 사실도. 물어보면서 쭈뼛쭈뼛 노트와 손수건을 꺼냈다. 선배는 그걸 받아 들면서 "꽤 처음부터." 하고 산뜻하게 대답했다.

"어떻게?"

"땀이 나고 있어, 에리노."

이 한겨울에 땀이 나지는 않을 텐데.

식은땀을 말하는 건가. 그러자 선배가 바지 주머니에서 손수건을 꺼내 내 이마를 살짝 닦아주었다.

무슨 말인가 싶어 불안해하는 내게, 선배는 손수건을 펼쳐 보였다.

"아… 이거."

아무 무늬 없는 하늘색 손수건이다. 그 한 귀퉁이에 하얀색 자수가 놓여 있었다. 그건 강아지 자수다. 하지만 솜씨가 서툴러서 푸들 같이 되고 말았던 복슬복슬한 생물체. 중학생 때 만들다 실패한 내 작품이다.

"자수를 한다고 쓰여 있었을 때 혹시나 했지. 에리노일지도 모른다고 생각하고 읽으니까 노트에 쓰여 있는 글이 완전히 에리노더라고. 얼마 전에도, 에리노한테는 좋아하는 사람이 있다는 말을 하지 않았는데 응원한다느니 그러고 말이지."

그러고 보니 그런 말을 했는지도 모르겠다.

아니, 애당초.

"어떻게 이걸? 어떻게 내 취미를…."

"처음 이야기를 나누던 날, 에리노가 줬어. 땀을 흘리던 나한테 '땀 닦지 않으면 감기 걸려요.' 하면서."

땀투성이 선배는 기억나는데 손수건을 준 기억은 없다.

"이게 노트를 잃어버린 날, 찾던 손수건이야."

"아, 이거였어요? 그보다 정말이었어요? 노트 잃어버린 걸 감추려고 둘러댄 줄 알았는데."

"이 손수건이 노트보다 소중하니까."

수줍어하는 선배를 보자 가슴이 쿵, 조여왔다. 이런 서툰 자수를 그렇게나 소중히 갖고 있었다니.

"이거 양이냐고 물었더니 얼굴이 새빨개져서는 푸들이라고 대답했잖아. 그때 에리노 엄청 귀여웠어."

"…그런 건 잊어요."

재빨리 얼버무리지 못했던 나를 떠올리자 부끄러웠다. 직접 만든 거냐고 물어봤다면 아니라고 했을 텐데. 강아지를 양으로 잘못 보면 지금도 강아지를 수놓은 거라고 곧이곧대로 대답하겠지. 지금은 그때보다 훨씬 솜씨가 늘었지만.

"…나, 그렇게 누군가가 챙겨준 적이 처음이었거든."

선배가 손수건을 바라보면서 중얼거렸다.

"가족한테 불만은 없지만 옛날부터 내 일은 가능한 한 스스로 하는 게 당연했어. 그래서 지금까지 누가 내 걱정을 해준 적이 별로 없었거든."

"그랬군요." 하고 작은 소리로 대답했다.

"그래서 에리노가 내가 땀 흘리는 걸 보고 손수건을 주면서 감기 걸린다고 걱정스럽게 말해준 게 너무 기뻤다고 할까, 놀랐다고 할까."

당시도 지금도 특별한 일을 했다고는 생각하지 않는다. 가정에 사정이 있다고는 했지만, 그 정도로?

"자신보다 다른 사람을 먼저 걱정하는 에리노에게."

'자신보다.'라는 말에 "네?" 하는 소리가 튀어나왔다.

"학생회 일을 하는 에리노는 전부터 알고 있었는데, 그때는 성실해 보이지만 융통성이 없을 것 같은 아이구나, 생각했을 뿐이었어."

칭찬인 것 같기도 하고 아닌 것 같기도 하고.

"하지만 그날, 에리노가 울 것 같은 얼굴이었잖아. 이런 표정도 하는구나, 강해 보이지만 실은 나약함을 감추고 있구나 싶어서 걱정이 돼 창으로 뛰어 들어갔던 거야."

"우연이 아니었군요."

어쩌면 나랑 세키타니가 사귀었다는 사실을 알고 있던 까닭도, 그날의 나를 보고 있었기 때문일지도 모른다. 그렇게 생각하자 상황이 이해가 되었다.

"위로해 줄까 했지. 하지만 이 아이는 그렇게 울 것 같은 얼굴을 하고서도 나를 걱정해 주는 다정한 아이구나 싶었어."

그렇게 오래전부터, 나를 보고 있었던 거예요?

"선배가 사와모토를 좋아하는 게 아닐까… 생각했어요."

"뭐? 사와모토 아이? 왜? 아냐, 아냐. 아이는 지금 같은 학년 중에서 누군가를 운명의 상대라고 믿고 있는걸. 원래 아이랑 알게 된 인연도 예전 아이의 남자 친구가 내 친구였기 때문이고. 아니 근데 왜 아이를?"

니노미야 선배는 진짜 뜻밖이라는 듯이 눈을 동그랗게 떴다.

"솔직하고 열심이고 거짓말이 서툴고… 딱 들어맞잖아요?"

"…뭐? 어디가? 하긴 열심이긴 하더라. 운명의 상대라고 생각하고는 스토커처럼 달라붙어서 어떻게 해서든 좋아하는 사람과 이어지려고 하니까."

그랬구나.

하지만 운명의 상대라고 단언하는 사와모토를 떠올리니 선배가 하는 말도 납득이 갔다. 어떤 수단을 써서라도 사와모토는 자신의 마음을 좇아 독주하는 건지도 모른다. 사와모토에게 기타 연주를 들려주지 않은 이유는, 사와모토가 "뭐야?" 하고 반응이 약해 들려주는 보람이 없을 거고, 조언을 구하면 신랄한 지적만 당할 것 같아서였다고 선배가 말해주었다.

“그, 그렇지만 전부터 좋아하는 사람하고는 서로 좋은 느낌이라고….”

“우리 원래 좋은 느낌이었잖아. 그리고 남자 친구가 없으면 나랑 사귀어줄 거라고 생각했지.”

좋은 느낌이었나? 게다가 남자 친구가 없으면 사귈 거라고 생각했다는 사실도 놀랍다. 틀린 말은 아니지만 그 무렵에 선배에게 고백받았다면 나는 어떻게 했을까. 사귀었을까. 선배를 좋아하게 된 지금에 와서는 잘 상상이 되질 않는다.

“혹시 에리노, 질투한 거야?”

“아, 아뇨! 그런 게 아니, 아닌 게 아닐지도 모르지만.”

이럴 때는 부정해야 할지 인정해야 할지 잘 몰라서 바로 부정했지만 차츰 목소리가 작아졌다.

“바보 아냐?” 하고 니노미야 선배는 나를 향해 기쁜 듯한 표정을 지었다.

“강하면서도 나약하고, 하지만 역시 강한 아이구나. 그런 에리노에게 반했어.”

‘반했다.’라고 확실히 말하는 바람에 두 뺨이 달아올랐다.

게다가 선배는 줄곧 나의 나약한 부분을 알아봐 주었다. 그래서 언제나 내가 고민할 때나 풀 죽어 있을 때 곁에 와준 걸까.

“그러니까, 나는 안다고. 에리노가 솔직하고 열심이고 숨기는 데에는 소질이 없는 순수한 사람이라는 걸. 그러니까 '나나짱'도 마찬가지고."

알고 있으면서 말하지 않은 이유는, 그것을 계기로 졸업 전 짧은 기간 동안 거리를 좁혀가려고 생각했기 때문이라고 한다.

"게다가 평소에는 강한 척하면서 감추는 부분도 교환 일기를 쓰면서 보여줬으니까 그런 모습이 소중해서."

"…잊어주세요."

뭐든 다 알고 있었다니 부끄럽기 짝이 없다.

거짓말을 솔직하게 털어놓기가 두려웠는데 이미 다 알고 있었다니 날 놀린 건가. 오랫동안 고민하던 나는 뭐야.

"양쪽 다 에리노니까 상관없잖아."

선배는 그렇게 말하고 옆에 있던 기타 케이스에서 기타를 꺼내 곡을 연주했다.

너는 내게 화를 냈고 나는 네게 웃었지.

내 사랑 썰물처럼 멀어지지 말아줘.

거짓말하는 사람을 나는 그저 좋아하며 살고 싶어.

아까는 반주 없이 불러서 잘 몰랐다. 하지만 그 멜로디는 선배가 내 이미지를 떠올리며 악기점에서 기타로 들려줬던 곡이다. 가운데뜰에서도 들려주었다.

그 곡은 즉흥적으로 지어낸 노래가 아니라 좋아하는 사람, 내게 보내려고 만든 곡이었던 거다.

"…촌스러워요."

"아, 정말?"

후훗, 하고 눈물을 흘리면서 웃었다.

써놓은 글도, 서로 나눈 말도, 모두 거짓이라고 생각했다.

진짜 내 모습은 모두가 생각하는 것처럼 야무지지 않았으며 다만 서툴렀을 뿐이다.

그리고 교환 일기 속 '나나짱'도 거짓이었다. 나라는 존재를 감추고 거짓 인물을 만들었다.

설령, 그것이 내 속마음일지라도.

하지만 어느 한쪽이 아니고 양쪽 다 나였다.

양쪽 모두, 동시에 존재하는 것이 바로 나였다. 선배는 그런 모습을 오래전부터 본 거다.

"하루 이르지만, 졸업 축하 선물이에요."

노래도 잘 부르고 곡도 멋있지만 절묘하게 오글거린다고 해야 하나. 너무 부끄러워서 귀를 막고 싶을 정도였지만 그럼에도 기쁘기만 한 노래를 들은 다음, 갖고 있던 손수건을 선배에게 내밀었다. 선배는 내 선물을 아무 말 없이 받더니 바로 포장한 비닐을 뜯어 꺼냈다.

"그 푸들보다 잘되었으니까, 괜찮으면 쓰세요."

"에리노."

"왜요… 우와!"

획, 손을 당기는 바람에 균형을 잃었다. 그대로 선배의 몸 쪽으로 넘어지고 말았다. 눌린 코를 손으로 잡고서 "뭐 하는 거예요?" 하고 얼굴을 들었다. 그러자 다가와 있던 선배의 얼굴이 내 뺨에 닿았다.

살짝, 부드럽게.

한순간이었는데 뺨에는 선배의 체온이 고스란히 남았다.

"뭐, 뭘."

뺨에 손을 대자 가볍게 몸이 떨렸다. 느닷없이 기습하는 건 하지 말았으면. 어떻게 반응해야 할지 난감하다.

그런 내게 선배는 "너무 귀여워." 하고 헤벌쭉 눈꼬리를 내리며 웃어 보였다. 그리고 나를 부서뜨릴 듯한 기세로 꽈악, 끌어안았다.

"아아, 겨우 사귀게 되었는데 내일 졸업이냐. 에리노랑 헤어지는 거 쓸쓸하니까 낙제할 걸 그랬어."

"…낙제 같은 거 하면 화낼 거예요!"

그 말에 선배가 "정말 기쁜걸. 내 걱정해 주는 거잖아." 하고 자기 마음대로 해석했다.

그렇게 맘대로 쑥스러운 말 하지 좀 말아요. 빨개졌을 얼굴을 들키지 않으려고 선배의 가슴에 얼굴을 묻었다.

"에리노, 나랑 같은 대학 올래?"

"갈 리가 없잖아요. 내 진로는 내가 결정할 거예요."

여전히 다정함이라고는 찾아볼 수 없는 대답을 하고 말았다. 그런 내 모습에 선배는 순식간에 풀이 죽었다. 하지만.

"떨어져 있어도 마음은 변하지 않으니까."

선배는 내 마음을 훤히 들여다보는 듯, 또 맘대로 내 말에 마음을 덧붙였다. 내 마음이 전해져 기쁘다. 하지만 너무 부끄러우니까 일일이 말하지 않아도 되는데.

뿌루퉁하니 선배를 흘겨보자 환히 웃으며 "얼굴에 다 드러난다고." 하고는 내 머리를 쓰다듬었다. 선배와 함께 있으면 앞으로 쭉 나는 거짓말을 할 수 없을 거야. 그러면서 웃는데 눈물이 글썽글썽 맺혔다.

당신은 나의 세계, 당신은 나의 태양.

언제나 내게만 웃어주었으면.

당신이 곁에서 웃어준다면,

나도 장미의 미소를 당신에게.

마음에 이름을 붙인다면

- 너는 나의 세계, 너는 나의 태양.
  있잖아, 내게 장미 같은 미소를 보여줘.
  내 사랑 밀물처럼 멀어지지 말아줘.

새벽 두 시, 혼자 집에서 기타를 안고 옆에 있던 작은 새 노트에 글을 적었다. 다시 읽고 고쳐 쓰면서 푸훗, 하고 혼자 웃음을 터뜨렸다.

춥다. 추워. 썰렁한 게 시베리아 벌판 저리 가라다.

아니, 하지만 사랑 노래라면 이 정도 가사도 괜찮겠지.

나는 의외로 로맨티스트 같다. 이런 말이 내게서 나올 줄은 몰랐다. 원래 고백송 같은 건 체질에 맞지 않았는데 말이다. 이런 마음이 든 건 아마도 졸업이 가까워져서겠지.

고등학교 3학년 3학기. 교복을 입고 생활할 날도 이제 얼마 남지 않았다. 진작부터 다 알고 있던 일인데 왜 이렇게 '졸업'이라는 두 글자에 마음이 흔들리는 걸까.

그 원인이 뭔지는 잘 안다.

팅팅, 픽을 가지고 기타 줄을 튕겼다. 그때 방 안 테이블 위에 올려둔 스마트폰에서 띠롱, 경쾌한 소리가 울렸다. 손에 들고 확인하니 형에게 온 메시지다.

연말연시, 형은 친구와 해외에서 해를 넘겼다. 귀국해도 집에 돌아오지 않고 그대로 누군가의 집에서 묵으며 지내느라 아직 얼굴을 보지 못했다. 다음 주말에나 집에 올 거라는 내용이 가족 단톡방에 올라왔다. 그래서 나는 '오키.' 짧게 대답했다. 바로 '읽음' 표시가 2로 뜨는 걸 보니 형과 부모님 중 한 분이 확인한 모양이다. 답장이 오려나 싶어 화면을 바라보니 '다음 주말에서 이번 주말로 변경 바람.'이라는 어머니의 메시지가 이모티콘과 함께 떴다.

'좋아.'

'그럼 그렇게.'

'오붓하게 밥 먹을래?'

'아버지는?'

'잘 모르지만 어떻게든 하시겠지.'

'나는 고기가 좋은데.'

'그럼 식당 예약해 둘게.'

빠르게 대화가 오가고 나서 '그럼 그렇게 하기로 해.' 하고 형이 이야기를 끝냈다.

여전하군.

우리 가족은 사이가 좋다. 그리고 쿨하다. 그 사실을 깨달았을 때가 초등학교 무렵이던가.

부모님은 형과 내게 뭐든 강제로 시킨 적이 없고 우리가 원하는 일을 반대한 적도 없다. 우리 형제가 둘 다 자유로운 성격으로 자란 까닭은 부모님을 닮아서인지 성장 환경 때문인지는 모르겠지만 그로 인해 여러 번 학교에서 부모님에게 연락이 간 적이 있다. 그래도 부모님은 야단친 적이 한 번도 없었다. 약간 잔소리를 할 뿐.

그래서 무척 편했다. 하지만 부모님은 자신들도 자유분방한 분들이었다.

감기에 걸렸을 때는 "혼자 어떻게든 할 수 있지?" 하고 일하러 나갔으며 수업 참관 때는 지각이나 결석이 다반사였다. 운동회 같은 행사에도 도시락은 싸주었지만 부모님의 모습은 찾아볼 수 없었고 할머니와 할아버지가 응원석에 앉아 계신 모습이 우리에게는 당연했다.

친구들 집에 놀러 갔을 때 사진이나 비디오가 많은 데 놀랐다. 우리 집에는 앨범 한 권도 다 차지 않을 정도의 사진밖에 없다. 그 사진마저도 초등학교 저학년 때에 멈춰 있다.

"엣취!"

재채기가 나오고 콧물이 흘렀다. 어젯밤 늦게까지 친구랑 노래방에서 있어서 그랬는지, 그러고 나서 집에 온 다음 목욕도 하지 않고 그대로 얇은 옷을 입은 채 침대에서 잠이 들어서였는지, 감기에 걸린 듯했다. 늘 그렇듯이 며칠 지나면 낫겠지만 혹시 모르니 감기약을 먹어두는 게 좋겠다.

분명 다른 집에서는 어머니가 "그렇게 하면 감기 걸려." 하며 주의를 줬겠지. 아니면 잔소리를 하면서 죽을 끓여준다거나.

스마트폰을 침대에 던져놓고 나서 기타도 바닥에 내려놓았다. 약은 아마 거실 선반에 있었지. 일어나 방에서 나가자 냉랭한 공기가 집 안에 가득 차 있었다. 실내인데도 뿜어내는 입김이 하얗게 피어났다. 그러고 보니 집에 돌아와서 환기를 시키려고 거실 창문을 열어두고는 까맣게 잊고 있었다.

고요함과 차가운 공기로 가득 차 있는 거실이, 가뜩이나 쓸쓸함만 감도는 이 집을 한층 더 쓸쓸하게 만들었다. 열여덟 살이나 되어서 어린아이 같다고 스스로도 생각하지만, 아무도 없는 넓은 집은 아무래도 좋아지지가 않는다. 부모님이나 형이 있으면 시끌벅적하니까.

순순히 그렇게 생각하게 된 건 일 년 반쯤 전, 처음 에리노짱과 이야기를 나눴던 날부터다.

10월도 하순으로 접어들었는데 이 무더위는 어떻게 된 거냐.

교실 창문으로 멍하니 밖을 바라보았다.

"어이, 니노 들었냐?"

"어? 못 들었는데."

옆에 있던 친구가 말을 걸어 깜짝 놀랐다. 수업이 끝나고 나서 한 시간쯤, 친구네 교실 칠판을 낙서로 가득 메웠다. 흰색, 빨간색, 파란색 분필을 사용해 칠판 한 면에 그린 일러스트는 내가 좋아하는 록 밴드다. 꽤 역작이 탄생해서 상당히 만족스러웠다. 적당한 피로감도 있었지만.

그래서인지 이제 어디로 갈까 생각하느라 신나서 떠드는 친구들의 대화는 거의 귀에 들어오지 않았다. 가능하면 느긋하게 시간을 보내고 싶다. 하지만 그 말을 하지는 않았다.

"볼링 치자는 얘기가 나왔는데 니노 너도 갈 거지?"

"당연하지."

웃으며 대답하자 친구는 "그렇지?" 하고 대답했다.

느긋하게 보내려면 집에 돌아가면 된다. 음악을 듣거나 기타를 실컷 치면 된다. 하지만 그런 시간은 금세 지루해진다. 잠자는 일 외에 할 일이 없어져 '아, 그냥 놀러 갈걸 그랬다.'라고 후회할 게 뻔하다. 그럴 바에야 녹초가 될 때까지 놀다가 지쳐서 집에 돌아가는 게 더 낫다.

"니노가 거절할 리 없지."

"사교성이 좋으니까."

"뭐 그렇지." 하고 자신만만하게 말하자 "할 일이 없는 것뿐이잖아.", "시험 전에도 매일 놀았으면서.", "그러면서 나보다 성적이 좋다니까." 하고 한마디씩 떠들어댔다.

초등학교 때부터 같은 말을 들었다. 오늘은 안 된다고 거절하는 건, 고등학교에 입학하고 나서 바로 시작한 미술 학원에 가는 어느 월요일부터 수요일, 그리고 선약이 있을 때 정도였다. 미술 학원이 끝나는 저녁 9시 이후에 놀 때도 많았고 할 일이 없으면 일부러 시간이 많아 보이는 친구를 불러내기도 했다. 방과 후 곧장 집으로 돌아가는 날은 드물었다.

"어? 니노 선배잖아."

"뭐 하고 있는 거예요?"

창으로 얼굴을 내밀고 있었더니 운동장에 있던 여학생이 나를 향해 올려다보고 말을 걸어왔다. 친구의 전 여친의 친구였던 두 사람이다. 손을 흔들어주며 "아무것도 안 해. 너희는 동아리니? 열심히 해라!" 하고 대답했다.

원래 커뮤니케이션 능력이 높기도 했고 지금은 학교 안에서 대부분 내 얼굴을 안다. 학교 건물을 걷다 보면 남녀와 학년을 불문하고 거의 다 내게 말을 걸어온다.

그런데도….

이따금씩 불쑥 찾아오는 이 고독감은 뭘까. 항상 옆에는 몇 명씩 친구가 있어 내게 말을 걸어오는데. 친구들에게 아무런 불만도 없는데. 평소에 기쁘고 즐겁게 지내고 있다는 실감은 확실히 나는데.

가끔은 모든 게 아무래도 상관없다, 싶어진다.

“니노미야!”

느닷없이 교내에 울리는 쩌렁쩌렁한 목소리에 벌떡 일어섰다. 목소리 주인은 틀림없이 담임인 구와노 선생님이다. 무심코 “큰일 났다!” 작게 중얼거리며 자리를 벗어났다. 당장 구와노 선생님이 이리로 쳐들어올 테니까.

“니노, 너 부르시는데?”

“그 그림 걸작인데.”

“니노는 분필을 다 써버리니까 그러지. 여기저기 더럽히고.”

“메시지 보내놓을 테니까 도망쳤다가 와라.”

“땡큐.” 하고서 그대로 교실에서 튀어 나갔다. 바로 그때 옆의 옆 반 교실에서 세차게 문을 열고 복도로 나오던 구와노 선생님과 눈이 딱 마주쳤다.

“앗!”

“니노미야! 또 남의 반 교실 더럽혔지!”

“더럽힌 게 아니고요! 예쁘게 꾸며놓은 거뿐이라고요.”

소리치며 쫓아오는 구와노 선생님에게서 도망치면서 목청껏 대답했다.

“칠판에 낙서하지 말라고 몇 번이나 말했냐!”

하긴 듣기는 했다. 내가 기억하기로는 이번이 일곱 번째다. 아니, 여덟 번째던가, 열 번을 넘었을 가능성도 없다고는 할 수 없다.

딱히 뱅크시(Banksy)*처럼 벽에 낙서를 하는 게 아니라, 칠판이다. 쉽게 지워지는데 괜찮지 않나. 분필 가루로 더럽혀지는 일쯤 뭔 대수라고! 청소하는 건 내가 아니니까(그래서 구와노 선생님이 화를 낸 거겠지만).

어떻게 구와노 선생님을 따돌리고 벗어날 수 있을지 머리를 굴리면서 복도로 뛰어나가 연결 통로로 향했다. 도중에 이과반 애들을 스쳐 지나갔다.

"오늘은 또 무슨 사고 친 거야?"

"구와노 선생님이랑 사이좋네."

"또 구와노 선생님 골탕 먹인 거야?" 하며 킥킥 웃기에 "그렇지 뭐." 하고 애매하게 대꾸하면서 안전하게 도망칠 방법을 찾았다.

이과반은 우리 문과반보다 수업이 한 시간 더 많아서 아직 복도에 사람이 많다. 연결 통로를 빠져나가면 옆으로 꺾이는 커브다. 흘끔 뒤를 돌아 확인했더니 구와노 선생님의 모습은 보이지 않았지만 "니노미야!", "거기 서!" 하는 목소리가 들려왔다.

너무 느리시군!

두리번두리번 주위를 살피다가 열린 창문을 발견했다. 이곳은 3층이어서 꽤 높다. 하지만 옆에는 배수관이 있고 발판도 있

* 이름도 얼굴도 베일에 싸인 영국의 미술가이자 그래피티 아티스트. 담벼락을 캔버스 삼아 그림을 그리는, 세계에서 가장 유명한 거리의 예술가.

다. 여기밖에 없다.

창틀에 손을 짚고 몸을 훌쩍 날려 밖으로 나왔다. 옆에 있던 여학생이 뜻밖의 사태에 비명을 지르려는 걸 "괜찮아, 괜찮아." 하고 안심시켰다. 소리를 지르기라도 하면 바로 구와노 선생님에게 들킬 테고 이 행동을 가지고도 한바탕 설교를 퍼부을 게 뻔하다.

배수관을 손으로 잡고 15센티미터쯤 되는 발판을 딛고서 귀를 기울여 구와노 선생님의 동태를 살폈다. "어디 간 거냐?" 하면서 여기저기 마구 찾아다니는 건 내겐 고마운 일이다. 하지만 1학년 때부터 나랑 술래잡기를 해온 사람은 다르다. 복도에 접해 있는 교실 문을 열고 안을 들여다보는 걸 알 수 있었다.

…이번에는 좀처럼 포기하지 않으시려나 보네.

하아, 한숨을 쉬고 하늘을 올려다보니 가운데뜰의 녹음과 새파란 하늘이 시야에 가득 들어왔다.

"날씨 좋네!"

아직 늦여름의 무더위가 남아 있기는 하지만 맑게 갠 하늘은 보기만 해도 기분이 좋다. 잠시 여기 그대로 있을까. 그러던 중에 주머니 속에 있던 스마트폰 진동이 울렸다. 놀라서 꺼내 확인해 보니 '좋을 대로 해.' 하는 메시지가 와 있다.

그건 그저께 보낸 '대학, 사립대 미대 가고 싶은데.' 하는 메시지에 대한 답이라는 걸 바로 알 수 있었다.

"여전히 가뿐하군."

예상한 대답이긴 했다. 반대하는 것보다야 좋잖아. 그래도 몸 한가운데가 뻥, 뚫린 듯 뭔가가 허전했다.

부모님에게 내 진로는 사소한 안건인 걸까. 자신들이 하는 일에 비하면.

그래서 나도 내 하루하루에 흥미를 갖지 못하는 걸까. 눈을 감고 은은히 부는 바람을 느끼려는데 갑자기 돌풍이 불어와 나무들을 크게 흔들어 내 시야를 나뭇잎으로 가득 메웠다.

"멋지다!"

몸에 달라붙으며 덮쳐온 나뭇잎들을 떨쳐내자 나도 모르게 손에서 힘이 스르륵 빠져나갔다. 바로 손에 힘을 줘 버텨봤지만 불안정한 장소인지라 더 이상 다리에 힘이 들어가지 않았다. 그 순간 2층으로 내려가야겠다고 판단하고 균형을 잡았다. 아무려면 이대로 땅으로 뛰어내릴 수는 없다. 다행히 아래는 콘크리트가 아니라 부드러워 보이는 흙이 깔려 있으니 죽지는 않겠지만. 그렇기에 더.

배수관을 붙잡고 그곳을 축으로 해서 약간 나와 있는 발판을 딛고 간신히 버텼다. 아래로 떨어져 매달린 형국이 되어 마찰이 일어난 손바닥이 아팠다. 아마도 피부가 벗겨진 모양이다. 너무 심하면 그림 그리는 데 지장이 있을지도 모른다.

"뭐, 할 수 없지."

나중 일은 나중에 생각하는 수밖에 없다. 새삼스럽게 뭘. 어떻게든 되겠지.

일단 예기치 못하게 3층에서 2층으로 내려오게 됐으니 여기서 도망칠까. 그러면서 창으로 시선을 돌렸다.

그리고… 그곳에 입을 앙다문 채 앞을 보고 있는 여학생이 있었다.

열려 있는 창에서 그 아이가 있는 복도로 미적지근한 바람이 불었다. 검은색 쇼트 보브 머리칼이 살짝 흔들렸다. 의지가 강해보이는 눈동자도.

그러고 보니 이 여자애는 학생회 임원이다. 한 달쯤 전에 있었던 학생회 선거 때 체육관 단상에서 또박또박 연설하던 모습이 떠올랐다. 망설임 없는 강한 눈빛과 알아듣기 쉬운, 여자치고는 약간 저음인 목소리가 인상에 남았다.

다만 그건 좋은 인상을 받아서는 아니었다. 성실하고 융통성이 없어 보여서 나랑은 사는 세계가 다른, 약간 내가 거북해하는 타입이라고 생각해서였다.

지금 복도에 있는 이 여자애는 그때와 똑같다.

그런데 어딘가 애처로워 보였다.

무얼 보고 있을 걸까. 그 애가 바라보는 쪽으로 시선을 돌리자 남학생의 뒷모습이 보였다. 누군지는 모르지만 아마도 이 뒷모습의 남학생과 무슨 일이 있었던 거겠지.

울고 싶은데, 울면 큰일이라도 나는지, 자신을 막는 것 같았다. 울고 싶은데, 단지 우는 방법을 모르는 것처럼도 보였다.

보이지 않는 눈물이 이 아이의 옆얼굴을 적셨다.

정신을 차리고 보니 어느새 창문에 발을 걸치고 그 애의 눈 앞으로 뛰어내렸다.

"뭐, 뭐, 뭐야!"

그 애는 나를 보더니 눈이 휘둥그레졌다. 그 눈동자에 눈물의 흔적은 보이지 않아 살짝 안도의 한숨을 내쉬었다.

"아하하, 미안, 미안."

무엇보다 울고 있지 않아 다행이다. 게다가 그 애가 눈을 동그랗게 뜨고 입을 뻐끔거리는 모습이 귀여워서 웃고 말았다. 냉정, 침착이라는 단어가 무척 잘 어울리는 분위기를 풍기면서도 순수하게 반응하는 그 아이에게 관심이 갔다.

"도망을 좀 치느라고."

"…도망도 정도가 있죠. 떨어져서 다치기라도 하면 어쩌려고요? 입원하게 되면 도망도 못 치잖아요."

그 애는 어휴, 하고 한숨을 섞어 내게 말했다.

믿을 수가 없다고 말하고 싶은 표정으로 어이없어하는 게 다 보였다. 확실하고 분명하게 말하는 모습에서는 첫인상과 다름없이 성실하지만 융통성이 없어 보이는 성격임을 알 수 있었다.

하지만 그 말 한 마디 한 마디에 나를 생각해 주는 마음이 전해져서 약간 어색하고 쑥스러웠다. 이렇게 걱정해 주는 게, 싫지 않았다.

"아하하하. 하긴. 그러면 도망 못 가지."

한바탕 웃고 나자 그 애는 미간을 찡그리면서 날 향해 '이 사람 무슨 소리 하는 거야!' 하는 듯한 표정을 지었다. 지금 보니 표정이 꽤 다채롭군.

"근데 어쩐 일이야?"

그렇게 묻자 그 애는 미세하게 몸을 움찔하더니 "아무 일도 아니에요." 하고 거짓말이 티 나는 웃음을 지어 보였다. 거짓말이라는 게 빤히 보였다. 너무 완벽해서 요령이 없다고 할까. 뭐라 해야 하나.

울어도 되는데. 하지만 울지 않는 게 이 아이의 강점이라면 억지로 캐물어 울게 해서도 안 될 것 같았다. 그렇게 쉽게 울지도 않을 거고.

그렇기에 이 아이의 표정을 일그러뜨린 상대가 마음에 들지 않았다.

"땀, 엄청 나요."

"어?" 하고 얼빠진 소리가 튀어나온 동시에 그 아이의 손이 내 이마로 뻗쳐왔다. 피부에 닿은 부드러운 감촉에, 내가 땀을 흘리고 있었다는 걸 그제야 깨달았다.

자신이 울 듯한 얼굴을 하고 있었다는 건 잊어버린 것처럼 나를 걱정하고 있다. 그리고 "이걸로 잘 닦아요." 하며 가지고 있던 손수건을 내밀었다.

"양?"

"…푸들인데요."

흰색 자수 모양을 쳐다보면서 중얼거리자 그 아이가 바로 부정했다. 아마도 직접 수를 놓은 것 같았는데 그 애는 '아, 이건 안 되는데.' 하는 듯한 표정으로 얼굴을 돌렸다.

그 애의 새하얀 피부가 붉게 물들었다.

그 아이는 마치 티 없이 맑은 공기를 걸친 듯했다.

자신보다도, 다른 사람을 생각하는 건가, 이 아이는.

자신에게도 타인에게도 엄격하다. 그래서 자신에게보다 타인에게 다정할 수 있는 걸까.

함께 있으면 이 아이는 항상 나를 봐줄까. 당연하다는 듯이 곁에 있어 줄까.

그래 준다면, 나는 이 아이가 어떤 모습이든, 누구보다, 다 받아들여 줄 수 있는데.

아니, 그건 아니다.

나는 다만, 이 아이가 내 곁에 있으면 좋겠다. 그런 이 애를 그저 편하게 해주고 싶다. 그러면 나는 누군가에게 단 한 사람이 될 수 있을지 모른다. 누군가, 가 아니라 눈앞에 있는 이 아이에게 그런 존재가 되고 싶다.

지금 내가 이 애에게 해줄 수 있는 일을 찾다가 라무네를 건넸을 때, 그 아이는 터질 듯한 미소를 보여주었다.

그게 에리노짱에게 마음이 끌렸던 날의 일이었다. 어쩌면 한눈에 반한 건지도 모른다. 아니면 사랑 같은 게 아니라 그저 외로우니까 이 아이라면…. 그렇게 생각한 것뿐일 수도 있다.

다만 당시의 나는 그 애가 신경 쓰였을 뿐이다. 그래서 에리노짱이 보일 때마다 말을 걸었다. 에리노짱의 시야에 비치고 싶어서 많은 걸 했다. 그리고 지금까지 내가 해온 행동은, 언제나 누군가 날 봐주길 원해서였다는 걸 그때 비로소 깨달았다. 안타깝게도 에리노짱은 나를 그저 민폐 끼치는 선배로밖에 보지 않았을 테지만.

에리노짱과 만나면서, 어딘가 생기 없던 내 나날이 조금씩 눈부신 순백으로 바뀌어갔다.

아무도 없는 거실 소파에 앉아 천장을 올려다본다. 여기에 에리노짱이 있어 준다면 얼마나 좋을까 상상하자, 더욱 이 상황이 쓸쓸했다. 지금까지 외면하고 있던 감정이, 에리노짱이 나를 걱정해 줬을 때 따뜻함을 느끼면서 명확하게 인식되었다.

나는 줄곧 외로웠던 거구나.

소중한 사람이 있으면 있을수록, 사라지지 않을 감정이다. 즐거운 시간이 있으면 있을수록. 원하면 원할수록.

그런 감정은 졸업, 그리고 이 집을 떠날 날이 다가오면서 점점 더 커졌다.

"그렇다면 어떻게든 해야겠어."

후욱, 숨을 내쉬고 나서 벌떡 일어났다. 그러고 보니 화장실에 형이 사다 놓은 탈색제가 몇 개 있을 텐데. 집에 있는 걸 잊어버리고 몇 번이나 사 오더니 귀찮다고 쓰지 않고 둔 것이.

마지막으로 발버둥 정도는 쳐도 되겠지. 게다가 에리노짱은 내가 좀 적극적으로 나가면 거절하지는 않을 것 같다. 말을 걸면 어쩌니저쩌니 상대를 해줄 테고.

"조금씩 다가가 볼까?"

그걸 받아줄지는 모르지만. 그런 가운데 한순간이라도 에리노짱의 티 없는 미소를 볼 수 있으면 된다. 자신보다 남을 생각하는 자상한 아이니까 더욱더, 웃었으면 좋겠다.

나의 감사와 소망을, 그 아이에게 전하고 싶다.

머리를 감고 말리지도 않은 채로 침대로 가 눕자, 에리노짱이 "그러면 또 감기 들어요! 제대로 말려야죠." 하고 나를 보며 눈을 치뜨는 모습이 떠올랐다.

웃는 얼굴도 좋지만 그렇게 화내는 모습도 좋아.

그러면서 나는 그대로 눈을 감았다.

눈을 감아 검게 물들어야 할 시야가, 에리노짱을 떠올리자 하얘졌다. 푸른빛을 띤, 섬세하고 부드러운 색.

희푸른 빛. 그런 색깔의 이름이 머릿속에 스쳤다.

아아, 에리노짱한테 딱 맞는 색이야.

사쿠라 이이요

櫻いいよ

나라현 출생, 오사카에 거주한다. 2012년에 《네가 떨어뜨린 푸른 하늘君が落とした青空》로 데뷔했으며, 이 책은 누적 판매 부수 24만 부를 돌파, 출간 10주년을 기념하여 2022년에 영화화되었다. 또한 2020년에 출간된 《그래도 우리는 옥상에서 누군가를 생각했다それでも僕らは、屋上で誰かを想っていた》로 제7회 인터넷 소설 대상을 받기도 했다.

그동안 10대들의 풋풋한 연애, 사춘기 시절 특유의 복잡 미묘한 관계와 감성을 섬세하고도 다정하게 묘사하여 큰 사랑을 받아온 저자는, 마침내 메가 히트작 '말하고 싶은 비밀交換ウソ日記' 시리즈로 하이틴 로맨스 부분에서 범접할 수 없는 위치에 올랐다. 2017년부터 지금까지 총 4권이 출간된 이 시리즈는 '청춘 시절의 사랑과 마음의 상처를 그린 수작'으로 평가받으며, 10대 여학생들 사이에서 오랫동안 사랑받아 왔다. 지금껏 누적 판매 부수 65만 부를 돌파, 장기 베스트셀러로 자리매김했으며, 원작 소설의 인기에 힘입어 1권은 2023년 일본에서 영화로 개봉되었다.

그 외 주요 작품으로 《그날, 소년 소녀는 세계를あの日、少年少女は世界を》, 《고양이만이 그 사랑을 알고 있다猫だけがその恋を知っている》, 《언젠가 연주하는 사랑 이야기いつか奏でる恋のはなし》, 《별이 가득한 하늘은 100년 뒤星空は100年後》, 《가짜 너와, 49일간의 사랑偽りの君と、十四日間の恋をした》 등이 있으며, 국내 출간 도서로는 《세상은 『 』로 가득 차 있다》, 《말하고 싶은 비밀》이 있다.

역자 소개

김윤경

일본어 번역가. 다른 언어로 표현된 저자의 메시지를 우리말로 옮기는 일의 무게와 희열 속에서 오늘도 글을 만지고 있다. 옮긴 책으로는《말하고 싶은 비밀》,《오늘 밤, 세계에서 이 눈물이 사라진다 해도》,《네가 마지막으로 남긴 노래》,《오늘 밤, 거짓말의 세계에서 잊을 수 없는 사랑을》,《어느 날, 내 죽음에 네가 들어왔다》,《봄이 사라진 세계》,《철학은 어떻게 삶의 무기가 되는가》,《왜 일하는가》 등 90여 권이 있으며 출판번역 에이전시 글로하나를 운영하고 있다.

말하고 싶은 비밀 vol.2

초판 1쇄 발행 2024년 7월 25일
초판 18쇄 발행 2025년 10월 27일

지은이 사쿠라 이이요
옮긴이 김윤경

책임편집 양수인
디자인 studio forb
책임마케팅 최혜령, 박지수, 도우리, 양지환
마케팅 콘텐츠 IP 사업본부
해외사업 한승빈, 박고은
경영지원 백선희, 권영환, 이기경, 최민선
제작 제이오

펴낸이 서현동
펴낸곳 ㈜오팬하우스
출판등록 2024년 5월 16일 제2024-000141호
주소 서울특별시 강남구 테헤란로 419, 11층 (삼성동, 강남파이낸스플라자)
이메일 info@ofh.co.kr

ISBN 979-11-988099-0-2 (03830)

모모는 ㈜오팬하우스의 출판브랜드입니다 .